Moi, Cornélia,
fille de Rembrandt

DU MÊME AUTEUR

AUX ÉDITIONS BUCHET-CHASTEL

La Scribure (essai), 1982.

AUX ÉDITIONS AUTREMENT

L'Enfant lecteur. Tout pour faire aimer les livres, série « Mutations », n° 97, 1993.

AUX ÉDITIONS ACTES SUD JUNIOR

Paris poésies, illustrations Georges Lemoine, 2003.

Couleurs, lumières et reflets, illustrations Georges Lemoine, 2002.

Mots perdus, mots retrouvés, illustrations Alain Millerand, 2002.

Le Port des poèmes, illustrations Yan Nascimbene, 2001.

Une pluie de poésie, illustrations Johanna Kang, 2001.

AUX ÉDITIONS ALBIN MICHEL JEUNESSE

La Guerre de Robert, illustrations Georges Lemoine, 2007.

Vive la ponctuation !, illustrations Emmanuel Pierre, 2007.

Qui lit petit lit toute la vie, collection « Questions de parents », 2005.

Contes de chevaux, illustrations Patricia Reznikov, 2004.

J'écris des poésies, illustrations Jean Claverie, 2004.

AUX ÉDITIONS SYROS

Oradour, la douleur, illustations Georges Lemoine, collection « Les Uns les Autres », 2007.

AUX ÉDITIONS DU SEUIL

La langue française fait signe(s). Lettres, accents, ponctuation, collection « Point Virgule », 1998.

Les Enfants d'Izieu, collection « Point » (version adulte) et CD (éd. Patrick Frémeaux), 1989 et 2004.

AUX ÉDITIONS GALLIMARD JEUNESSE

Rimbaud, les poings dans mes poches crevées, illustrations Georges Lemoine, 2008.

Rouge braise, collection « Folio Junior », 2007.

Le Petit Marcel Proust, illustrations Georges Lemoine, 2005.

Mère absente, fille tourmente, illustrations Georges Lemoine, 2002.

AUX ÉDITIONS DU SORBIER

Moussa le silencieux, illustrations Philippe Davaine, 2011.

AUX ÉDITIONS CIRCONFLEXE

Ita-Rose, illustrations Gilles Rapaport, 2008.

Contes des îles, Nane et Jean Vezinet, illustrations Zaü, 2011.

ROLANDE CAUSSE

Moi, Cornélia,
fille de Rembrandt

l'Archipel

www.editionsarchipel.com

Si vous souhaitez recevoir notre catalogue et être tenu au courant de nos publications, envoyez vos nom et adresse, en citant ce livre, aux Éditions de l'Archipel,
34, rue des Bourdonnais 75001 Paris.
Et, pour le Canada, à
Édipresse Inc., 945, avenue Beaumont,
Montréal, Québec, H3N 1W3.

ISBN 978-2-8098-0484-3

Avertissement

Les œuvres décrites dans ce roman existent toutes. Elles appartiennent à des musées et à des collections particulières.

Les personnages évoqués ont réellement existé, et sont attestés dans des écrits de l'époque ou par les biographes de Rembrandt, à l'exception de Mamechleen, nourrice de Cornélia. Les situations et les dialogues, tous vraisemblables, relèvent cependant de l'imagination de l'auteur.

À B. A. et à toute ma tribu…

« Il y a toujours quelque chose d'absent qui me tourmente. »
Camille Claudel

« La prose, c'est la vie passée par l'étamine du mot. »
Marina Tsvetaeva

I

Au rez-de-chaussée, elle avait abandonné ses souliers dorés.

Elle monta l'escalier pentu et ouvrit la porte de la chambre de son père. Les tableaux avaient été décrochés, posés au sol et retournés contre les murs ; sur les miroirs tombaient des voiles noirs et le lit clos était totalement vide. Une odeur de cire et de bougie se répandait dans la chambre. Quand Mamechleen, leur servante depuis trente-cinq ans au service des Rembrandt, avait-elle pu ôter tous les objets, tous les habits, tout le capharnaüm de son père ?

Elle s'approcha du lit, inspecta les lattes de bois du sommier, remarqua des trous de vers, et s'agenouilla. De la fenêtre, elle avait vu les hommes, Jan Six en tête, accompagnant le corps du peintre. Elle imaginait le cercueil porté dans l'église et descendu dans une fosse sombre. Les cloches avaient sonné. Attentive, elle avait entendu leurs coups graves qui semblaient la frapper de plein fouet. Une lourde pierre avait refermé la tombe. L'après-midi, Mme Van Loo et sa petite-fille, Titia, Mamechleen, quelques voisines, ces femmes à qui il était interdit d'accompagner le mort, priaient ou parlaient pour oublier ce triste jour.

Puis quelques anciens amis étaient revenus à la maison de Rozengracht. Aux hommes on avait offert du genièvre. Ceux-ci ne purent s'empêcher de dire à Cornélia combien ils aimaient Rembrandt. Elle se tenait droite, distante, jugeait l'hypocrisie de chacun, car ces dernières années tous avaient dénigré son père et déserté leur maison. À l'exception du docteur Bueno et de l'apothicaire, Rembrandt, malade, ne recevait plus aucune visite. Ils la plaignaient, elle, la fille du peintre qui restait sans famille. Dominant son chagrin, elle laissait monter en elle la colère qui l'apaisait et, imperturbable, elle les raccompagnait, l'un après l'autre, jusqu'à la porte.

Le soir, hommes et femmes ayant quitté la maison, un silence gris l'envahit. Alors une force mystérieuse propulsa Cornélia dans la pièce de son père où le lit vide appela son regard. Très vite, elle décida de monter vers sa chambre au second étage. Là elle saisit matelas, édredon et coussins; portant son balluchon, elle redescendit en prenant appui contre les murs et en cherchant les marches que, pourtant, elle connaissait une à une. Puis elle entra dans la chambre de Rembrandt et installa son lit dans le sien. Sa tâche terminée, elle s'assit à même le sol devant l'alignement de châssis. Un long moment elle chercha à deviner le sujet des toiles. Soudain elle crut distinguer le portrait de Titus. Elle le retourna vers elle. Face à lui, elle murmura:

« Frère aimé, tu t'ennuies de tout ça! Sur cette peinture tu as mon âge, tu es encore écolier, mais es-tu vraiment studieux? Tes yeux se perdent, quel rêve écoutent-ils? Toi, garçon sérieux aux longs cheveux bouclés, ton regard s'égare. Sur ton visage, je vois des pleurs… Toi, l'extrêmement beau, pourquoi nous as-tu quittés ? Malgré les convenances, mon frère, tu resteras face à moi. »

Une bougie à la main, elle continua d'espionner ce qui se cachait derrière les toiles sombres. La porte s'ouvrit et Mamechleen apparut. Front plissé, regard aiguisé, celle qu'elle appelait « nourrice » tempêtait. Cornélia n'aurait pas dû, c'était interdit ; dissimuler les peintures faisait partie du deuil. La mort devait être respectée et elle l'obligeait à avoir plus de devoirs. La jeune fille répondit qu'elle refusait de se soumettre à cette coutume. Désormais elles étaient seules toutes les deux, donc personne ne le saurait ! N'était-ce pas pour elle une manière d'être plus près de son père ? Le temps d'usage passé, elle pourrait recevoir dans cette pièce.

Mamechleen, qui espérait avoir de l'autorité sur elle, la traita d'impertinente – le même caractère indomptable que Rembrandt. Comment pouvait-elle lui faire comprendre la loi commune ? Et il y avait Titia, la fille de son frère Titus et de Magdalena Van Loo, tous deux disparus !

Un bébé braillard ! Une nièce de rien ! Un nourrisson orphelin qui n'avait pas encore un an ! Pouvait-on parler d'une consolation ? Assise sur le carrelage rouge, Cornélia cherchait toujours. Elle venait d'apercevoir un autoportrait du peintre. Elle le tournait face à elle : « Tu vois, il est signé de 1661. Rembrandt était né en 1606, il avait donc cinquante-cinq ans. Son fils Titus et Hendrickje ma mère l'entouraient encore. Ne ressemblerait-il pas à son père le meunier, dessiné au même âge ? À l'époque Rembrandt portait le turban blanc des peintres où brillait une lumière dorée. Un tissu fin auréolait son front ridé. Ses sourcils se dressaient, ses yeux questionnaient. »

Mamechleen ne put s'empêcher de crier qu'elle devait remettre immédiatement ce tableau face au mur ! Cornélia répliquait que son père ne serait pas étonné. Il la comprendrait, lui qui savait tout, lui qui était un immense peintre et un vrai philosophe ! Pour elle, il s'était portraituré avec l'habit de bure brune de saint Paul tenant sur ses genoux la Bible. Rembrandt aimait le Livre, les livres, les carnets, les lettres ; il avait eu des amis poètes. Dans son regard, sa vie s'inscrivait comme il la racontait durant ses jours de maladie. Succès joyeux, mariage heureux avec Saskia, sa jeune et belle épouse tant aimée et tant de fois peinte. Trois petits naissaient, trois petits mouraient. Enfin Titus, le fils unique, grandissait. Mais Saskia épuisée s'éteignait. Époque sombre, seul avec Titus. Il y avait eu l'épisode de Geertje, mais cela ne comptait pas. Puis Hendrickje Stoffels, sa mère, entrait dans la vie du peintre. Amoureux à nouveau, il dessinait, gravait, peignait, réalisait les tableaux qu'il souhaitait. Son modèle préféré était Hendrickje. Hélas, à cette époque, il ne pouvait payer ses dettes et bientôt la totalité de ses biens était vendue aux enchères. Ruiné mon pauvre papa ! Alors il se moquait de tout et de tous, énergique et obstiné il continuait de peindre. Ils vécurent pauvres mais heureux.

L'année passée, Titus, son fils adoré, mourut subitement de la peste, à vingt-sept ans. Il s'effondra. Auprès de lui, Cornélia remplaça son frère. Rembrandt et elle ne se quittèrent plus durant cette dernière année. Sur l'autoportrait, ses yeux paraissaient la regarder. Mais que voulaient-ils lui dire ? Avait-elle été aussi prévenante que Hendrickje, sa mère ? L'avait-elle assez aidé ?

L'avait-elle assez aimé ? Il devait lui pardonner, elle n'avait pu faire plus.

À sa nourrice, elle assurait que dans sa chambre elle s'ennuierait moins. Ses peintures cachées, elles aussi en deuil, celles qu'elle avait retournées et celles qu'elle retournerait encore, c'était lui. Il lui était indispensable, il la réchauffait. Une fois, elle l'avait vu satisfait devant sa *Fiancée juive*, comme il l'appelait. Il lui montrait les bulles de lumière, comme des perles transparentes, qui brillaient sur la manche dorée d'Isaac et sur la robe rouge de Rebecca. Récemment elle l'avait vu grandiose, peintre assuré lorsque le Médicis, venu de Florence, lui avait acheté deux autoportraits. Déjà il pensait à dépenser cet argent…

Silencieuse jusque-là, Mamechleen déclarait qu'on ne pourrait jamais lui pardonner et qu'elle avait vraiment un méchant caractère. Allait-elle seulement pouvoir s'endormir dans ce lit ? Cornélia ferma les yeux. Des larmes glissèrent sur ses joues. À sa nourrice, elle répliqua qu'elle devait la consoler et essayer de diminuer sa peine. Mamechleen savait l'admiration qu'elle avait pour les peintures paternelles. Tout comme sa mère qui avait toujours soutenu Rembrandt, elle voulait défendre le souvenir du peintre dans cette Amsterdam ingrate et oublieuse. Sur les murs de sa chambre, Rembrandt avait disposé ses tableaux favoris. Il se sentait de plus en plus faible et elle prenait de l'assurance, elle choisissait pour lui. En désobéissant, elle se rapprochait… Mais il était inadmissible de n'avoir aucun sens de la tradition, aucun sens de la correction ! la coupait Mamechleen, qui ajoutait que marcher un peu leur ferait du bien.

Des nuages s'effilochaient au-dessus du canal. Les maisons de briques roses se serraient les unes contre les autres, leurs pignons à redents se dressaient en gradins vers un ciel blanc. Voûtée, la nourrice s'accrochait au bras de la jeune fille aussi grande qu'elle. Elles allaient, et le silence de la mésentente les accompagnait.

Dans la tête de Mamechleen, des images de Cornélia défilaient. Elle venait d'avoir quinze ans. Avec la maladie et le décès de son père, on n'avait pas pu fêter son anniversaire ! Elle avait fait semblant de l'oublier. Quelle nourrice ! Elle observait souvent ses yeux en amande sombres qui lançaient facilement des éclairs. Ses joues comme des pommes rouges contrastaient avec son regard profond. Un nez légèrement retroussé et cette fossette coquine sur l'aile droite où s'inscrivait en creux un petit *j* lorsqu'elle souriait et rappelait le nom de son grand-père « Van Rijn » – c'était elle qui le disait –, des lèvres ourlées, sensuelles. Un grand front couvert de mèches folles et frisées. Sa chevelure rousse, en désordre malgré son bonnet blanc, descendait autour d'un cou fragile et ce cou liait un visage fin à un corps aux rondeurs d'enfance. Son rire en chapelet pouvait se terminer en cris. Elle riait par manque d'assurance et était hautaine par timidité. Depuis ses jeunes années, à cause de ses parents sans doute, elle se faufilait dans la maison comme un chat.

La gamine se cachait, errait, se déplaçait sans bruit, à l'affût, et était toujours présente où il le fallait pour connaître les bonnes ou les mauvaises nouvelles. Elle passait alors du rire aux larmes à une vitesse surprenante. Agile comme une hermine, elle pouvait se laisser entraîner par un geste ou une décision, tel Rembrandt, dans une rage qui gonflait, éclatait et la dépassait. Une petite idiote qui avait encore beaucoup à apprendre ! Souvent son imagination l'emportait au-delà du raisonnable. À l'avenir, elle devrait la calmer, la remettre dans le droit chemin. Mais il lui faudrait astuces et ruses. Lorsqu'elle avait rencontré sa mère au même âge, celle-ci était soumise, silencieuse et sensible. Elle en avait fait quelqu'un.

À la hâte, Cornélia avait jeté un bonnet sur ses cheveux, mais sous sa cape brune elle portait col et manchettes de dentelle blanche qui agrémentaient sa robe dite à la française. De Rembrandt elle avait hérité le goût de la parure, des broderies, des bijoux. En ce temps particulier, elle avait oublié perles d'oreilles et bracelets. Souvent, sans boucles aux oreilles, elle se proclamait nue.

Elles allaient ; le canal sentait la vase. Seuls leurs pas résonnaient sur les pavés disjoints et sous les ponts on entendait des clapotis d'eau comme de courtes plaintes. Elles entrèrent dans une brasserie. Une assemblée d'hommes rougeauds et de femmes opulentes se réchauffait, bavardait, plaisantait, chahutait et riait. Elles ne voulaient pas être remarquées, aussi se glissèrent-elles à une table isolée et vide. Cornélia ne pouvait s'empêcher de penser : *Père a trop fréquenté ces estaminets, il s'y est usé. Il s'éteignait et elle ne le savait pas. Dans son lit, il bafouillait : « Peindre le sang caillé, le cramoisi, je veux mon nautile, mon arbre, mon art… »*

Elle exigeait de partir. Elle ne supportait pas ce lieu. Elle voulait s'en aller, quitter ces gens, abandonner cette cité, effacer cette journée.

Les deux femmes sortaient et se dirigeaient vers leur petite maison sur le Rozengracht. Mamechleen pensait à Titia. Comment pouvait-elle faire comprendre à Cornélia que Rembrandt souhaitait élever sa petite-fille ? Un devoir envers Titus, son fils. Mais il n'en avait pas eu la force. Maintenant c'était à elle de le faire ! Bien entendu, elle connaissait la réponse : « Pourquoi moi ? Les Van Loo, ses grands-parents maternels, peuvent la soigner ! Pourquoi mon père a-t-il été rejeté par eux ? Pourquoi a-t-il été délaissé, abandonné par tous les autres ? » Ce qu'elle ne voulait pas entendre, c'était qu'à l'époque de sa prospérité Rembrandt avait dépensé sans compter. Quand il s'était trouvé au sommet de sa gloire, il n'avait pas su gérer sa fortune. Hendrickje, sa compagne, avait les pieds sur terre, mais elle n'avait aucun pouvoir sur cet homme et elle l'aimait trop ; il achetait sans cesse des œuvres d'art et des objets coûteux et invraisemblables qui encombraient toutes les pièces de la maison. Et elle le défendait, disant : « On ne peut pas peindre jour et nuit et compter ses deniers ! »

Mamechleen était entrée dans cette maison avec Saskia, la première épouse, il y avait trente-cinq ans. Rembrandt avait été très vite reconnu. Les élèves affluaient. Dans son atelier, il accueillait les notables d'Amsterdam qui venaient lui passer commande de portraits ; les ambassadeurs de l'Europe entière vantaient ses talents et achetaient ses tableaux. Son métier de peintre et de graveur le comblait, lui-même le répétait. Mais les années avaient coulé, les chagrins familiaux l'avaient marqué et il avait négligé de payer traites et factures accumulées.

Elles atteignirent le quartier du Jordaan et leur petite maison face au canal. Mamechleen ne put s'empêcher de demander à Cornélia où elle allait dormir. La jeune fille lui répondit que, désormais, elle se reposerait chaque nuit dans le lit de son père. Elle était sa fille et avait hérité de sa force. Elle en était fière ! Au lieu de la gronder, Mamechleen devait l'aider à faire de cette pièce un salon où les plus beaux tableaux trôneraient. Mais elle promettait d'attendre la fin du deuil pour accueillir les visiteurs.

Elle monta dans sa nouvelle chambre et se coucha. Le lit clos du peintre l'enveloppa. Ses côtes serrèrent son cœur qui devint un caillou translucide à travers lequel passa une fine lumière… Elle s'endormit.

Trois hommes alignés attendaient, telles des momies, dans la salle où Rembrandt recevait amis et acheteurs. Le premier semblait éclater dans un pourpoint brun ; le deuxième était maigre comme un poteau dans son manteau noir ; le troisième, petit et fragile, portait la barbiche et disparaissait à l'intérieur d'un habit sombre au col blanc plissé. Cornélia entra, s'assit dans un haut fauteuil et salua les huissiers. Mamechleen s'était éclipsée ; derrière la porte elle espionnait et entendit une voix grave qui déclarait :

« Afin de régler la succession du sieur Rembrandt, nous devons procéder à un inventaire de son habitation. »

Il sortit un cahier et précisa :

« Le 29 octobre 1669, à 8 heures du matin, nous commencerons. »

Le deuxième, à la figure longue et maigre, au regard impénétrable et qui semblait vous tenir pour coupable, enchaîna :

« Nous noterons l'ensemble des biens – tableaux, gravures, dessins, meubles, objets, vaisselle, linge à blanchir… –, tout ce que contient cette maison. Nous devons en dresser une liste complète. »

Un long silence suivit. Mamechleen n'entendit que la respiration haletante du plus gros qui continua :

« Ce recensement se fera pièce par pièce et permettra d'enregistrer votre héritage, mademoiselle Cornélia Rembrandt Van Rijn, et celui de l'enfant Titia Van Rijn, la fille de votre frère. »

Cornélia ne put s'empêcher de répliquer que ce n'était qu'un bébé de un an !

« Justement ! Tous les biens du sieur Rembrandt seront décomptés et partagés entre vous et elle. Par cet inventaire, ils seront protégés jusqu'à vos majorités respectives, à vingt-quatre ans. C'est la loi de nos Provinces-Unies, poursuivit l'homme au visage en lame de couteau d'un ton étouffé mais autoritaire. »

Timidement elle les questionna à nouveau sur la date de leur venue.

« Dans trois jours, mademoiselle. »

Elle osa demander un délai de sept jours tenant compte des bouleversements dus à la mort de son père. Les huissiers s'interrogèrent du regard. Cornélia les observa, l'indifférent gourmand, le redoutable de cruauté, le rêveur débonnaire, tous trois assis alignés ; elle vit le dessin à l'ironie mordante que Rembrandt aurait pu crayonner. Elle reprit la parole et murmura :

« Perdre mon père a été pour moi… »

Sa voix se brisa. Le plus petit hocha la tête et Mamechleen entendit :

« Nous acceptons un délai de sept jours, nous serons donc là le 2 novembre au matin. Durant ce temps, nous vous demandons de laisser en l'état toutes les pièces de cette maison. Vous ne devez toucher à rien. Au revoir, mademoiselle. »

Ils sortirent. Cornélia demeura sans bouger, effrayée par leurs mots glacés.

Après cet inventaire, tous les biens de son père allaient-ils être vendus aux enchères comme il y a des années ? Elle se souvenait encore d'une salle remplie de personnes élégantes. Elle devait avoir huit ans et, tout à coup, son épinette fut exposée sur l'estrade et mise en vente. On lui volait l'instrument de musique sur lequel sa mère et elle s'accompagnaient lorsqu'elles chantaient toutes les deux. Hendrickje et Titus lui avaient souvent raconté ces jours terribles pour Rembrandt durant lesquels toutes ses acquisitions et de nombreux trésors entassés, des peintures de valeur, italiennes et flamandes, ainsi que ses propres œuvres avaient été dispersés, adjugés pour des sommes dérisoires.

À cette vente, Titus rêvait de racheter un miroir appartenant à son père. Muni de ses économies, il lança courageusement la dernière enchère, et le commissaire-priseur lui attribua ce bel objet encadré d'ébène. Quand il alla le chercher, il le prit avec douceur, avança, mais le miroir se brisa entre ses mains. À cette époque, sa mère répétait souvent que le malheur planait sur eux.

Inquiète, Cornélia pensa que la première personne à prévenir était l'oncle Willem, le frère aîné de son père, meunier à Leyde. Il devait pouvoir lui expliquer ce qui allait se passer. Mamechleen voulut la rassurer et proposa de l'accompagner dans la ville natale de Rembrandt ; elle refusa, prétextant y être souvent allée avec son père.

Au port, il fallait sauter dans la barge, et à Leyde le moulin se dressait à deux pas de la Wittepoot, sur le quai qui longeait le bras du Vieux Rhin. Aujourd'hui, sa nourrice devait l'aider à se débrouiller seule ; il lui fallait apprendre à se présenter et à parler comme sa mère le faisait autrefois. Bien qu'hésitante devant ses arguments, la vieille Mamechleen les accepta.

Très tôt le matin, le froid cernait la ville. Cornélia serrait sa cape, cachait son cou dans un châle et regrettait d'avoir mis des perles, deux glaçons qui pendaient à ses oreilles. Du bateau, elle observa un pêcheur. Ses doigts maigres lançaient le filet. L'homme jetait vers elle un regard las. Il ressemblait à un personnage de la Bible et ses yeux gardaient une tristesse bleue. Lorsque le coche démarra, elle lui fit un signe de la main. Sur la rive, des chevaux efflanqués tiraient l'embarcation. Elle se dirigea vers l'intérieur du bateau et s'assit sur le banc de bois. De sa sacoche, un cadeau de son frère, elle sortit le dernier carnet de dessins de Rembrandt. Elle le feuilleta, vit l'esquisse d'un autoportrait : visage boursouflé, yeux perdus, comme il était dans son lit lorsqu'il murmurait : « Laisse-moi dessiner, laisse-moi dessiner encore… » Avec une douceur insoupçonnée, elle lui répondait : « Tout à l'heure je te donnerai ton crayon à mine d'argent. Père, personne ne veut t'empêcher de dessiner mais le docteur Ephraïm Bueno exige que tu te reposes. Dors un petit peu, s'il te plaît. » Oserait-elle à son tour tracer quelques traits ou quelques mots sur les pages laissées blanches ? Elle ne s'en sentit pas le courage. Sur une feuille vierge, elle découvrit qu'il avait écrit d'une main tremblante : *À qui a servi cette comédie qui s'enfuit ? Et qu'en restera-t-il ?*

Glacée, elle s'empressa de ranger le cahier. À ses côtés était assise une jeune femme dont le mari semblait être capitaine de vaisseau. Il ne cessait de parler à un marin qui les accompagnait. L'épouse approuvait chacun de ses propos. Ils riaient, ils gloussaient plutôt, et ne la voyaient pas. Face à elle, il y avait encore deux hommes habillés de longues robes de velours et coiffés de turbans blancs ; ces hautes coiffures l'étonnèrent, tant elles semblaient tenir en parfait équilibre sur leur tête et accompagnaient leurs mouvements sans bouger d'un pli. Près d'eux étaient posés de riches manteaux de fourrure. Ils échangeaient des livres et elle écoutait leur sabir incompréhensible. Sans doute faisaient-ils partie de ces étudiants étrangers qui se rendaient à la célèbre université de Leyde ? Rembrandt aurait-il aimé les peindre ? Dans sa ville natale, n'en avait-il pas rencontré et ceux-ci ne ressemblaient-ils pas à quelques personnages de ses tableaux ?

Le temps lui parut long. Elle avait l'impression qu'une menace grave, qu'elle ne maîtrisait pas, pesait sur ses épaules. Transie, elle débarqua à Leyde et se dirigea vers le moulin. Son père débordait d'anecdotes sur son enfance. Il était né dans cette ville, huitième et avant-dernier. Après lui, sa sœur Lijsbeth, dont il avait peint le portrait et à laquelle, disait-il, elle ressemblait : « Les mêmes joues rebondies et la même chevelure épaisse et désordonnée… » Hélas, Lijsbeth était morte jeune. Lui, petit garçon vif, espiègle, moqueur, dans cette large rue il avait joué. Il avait couru dans la campagne, il connaissait tous les environs de Leyde et avait fait des farces qu'il aimait raconter : un jour, tandis qu'il se trouvait perché haut dans le foin, du sol une fille de son âge l'appela ; alors il lui répondit en pissant sur elle ! Pourtant, à l'école, c'était un excellent élève qui étudiait le latin et le flamand. Chaque soir, avec sagesse, il écoutait son père lire un passage de la Bible. Sa mère l'imaginait en professeur, en avocat ou en médecin. Toujours joyeux mais passionné de dessin, un crayon en poche, un autre à la main, il dessinait sur ses cahiers, sur ses livres, sur les gazettes, sur tous les bouts de papier qu'il trouvait. Il croquait des moulins, des masures, des bateaux, des arbres, il faisait le portrait de ses parents, de ses frères et sœur. Fier de son fils, Harman Gerrits l'inscrivit à l'université, mais Rembrandt la quitta rapidement pour entrer dans l'atelier d'un talentueux peintre local, Jacob Van Swanenburgh, puis il passa six mois chez Pieter Lastram, maître réputé. Bouille ronde, nez retroussé, cheveux roux et frisés, il choisit la peinture alors qu'il était doué pour les études. Et il riait, donnant l'impression d'avoir joué un bon tour. Vite, il apprit les pigments, l'art du paysage et des personnages et se révéla un disciple doué. Lui et son ami Jan Lievens firent l'admiration de leur maître, qui leur prédit un avenir brillant. Puis à Leyde, dans le moulin paternel, il ouvrit un atelier et reçut quelques élèves. Il n'avait pas vingt ans.

Le père de Rembrandt était meunier, l'oncle Willem lui succéda. Cornélia était certaine que celui-ci allait pouvoir lui expliquer cette histoire d'inventaire. Elle pénétra à l'intérieur du moulin. Dans l'obscurité inquiétante, un inconnu en blouse claire passa sans la voir.

Elle avança entre les poutres charbonneuses, les murs sombres et des tas de sacs de toile écrue. Plus loin, une pyramide de tonneaux. Les bruns sombres l'emportaient sur quelques taches pâles. Un feu aux tons vifs la rassura. Elle reconnut les mêmes contrastes que sur les toiles de Rembrandt, du brun au rouge, de l'orangé au blond. Mais les bruits mécaniques des engrenages devenaient assourdissants. Elle sortit. Au pied du moulin, des paysans déchargeaient des sacs d'orge qu'ils entassaient le long d'un mur de bois. Obstination des gestes comme si le corps de ceux qui étaient obligés de les faire les avait connus depuis toujours. L'un d'eux l'appela. Elle s'enfuit. Elle se dirigea alors vers la maison familiale, située presque en face, dans le Wijdesteeg, parallèle au quai du Rhin. Devant la porte, elle hésita. Inspecta une échelle et des seaux posés le long du mur de briques. Son père lui avait raconté qu'à Leyde, lors des illuminations des canaux et des rues, les flambeaux couverts de poix et de goudron provoquaient souvent des incendies. Aussi les habitants devaient-ils être prêts à tout moment pour lutter contre les feux ravageurs. De même, certains hivers, ensemble ils se battaient contre l'envahissement de la mer qui passait par-dessus les digues. Elle frappa et entra.

Assis devant la longue table, l'oncle la reçut. Quand elle eut fait sa demande, il se récria : elle ne leur rendait visite que lorsqu'elle avait besoin d'eux ; il n'y entendait rien à son histoire ! Elle répliqua qu'elle ne voulait qu'un conseil, c'était tout. Elle se tenait face au portrait de son grand-père tant de fois peint par Rembrandt. À côté de lui, elle sourit à celui de sa grand-mère, qui portait le même prénom qu'elle et qui adorait son fils. Toute sa vie elle l'avait soutenu. Cornélia entendait encore son père lui répéter qu'elle avait été fière d'être peinte en *Lectrice de la Bible* et en *Sainte Anne.*

Il y eut un long silence. Puis, de sa voix rogue, l'oncle reprit :

« Rembrandt n'en a toujours fait qu'à sa tête, sans réfléchir et sans demander un conseil ! Immensément riche, il a tout perdu ! Par sa faute, elle n'était qu'une pauvresse ! »

Que voulait-elle donc ? Et lui, que pouvait-il y faire ?

Indignée, Cornélia répliqua que sa mère lui avait laissé une pension. Elle défendit son père, assurant que c'était un peintre hors du commun. Peut-être, mais à part dessiner, que savait-il donc ? Il n'avait jamais écouté son aîné ! Aujourd'hui plus personne ne pensait à lui ! Il n'était qu'une tête d'âne et sa fille devait aller son chemin ! Elle s'indignait : Comment pouvait-il être si irrespectueux envers un frère qui l'avait toujours aimé ? Alors elle prit la décision de partir. Elle se précipita vers la porte, croisa sa tante qui insista pour la garder. Mais, fâchée, elle refusa et courut jusqu'au bateau.

Bien vite la barge s'éloigna en direction d'Amsterdam, tirée par les mêmes chevaux fatigués. Cornélia souhaitait rentrer le plus vite possible à Rozengracht. Elle voulait oublier les propos de son oncle. Elle se souvint qu'autrefois, lorsque son père et elle lui rendaient visite, il les recevait chaleureusement. Avec Rembrandt il était tout miel. Seule sur le banc, elle sortit le carnet et s'efforça de regarder les dessins, mais ses pensées l'entraînaient vers l'inquiétant inventaire. Le bateau glissait doucement sur le canal dans une lumière du soir grise et nacrée. Chaque fois qu'elle croisait un moulin, Cornélia frissonnait. *Je voudrais vivre dans un autre temps, habiter un autre pays, je voudrais… J'ai peur d'être seule et sans défense devant ces huissiers qui veulent nous voler…*

La plaine s'étendait, infinie, le ciel s'assombrissait et bientôt la nuit engloutissait tout. Sur le quai, Cornélia sortit de son sac la petite lanterne qu'elle devait allumer et porter à la main. Le long du chemin un chien maigre la suivit. Elle observa un gueux qui ronflait, assis sur les marches menant au grand canal. Elle croisa des jeunes filles encapuchonnées puis entendit la répétition du trot d'un cheval, ses sabots résonnaient sur les pavés ; l'animal passa devant elle, tirant une charrette noire et close. *Nous avons tous enfermé au fond de nous un nid de mots qui nous brûle,* pensa dans la nuit Cornélia. *En consolation, mon père nous éblouissait de ses peintures.*

Elle entra chez elle ; Mamechleen se précipita, l'entraîna dans la chaleur de la cuisine, lui servit une assiette de *hutspot*, le pot-au-feu dans lequel elle avait fait cuire des morceaux hachés de veau et d'agneau accompagnés de salsifis, de concombres et de panais. Tandis que Cornélia lui racontait l'échec de sa visite, elle tentait de la rassurer et lui offrait des *koeken*, son dessert préféré, ainsi qu'un verre de bière.

Déçue et fatiguée, Cornélia monta se coucher. Dans l'obscurité elle revit Rembrandt enveloppé dans sa fourrure : le dos courbé, il examinait la *wrifsteen*, la pierre où elle avait broyé les pigments. Pour lui, elle mélangeait à l'huile de lin la poudre d'un jaune de Naples et faisait glisser la matière dorée dans une vessie. « Tu es une vraie aide, ma gamine », lui disait-il. Sur le chevalet reposait le dernier tableau, qu'il nommait *Siméon et l'Enfant Jésus dans le temple.* Son pinceau descendait, touches de rouge sur l'habit du vieil homme, un nourrisson apparaissait allongé, la tête posée sur les genoux de sa mère dont le visage s'effaçait dans l'ombre. Il reculait et clamait dans le silence : « Regarde sur le front de Siméon la tache claire… La couleur ne doit être qu'un tremblement de lumière. » Épuisé, il toussait, elle savait que ses dents le martyrisaient et qu'il souffrait d'une bronchite. Elle courait lui chercher un bol de potage fumant.

II

Ce matin-là, seule comme elle l'avait désiré, Cornélia avançait sous une pluie battante. Elle serrait les montants de sa capuche tant l'eau glacée s'infiltrait partout. Sa robe et sa cape, déjà humides, traînaient dans les flaques. Réussirait-elle à trouver l'adresse de Jan Six ? À son propos, deux images contradictoires lui revenaient. Ses yeux pointés sur elle d'une étrange façon lorsqu'il était venu rendre l'ultime visite à son père mourant et, après l'enterrement, une main lourde posée sur son épaule, il lui avait dit : « Mademoiselle Rembrandt, quel que soit le besoin que vous ayez, je suis là pour vous aider, ne l'oubliez jamais. » Elle donna un coup de heurtoir contre la porte d'une maison, celle où Rembrandt lui avait demandé de livrer sa dernière gravure. Une dame aimable lui indiqua l'adresse souhaitée : 103 Kloveniersburgwal, de l'autre côté de la ville.

L'eau ricochait sur le canal où mille clochettes sautillaient. Traversant des rideaux de pluie, Cornélia marchait le plus vite possible. Transie, elle découvrit la demeure de Jan Six qui la reçut très aimablement. Elle avait honte des gouttes qui dégoulinaient de ses cheveux et de ses habits. Il la pria d'ôter sa cape trempée et installa la jeune fille près de la cheminée afin que le feu de l'âtre la réchauffât. Jan Six l'écouta attentivement.

Avec conviction, il lui donna les mêmes explications que Mamechleen : l'inventaire n'était qu'une formalité, certes importante mais sans gravité. Depuis longtemps, pas un seul Amstellodamois ne se serait aventuré à vendre à crédit ou à prêter de l'argent à Rembrandt. Pour cette raison, il lui jurait qu'aucune vente ne suivrait.

Après un long silence, Jan Six lui proposa de devenir son tuteur jusqu'à sa majorité et insista pour qu'un ami proche – son fils par exemple – devînt celui de sa nièce. Pour cela, si elle le souhaitait, il rencontrerait avec elle les Van Loo. Ainsi, après cet inventaire, elle pourrait vendre dessins ou toiles sans problème aucun, à condition de partager toute somme reçue avec sa nièce.

La jeune fille osa lui faire part de ses craintes : Rembrandt semblait oublié de tous. Dans leur cité, plus personne ne voulait acheter une de ses œuvres. C'était la vérité, mais le peintre était encore apprécié à l'étranger, répondait Jan Six. Le prince Cosme de Médicis ne lui avait-il pas rendu visite, il y a quelques années ? De Florence, n'était-il pas venu spécialement pour lui et ne lui avait-il pas acheté deux autoportraits ? Cornélia revoyait cet homme au nez d'aigle, élégant et courtois. Un traducteur interprétait ses paroles. Il s'était enthousiasmé devant les derniers tableaux de son père ; elle était présente et leur avait servi du genièvre dans le salon. Elle se souvenait des compliments du sieur Médicis. Jan Six ajoutait qu'à Florence, capitale des arts depuis deux siècles, Rembrandt tenait encore son rang.

« À Florence peut-être… », murmura-t-elle.

Son hôte la conduisit dans un petit salon et lui montra une eau-forte de son père. Elle représentait le maître de maison lisant devant une fenêtre. Rembrandt avait fait des retouches à la pointe sèche et obtenu ces nuances subtiles par lesquelles les ombres modelaient l'ensemble d'une lumière irréelle. Jan Six insistait afin qu'elle admirât la sensibilité de ce tirage d'une grande finesse, sur un papier de Chine, et entouré d'une bordure blanche qui mettait les noirs en valeur. Juste une lueur caressait les livres entassés sur une chaise du cabinet. Il lui assurait qu'avec son père il avait partagé la passion de la peinture, des sculptures antiques, des dessins raffinés, des gravures. Il lui rappelait qu'il avait fait sa connaissance il y avait plus de trente ans, lorsque Rembrandt peignait le portrait de sa propre mère, Anna Wijmer-Six. À sa prochaine visite, il lui montrerait quelques-unes de ses peintures qu'il collectionnait et dont il était très fier. Elle le remercia, accepta son tutorat et reprit le chemin de Rozengracht.

La pluie avait cessé. Un soleil pâle caressait le haut des arbres ; leur feuillage jauni se reflétait avec légèreté dans l'eau verte du canal. Si cet homme, réel notable, disait vrai, avec sa protection elle pourrait peut-être sauver les chefs-d'œuvre paternels. Mais elle devait gérer les biens communs comme sa mère avait su le faire. Sur la pension que celle-ci lui avait laissée, son père, Mamechleen et elle avaient réussi à vivre. Lorsqu'elle achetait des huiles et quelques châssis chez M. Lavaden, le soir ils mangeaient du pain et un hareng chacun, mais ils riaient encore.

Rassurée, Cornélia accéléra le pas dans sa hâte de raconter l'entretien à sa nourrice.

Depuis la mort de Rembrandt, personne n'avait osé ouvrir l'atelier. L'estomac noué, la jeune fille s'obligea à pousser la porte. Elle entra, respira une odeur forte de moisi, de poussière et d'huile de lin ; sans bouger, elle examina le désordre durant un long moment. Puis elle se décida à fouiller. Elle étala sur la table quelques gravures, rangea des esquisses, se pressa et tenta de mettre en piles un certain nombre de dessins. Elle choisit *Les Trois Croix*, un *Coquillage*, une *Chaumière dans un paysage d'hiver*, jeta loin une vue d'Amsterdam avec des moulins à vent au premier plan, entassa des portraits de femmes, d'enfants, de gueux, de vieux, de Juifs, un saint et un lion, mit sur le dessus de la pile un modèle devant une fenêtre, sa mère sans doute. Elle saisit deux carnets de dessins de Rembrandt, son burin et son bonnet de nuit, abandonné sur le portemanteau. Elle pensa aux peintures. Pourrait-elle dissimuler le tableau de *Titus enfant* ? Elle aimerait tant le garder. Elle ajouterait le dernier autoportrait paternel et la peinture de *Hendrickje aux boucles d'oreilles*. Elle refusait de s'émouvoir ou d'avoir mauvaise conscience et descendait vers Mamechleen. Celle-ci avait eu la même idée. Elle la trouva en train de creuser un trou profond dans le grand placard de la cuisine afin de soustraire des œuvres aux huissiers. Cornélia s'était immédiatement enthousiasmée. Sa nourrice s'activait, glissait des planches au-dessous et au-dessus des dessins, un essai pour une cachette secrète. Bientôt gravures, croquis, cahiers, objets, emballés et enfermés dans un coffre, pourraient y être abrités sans difficultés. Pour les tableaux, sa nourrice proposait de les aligner contre le mur et de les protéger avec des toiles et des planches que Rembrandt avait gardées en vue de les peindre. Puis toutes deux transformeraient ce lieu secret en placard à bois, ainsi fagots et bûchettes dissimuleraient totalement les peintures.

Le soir, fatiguées mais satisfaites, fières et honteuses en même temps, elles refermaient les portes du réduit métamorphosé. Il fallait encore transporter le bois de l'ancien bûcher dans la courette et aménager de quelques meubles cette petite pièce. Ainsi le tour était joué, tout en espérant que, le 2 novembre, les huissiers ne découvriraient pas la cache.

À la nuit, de la chambre de son père, Cornélia fut surprise par une voix masculine qui criait dans le couloir. Elle descendit et trouva Mamechleen seule mais bouleversée. Aussitôt celle-ci lui raconta :

« J'entends deux coups brusques de heurtoir et sans réfléchir j'ouvre la porte. Immédiatement un homme mal vêtu entre. Il demande à visiter l'atelier de Rembrandt. Mais son visage anguleux aux joues creuses, au regard dur et aux lèvres pincées provoque ma méfiance. Il dit : "Je veux voir l'atelier !" Je réponds : "Mais il n'existe plus !"

Il enchaîne avec brutalité tout en me poussant vers l'intérieur de la maison. "Alors, où sont ses toiles ?

— Toutes les peintures sont parties d'ici, monsieur !" En colère, il poursuit : "Je veux constater ! Je suis un ancien élève de Rembrandt, je viens chercher mes tableaux qu'il détient depuis longtemps, très longtemps, trop longtemps !

— Je transmettrai votre demande au sieur Jan Six qui s'occupe de la succession. Ici il n'y a plus rien dans l'atelier. Rien ! Vous m'entendez ? Si vous insistez, j'appelle mon mari et mes fils ! Au revoir, monsieur !" »

Cornélia soupira. Elle se sentait poursuivie et sans cesse renvoyée à l'absence. Et que savait-elle des élèves de son père au temps où son enseignement prospérait ? Mamechleen lui assura que ce visiteur n'était pas un élève. Elle les avait vus passer et parfois elle leur apportait des remontants. Jadis, dans la grande et belle demeure de Sint Antonies Breestraat, Rembrandt avait une curieuse manière de les isoler à l'intérieur de minuscules cellules qui ne communiquaient pas entre elles. Titus aussi racontait : au début, le peintre donnait à chacun un de ses tableaux à reproduire en dessin afin de dégager les parties claires et les parties sombres. Ainsi, l'élève étudiait les rapports entre lumière et ombre. Lorsqu'il avait réussi cette épreuve, il continuait de dessiner d'après modèle. Quand le maître le jugeait prêt, il avait le droit de copier à l'huile une de ses œuvres. Régulièrement Rembrandt passait, reprenait, corrigeait, améliorait un regard, une main, un drapé, et parfois signait de son nom. Chacun lui payait cent florins par mois. Il avait eu jusqu'à trente-cinq élèves. Titus assurait qu'à l'époque Rembrandt accueillait la richesse comme un dû. Leur père n'avait jamais su compter. Il avait reçu en don l'art de peindre et il le transmettait aux plus jeunes. « Ces disciples, tous des aristocrates, ne ressemblaient nullement à ce brigand mal intentionné », répéta encore Mamechleen. Cornélia avait peu de souvenirs de la belle demeure qu'ils avaient quittée lorsqu'elle était petite. Seules quelques images d'alors flottaient dans sa mémoire. Pourtant elle se rappelait comment elle se glissait dans l'atelier et, derrière des rideaux, se soustrayait à la vue de ses parents. Sa mère posait, son père laissait ses pinceaux, s'approchait d'elle, ouvrait le col de sa chemise, l'embrassait, changeait son collier et retournait à son chevalet. Un jour elle avait surpris Hendrickje assise sur un sofa, nue et belle. Mamechleen précisait que Rembrandt peignait alors *Bethsabée au bain*. Sur cette toile, la dame de compagnie de Hendrickje, c'était elle, fière de poser ! Et quel bonheur en ce temps-là ! Mais elle devait arrêter ces balivernes et poursuivre l'idée de faire ouvrir un guichet dans la lourde porte. Ainsi, elle surveillerait les visiteurs et débusquerait les importuns. Cette étrange visite ne lui disait rien de bon !

La jeune fille l'approuva. Sa nourrice souhaita faire poser un second verrou afin qu'elles fussent mieux protégées. « Et pourquoi pas un troisième ? », suggéra Cornélia en souriant.

Aussitôt Mamechleen partit en direction du petit pont pour s'entretenir avec le serrurier.

De retour, elle ajusta les landiers, tisonna et attisa le feu sous la marmite. Elle imaginait le jour où un chapon cuirait à la broche, comme autrefois. Cependant une odeur légère et appétissante s'élevait dans la maison.

Au souper, deux assiettes d'épais potage de légumes accompagnées de pain brun les réchauffaient tandis qu'elles ressassaient leur solitude et leur appréhension.

Enfermée dans la chambre du peintre devenue la sienne, Cornélia commençait la cérémonie de la nuit. Elle tournait face à elle un autoportrait de Rembrandt et le contemplait à la lumière des bougies. Puis, le cœur gros, sans aucune envie d'aller se coucher, elle décidait de se laisser surprendre. Après un temps de réflexion, elle pointait son doigt en direction d'un tableau qui allait devenir un lien éphémère, pour un soir, avec son père. Chaque peinture le représentait, expliquait ce qu'il avait cherché, ce qu'il avait voulu montrer. Elle lut une étiquette écrite de la main de Rembrandt :

Johannes Uytenbogaert, 1633.

Peint en 1633 ! Elle était née en 1654 et nous étions en 1669 ! Elle retournait la toile, approchait la chandelle, examinait le portrait. Elle s'interrogeait. Cet homme la regardait-il ? Allait-il lui parler ? Lui raconterait-il la guerre, les coups de main et les batailles qu'il avait menés ? Non, il s'en excusait, posant ses doigts usés sur son cœur. Il promettait de ne plus guerroyer et ses yeux imploraient le pardon. Rembrandt répétait qu'il connaissait les hommes et les savait capables du pire. Johannes Uytenbogaert partageait ses idées mais, comme lui, c'était un être juste, généreux, encore énergique malgré son grand âge et prêt à agir s'il le fallait. Sur l'habit noir, la fraise mousseuse, collier de blancheur, s'opposait à la barbe grisonnante. Son front s'illuminait, son intelligence rayonnait, ses fines rides disaient l'expérience. Dans une demi-obscurité, un livre aux pages étincelantes tenait compagnie au savant. Encore un regard échangé, ses yeux la troublaient, lui évoquaient un souvenir impalpable. Elle comprit enfin : il partageait le même regard que celui de Rembrandt dans son autoportrait au chevalet. La même intensité, la même curiosité profonde. Alors elle se montra obéissante, retourna le portrait contre le mur et souffla la bougie. Elle se dirigea vers le lit, posa sa tête sur l'oreiller, elle savait qu'elle allait s'endormir vite.

Malgré ses charges administratives, Jan Six avait frappé tôt le matin afin de surveiller les huissiers. Il leur parla et partit. Alors Mamechleen, anxieuse, les suivit. Ils commencèrent par l'atelier. Le plus petit dégageait les feuilles, les classant à sa manière ; le deuxième choisissait et énumérait de sa voix désagréable : « *Tronc d'arbre dominant un paysage*, de Rembrandt ; du même, un vieil homme assis, une vue de l'atelier, un Persan avec turban, *Le Reniement de saint Pierre*, une femme nue sur une butte, *L'Enlèvement de Ganymède*, tous de Rembrandt… » Et le troisième, assis dans le fauteuil du peintre, écrivait le plus rapidement possible. Puis ils se lassèrent. Le premier comptait les dessins et lançait : « Vingt esquisses, un portefeuille avec six gravures, du même… » D'un tiroir, l'un d'eux sortait des crayonnés, l'autre notait : « Deux lots de croquis… »

Durant toute la matinée, ils mirent au jour les petites œuvres du peintre. Puis, prévenant qu'ils reprendraient leur tâche à 13 heures précises, ils s'en allèrent. L'après-midi, découvrant des estampes qui n'étaient pas de Rembrandt, ils inscrivirent : « Une eau-forte d'Antonio Tempesta, des copies du maître Raphaël d'Urbino, une *Samaritaine*, signature illisible. » Puis ils reprirent : « Un vieux portefeuille contenant des ébauches, un dossier d'eaux-fortes, deux hommes nus, une femme dévêtue, du même, et une Vierge signée Mantegna… »

Enfin ils abordèrent les objets : « Un casque, un hamac, une boîte, un bloc de corail blanc, un fer à repasser, un éventail, un hausse-col en fer, quatre figures antiques, un panier des Indes orientales contenant de curieux croquis miniatures et des gravures sur bois de différents costumes… »

Revenue au temps où son maître avait été dépouillé, Mamechleen préféra les abandonner et se réfugia dans la cuisine. Quant à Cornélia, elle ne voulait rien voir et restait enfermée dans sa chambre.

Le lendemain, la vieille femme continua de les surveiller discrètement. Ils listèrent les peintures, les énumérant, inventant des appellations, se trompant… Le petit commença de les mesurer mais abandonna vite. À la fin de l'après-midi, ils allèrent vers la grande chambre de Cornélia. Gênés par sa présence, ils débutèrent par le linge et les meubles : « Une couverture, trois coussins orientaux, deux chaises espagnoles, un coffre, deux chandeliers de cuivre, un éteignoir, une chaufferette, un rafraîchissoir au dessus de marbre, une corbeille tressée, une table carrée, un coffret, des registres… » Ils lui demandèrent alors de s'éloigner afin de pouvoir retourner les tableaux. Elle obéit.

Les deux femmes mangèrent en silence. Le regard grave de Cornélia se posait sur le visage ridé et les yeux cernés de Mamechleen ; la jeune fille pensait à leur complicité et à leur anxiété commune au sujet de la cachette. Cornélia ressassait cette action qu'elle jugeait peu honnête ; elle en oubliait parfois la présence des trois intrus qui aboyaient à propos de chaque objet ayant appartenu à Rembrandt, que ce fût un ridicule petit coquillage ou une éblouissante peinture.

Le troisième jour fut consacré au vestibule, à l'antichambre, à la salle de réception, à la petite chambre et à la cuisine. Cornélia et sa nourrice rôdaient, mais les trois huissiers s'activaient. À la fin de l'après-midi, ils abordèrent la cuisine. Ils passèrent, ouvrant et refermant immédiatement le placard, puis ils notèrent tous les instruments ménagers. Le soir, comme ils l'avaient prévu, le recensement des œuvres d'art, des meubles, des bibelots, du linge et des ustensiles était achevé. Mamechleen constata que le premier inventaire de l'immense demeure de Sint Antonies Breestraat, dans l'année 1656, avait duré huit journées. Ici, en 1669, tout était couché sur le papier en trois jours. Cornélia vécut ce temps comme une tempête. Un vent furieux mettait son logis à sac. La tornade brisait tout, la pluie et la grêle frappaient aux fenêtres, un courant glacé circulait de pièce en pièce.

Puis les momies disparues, lentement le calme se réinstalla. Le soleil surgit dans l'atelier, illuminant le *Paysage aux trois chaumières* posé sur un chevalet, il caressa le pot de faïence bleue et se nicha sur le carrelage rougeâtre. Cornélia imagina une embellie ; tout semblait l'inviter. Elle sortit de leur cachette peintures et dessins qu'elle admira d'un œil vif. Elle les rangea dans la chambre, ayant déjà oublié la malice d'un tel geste. Le long des murs, des toiles retournées attendaient sagement son regard. Bien que contempler les œuvres fût défendu, elle descendit dans le salon quelques gravures qu'elle dissimula sous un tissu. Elle en ferait de même pour les dessins mais elle devait les classer, Rembrandt assurant qu'un certain nombre ne lui servaient que d'esquisses et d'essais préparatoires à ses toiles. Cornélia se mit à rêver qu'un jour peut-être des visiteurs entreraient, commenteraient et admireraient comme autrefois les chefs-d'œuvre paternels.

Chaque matin elle aimait refaire la promenade quotidienne de son père. En entrant, il caressait les tissus emmêlés qui flottaient sur le portemanteau du vestibule : soie satinée, velours moiré, vieilles broderies, fourrures usées… Puis il pénétrait dans la petite salle aux murs couverts de tableaux. Sur la console, deux bustes antiques veillaient sur des coquillages exotiques et voisinaient avec une cloche de bronze venue d'Asie. Il poursuivait son chemin par sa chambre, celle de laquelle Mamechleen avait ôté tous les objets. Cornélia le revoyait caresser de sa main épaisse un étrange masque blanc venu probablement d'Afrique. Il terminait par le labyrinthe désordonné de son atelier. Il marmonnait qu'il réfléchissait pour mieux innover dans sa prochaine peinture.

Tous les jours, le long de ce parcours doux et âpre, elle ressassait sa fidélité. Aujourd'hui, elle se sentait riche, même si elle devait partager ces biens avec le bébé braillard ! Son père n'était plus, son père était là. Dans toutes les pièces, sa présence irradiait et elle se jurait de tout mettre en œuvre afin que sa peinture lui survécût comme il l'avait tant souhaité. Sans savoir comment elle ferait… Elle se promettait de tenter l'impossible…

III

La nuit suivante, lorsque toutes deux dormaient, un coup violent retentit. Mamechleen se précipita. Le vent glacé s'engouffra et traversa le vestibule. La porte de la maison grande ouverte, elle aperçut un gamin de dos qui s'enfuyait, courant en direction du canal. Cornélia descendit et ramassa la clé qui gisait sur le carrelage. Elles refermèrent la porte et le verrou. Inquiètes de cet incident, elles cherchèrent ce que le jeune garçon avait pu voler. Un seul tableau minuscule avait été dérobé dans l'entrée ; il représentait un peintre tout petit qui se tenait face à une immense toile posée sur un chevalet, une œuvre de jeunesse de Rembrandt. Aucune autre peinture ne manquait ; le coffre à bijoux de la jeune fille n'avait pas été ouvert et les florins demeuraient en ordre dans le tiroir tels que Mamechleen les avait rangés. Au petit matin, elles étaient encore assises dans la cuisine. La nourrice prétendait que le faux élève avait dû voler la clé. Elle ne s'était aperçue de rien, mais heureusement elle avait entendu la porte grincer et elle s'était alors précipitée. Cornélia jugeait indispensable d'aller prévenir Jan Six de cette intrusion. Sa nourrice proposa de recueillir un aveugle qu'elle connaissait de longue date, à qui elle apportait souvent de la nourriture, et qui pourrait surveiller la maison. Un aveugle, quelle idée ! Il n'y verra rien ! Mieux qu'elle, il saurait deviner, entendre, prévenir ; sa présence les protégerait et elles le sauveraient de la rue et du froid. Cornélia lui laissa la responsabilité de ce choix. Enfant, Mamechleen avait été placée dans une auberge. Elle y avait souffert mais se souvenait de sa patronne, une grande et forte femme, qui répétait sans cesse d'une voix autoritaire : « Quand je donne un ordre, il doit être exécuté immédiatement ; et retenez ce conseil : on ne doit jamais remettre au lendemain ce que l'on peut faire dans la minute qui suit. Allez, ouste, chacune au travail ! » Souvent Cornélia avait entendu sa mère affirmer que cette sentence l'avait sauvée lorsqu'elle devait être modèle, s'occuper de Titus et de sa fille, tenir le commerce de tableaux, gérer les dettes, répondre aux questions du tribunal sur son concubinage avec Rembrandt et choyer cet homme meurtri. Immédiatement, Cornélia se prépara afin d'aller chez Jan Six. Elle voulait lui raconter la visite du faux élève, suivie du cambriolage nocturne. Très contrariée par ce vol, elle était effrayée à l'idée qu'on vienne une nouvelle fois leur dérober des tableaux.

Mamechleen se dirigea alors vers les halles, traversa le marché des bouchers aux odeurs nauséabondes, puis celui des poissonniers. Là elle aimait regarder les étals brillants des produits de la mer. Sous une rotonde au milieu des miséreux, elle rencontra Salomon qui calmement attendait une aumône. Elle s'assit près de lui et lui expliqua que sa présence dans leur maison les rassurerait. Il hésita ; elle insista, développa de bonnes raisons et il accepta. Tous deux pénétrèrent dans la maison de Rozengracht. Mamechleen nourrit l'aveugle puis commença à transformer l'ancien bûcher en chambre. Elle monta au grenier chercher une paillasse ; à l'atelier elle emprunta des coussins et un tapis de Tournai, une chaise espagnole ainsi qu'une petite table. Lorsque Cornélia rentra, sa nourrice lui présenta Salomon. Grand et maigre, un long visage au front dégarni et à la barbe blanche, il ressemblait à un dessin de son père. Elle se demanda même… Elle revoyait une esquisse. Elle chercherait…

En l'absence de Jan Six, parti pour Haarlem, c'était Margaretha Tulp-Six, son épouse, qui l'avait reçue. Pour la première fois Cornélia pénétra dans les immenses appartements. Consoles et guéridons, précieuse armoire de marqueterie à fleurs, tulipiers de faïence de Delft et sculptures d'argent. Les murs étaient couverts de tapisseries et de tableaux. Aimable, l'hôtesse lui proposa de passer dans le petit cabinet de peinture où elle lui montra une eau-forte de son père, appelée *Le Pont de Six*. Elle lui raconta l'exécution de cette gravure. Par une chaude journée d'été, Rembrandt et son époux Jan Six marchaient le long de la rivière, près de leur maison des champs. Un valet vint les prévenir que le dîner était prêt mais qu'il n'y avait plus de moutarde. Jan lui donna l'ordre de courir en acheter un pot au village tout proche. Rembrandt, qui dans sa sacoche avait des plaques de cuivre prêtes à être gravées, lança en riant le défi : « Avant son retour j'aurai terminé l'image de ce pont. » Et il gagna son pari. Rembrandt aimait travailler sur le motif mais avouait que, s'il le fallait, il perfectionnait la plaque dans son atelier. Il créa *Le Pont de Six* dans l'instant. Cornélia examinait ce large pont de bois sur lequel deux hommes bavardaient. D'un côté, un bateau aux voiles dépliées voguait, de l'autre deux arbres se dressaient ; au loin on apercevait le village. Une harmonie subtile. Margaretha Six affirma que Rembrandt avait réalisé des eaux-fortes aux traits si fins qu'elle pouvait être fière d'être sa fille ! Puis elle lui montra l'unique illustration qu'il avait gravée pour la pièce en vers de Jan Six, *Médée*. Dans la représentation du *Mariage de Créüse et de Jason*, la voûte et les colonnes de l'église étaient éclairées alors que la lumière qui se répandait sur l'autel et les mariés s'assombrissait pour jeter le premier plan dans la nuit du drame. Son mari disait que Rembrandt était un perpétuel inventeur. Ses gravures oscillaient entre les zones de blanc qui appelaient le regard et l'obscurité totale, juste trouée d'un point lumineux comme dans *La Fuite en Égypte* ou *L'Adoration des bergers*. Cornélia se souvenait-elle de ces énigmatiques eaux-fortes toutes noires ? Avant Rembrandt, aucun artiste n'avait osé créer de tels paysages nocturnes. Puis Margaretha lui promit de transmettre ses craintes à son époux ; il saurait les prendre en compte et ferait en sorte que toutes ses appréhensions disparussent. Cornélia traversa la ville, elle aurait dû être dans le contentement, mais la vue des œuvres paternelles n'avait fait qu'augmenter sa peur des voleurs qui, à tout moment, pouvaient resurgir.

Le soir, Salomon refusa de dîner avec les deux femmes. Il préféra manger seul dans le bûcher qu'il appelait son « petit salon ». Avant de se coucher, Cornélia s'empressa d'aller lui dire bonsoir ; elle lui avoua qu'à Mme Six elle avait affirmé se sentir la gardienne d'un temple. Celui-ci ne devait jamais être dévasté et elle lui en confiait la charge.

Puis elle quitta la cuisine pour sa chambre. Vers minuit, alors que tout semblait endormi, inquiète, elle redescendit.

Salomon surgit comme un diable qui sort de sa boîte, et d'une voix forte lança :

« Qui va là ?

— Mais c'est moi, Cornélia !

— Jeune fille, parlez. Vous êtes seule ?

— Oui, bien sûr !

— Alors je vous prie de remonter et de redescendre, je dois pouvoir reconnaître vos pas, vos gestes, votre voix, votre souffle. »

Elle fit plusieurs allers et retours avec légèreté ou lourdeur, lui murmura des phrases douces ou hurla quelques mots dans sa direction. Bientôt il la remercia et lui promit de ne plus jamais se tromper. Elle s'assit auprès de lui, lui prépara une eau parfumée aux amandes et lui répéta combien, pour elle, les peintures de son père demeuraient précieuses.

« Je suis sûre qu'un jour elles vaudront une fortune. Mais qu'importe ! Aucune ne doit sortir d'ici.

— Aucune ne sortira, petite demoiselle. Je veillerai nuit et jour, je vous le jure.

— Et quand dormirez-vous ?

— Un aveugle sommeille sans dormir. Ne vous inquiétez pas. Sans cesse, j'épie le moindre bruit, une feuille qui vole, une souris qui grignote, une goutte d'eau qui tombe… Mes yeux sont perdus dans le gris mais la plus petite vibration me parle. Une respiration, un tissu qui bouge, je suis en alerte, je sens une présence, je crie et la signale. Soyez tranquille, petite demoiselle !

— Je compte sur vous. Maintenant je vais me coucher et, grâce à votre présence, je vais dormir profondément, comme autrefois, lorsque je partageais la chambre avec Titus, mon frère aimé. »

De retour à Amsterdam, Jan Six avait réagi promptement. Selon lui, l'homme qui était entré dans la maison de Cornélia et l'enfant qui avait emporté le tableau faisaient partie d'un groupe organisé. Plusieurs marchands avaient été récemment victimes de vols. Il leur rendit visite. Jan Six souhaitait aller au port accompagné de dame Mamechleen afin qu'elle observât et peut-être reconnût celui qui s'était présenté comme l'ancien élève de Rembrandt. Il s'excusa, mais la pria de se vêtir telle une patricienne afin qu'elle fût méconnaissable. Le pourrait-elle ?

« Les peintures de mon père seraient-elles devenues monnayables ? », ne put s'empêcher de demander Cornélia.

Jan Six lui répondit que Rembrandt avait été un maître pour l'Europe entière ; il avait des œuvres dans les châteaux d'Angleterre, en France au Palais-Royal et chez feu le cardinal de Richelieu. Peut-être existait-il un réseau de malfaiteurs en liaison avec les pays étrangers.

La jeune fille crut comprendre la complexité de l'appréciation et demanda la permission d'accompagner Jan Six et Mamechleen. En souriant, celui-ci refusa, trouvant qu'elle ressemblait trop à Rembrandt jeune, ses cheveux roux la dénonçant. Elle proposa de les dissimuler et de s'habiller en garçon. Il accepta mais la pria d'aider sa gouvernante à se préparer.

Enthousiaste, Cornélia réfléchit aux meilleurs travestissements. Elle descendit une de ses robes, un gilet rouge, une cape brodée, des bonnets et des cols de dentelle. En rechignant, Mamechleen essaya ces vêtements qui lui semblaient étranges sur elle. Avec efficacité et rapidité, la jeune fille visita atelier et grenier, s'empara d'un pourpoint brun, trouva un béret paternel dans lequel elle cacha sa chevelure, ainsi qu'une étole de fourrure qui allait métamorphoser sa nourrice. Elle s'occupa de sa tenue, desserra la robe, ajusta le gilet, voulut lui enfiler des bottines – là, Mamechleen se fâcha. Alors elle courut chercher des chaussures moins élégantes. Puis vinrent les bijoux. L'habilleuse souhaitait que la noble dame se parât d'un collier ou d'un médaillon. Du coffre contenant les bijoux de sa mère, les siens et quelques rares pièces ayant appartenu à Saskia autrefois, elle sortit un rang de perles. La vieille femme le refusa. Elle s'assit, n'accepta qu'une pointe de dentelle sur ses cheveux coiffés en chignon. Cornélia l'admira. Avec précipitation, elle enfila un justaucorps emprunté à Salomon, des galoches, une gibecière qu'elle glissa sur son pourpoint, puis cacha ses taches de rousseur sous une poudre blanche et étala un peu de poussière pour faire plus vrai. Toutes deux soulevèrent le voile du grand miroir. Elles demeurèrent stupéfaites de leur nouvelle image : l'élégance de Mamechleen et l'aspect « garnement » de Cornélia. Elles laissèrent vite retomber le tissu, et la glace redevint une tenture totalement noire.

Jan Six, accompagné d'un garde, cognait à la porte. Il apprécia les nouvelles silhouettes des deux femmes. Ainsi Cornélia lui rappelait-elle quelque dessin de jeunesse de Rembrandt, lorsqu'il ne cessait pas de se représenter. Bien que la jeune fille eût un visage et un nez beaucoup plus fins, il demeurait ému devant une telle ressemblance.

Bientôt tous trois se promenaient le long des quais animés du port. Ils croisaient des marins, des mousses et de nombreux portefaix qui chargeaient et déchargeaient les bateaux. Mais point d'homme aux yeux de lynx et à la bouche en lame. Après deux heures de recherches infructueuses, Jan Six demanda à Mamechleen si elle accepterait de pénétrer dans les tavernes et d'y inspecter les clients. De son côté, il irait rendre visite au capitaine du port d'Amsterdam. Cornélia surveillerait à l'extérieur et viendrait le prévenir à la capitainerie au cas où sa nourrice reconnaîtrait l'intrus.

Durant sa longue attente, des sentiments mêlés l'envahissaient : joie d'errer devant ces marchands de sabres d'Islam, de boucliers des Indes orientales, devant ces étals de soieries brodées ou d'épices aux senteurs subtiles et piquantes. Plus loin il y avait un marchand de coquillages venus d'îles lointaines. Rembrandt appréciait ces nautiles, leur forme élaborée, leur dessin aux dégradés pastel qu'il aimait graver. Cornélia se rappelait la dernière visite en sa compagnie. Enthousiasmé par des masques d'Indonésie, il lui avait demandé la permission d'en acheter un et elle avait accepté. Elle ressentait encore son geste chaleureux. Mais, à la fin du mois, il n'y avait plus un florin pour les nourrir. Sa nourrice avait dû emprunter quelques pièces de monnaie à l'apothicaire.

Discrètement, Mamechleen entrait dans un estaminet, elle y examinait chaque homme. Aucun ne ressemblait au faux élève. Elle sortit et surprit Cornélia dans sa rêverie ; elle l'entraîna à la porte d'un autre établissement. Restée à l'extérieur, la jeune fille ne pouvait s'empêcher de penser aux promenades qu'elle avait faites avec son frère. Le long des canaux, Titus lui montrait la ville et tous deux marchaient jusqu'au port où ils déambulaient parmi les marchands à la recherche de leur père. Un jour, lorsqu'elle avait douze ans, son frère, habituellement si calme, s'était dressé en colère contre Rembrandt. Il venait de rentrer d'une escapade, avait posé sur la table un petit paysage d'Hercule Seghers et un dessin représentant *La Samaritaine* de Giorgione, ainsi qu'un visage qu'il disait être celui d'une *Vierge* de Raphaël d'Urbino. Ce dernier lui avait appartenu jadis et, dans un rire démoniaque, il disait ne pas avoir pu s'empêcher de le racheter. Bien entendu, Titus devait aller payer ces trois œuvres... Dans l'atelier, elle n'en avait aperçu aucune et s'interrogeait soudain sur leur sort. Qu'étaient-elles donc devenues? Allait-elle les retrouver? Que de bizarreries entouraient son père!

Elle avançait de quelques pas vers deux hommes noirs qui bonimentaient devant leur négoce de perroquets. Un grand oiseau bleu aux ailes rouges, au bec jaune et crochu répétait sans cesse: « *Ik hou van je mijn lieve*, je vous aime... » Au loin, des singes espiègles lançaient de petits cris aigus. C'est alors que Mamechleen sortit et lui fit signe. À l'intérieur de La Taverne des Iles, elle avait reconnu l'homme qui l'avait menacée; il jouait aux cartes avec d'autres. Immédiatement Cornélia courut vers la capitainerie et avertit Jan Six. Pendant ce temps, l'observatrice était entrée à nouveau dans la salle, s'était assise à une table non loin des joueurs et bientôt désignait à sieur Six, qui l'avait rejointe, le présumé voleur. Alors il remercia Mamechleen et pria les deux femmes de retourner vers leur logis. Les gardes veilleraient et s'empresseraient d'exécuter leur mission; très vite cette bande serait dans l'impossibilité de poursuivre ses méfaits. Déçues, elles quittèrent le port et atteignirent la maison de Rozengracht où Mamechleen se dévêtit en soupirant de satisfaction. Quel plaisir de retrouver sa robe grise toute simple et son tablier bleu de tous les jours. Cornélia, elle, traîna en garçon manqué, enfila la blouse de peintre de son père et entreprit un premier rangement de l'atelier.

Deux jours plus tard, une nouvelle porte avait été posée avec guichet à barreaux et petit volet afin d'observer qui frappait. Une serrure imposante et deux gros verrous garantissaient contre tout intrus. Mamechleen était satisfaite et Salomon veillait. Souvent on l'entendait chanter une mélopée triste, à peine audible. Fait étrange, sa simple présence réconfortait les deux femmes. La vieille servante se reprochait de ne pas l'avoir fait venir immédiatement après la mort de son maître.

Mais la nouvelle porte coûtait cher et le serrurier avait constaté la vétusté de plusieurs fenêtres. Il serait indispensable de les changer pour assurer une sécurité absolue. Après l'inventaire, Cornélia se sentait autorisée à vendre les gravures dont elle avait découvert plusieurs épreuves telles *Adam et Ève* ou *David en prière*. Elle s'était souvenue d'un ami de Titus, marchand comme lui, chez qui ils allaient ensemble. Elle avait retrouvé son nom : Hans Van Hermand. Elle revoyait ce jeune homme distingué en conversation avec son frère, toujours sérieux. Titus, d'une grande beauté, demeurait pondéré, serein et sage. Elle devinait pourquoi Magdalena l'avait aimé et entraîné vers le mariage alors qu'il avait de la peine à s'éloigner d'eux. À cette époque, il travaillait avec le peintre Van Loo et lui rendait souvent visite ; sa fille, blonde et belle, fine et spirituelle, l'attendait. Ils formèrent un couple exemplaire. Quel chagrin ! Quel vide Rembrandt et elle avaient-ils ressenti lorsqu'il avait quitté la maison ! C'est alors que Cornélia s'était réfugiée auprès de son père qui vieillissait ; il l'avait acceptée comme aide, apprentie, coursière, maîtresse d'atelier et maîtresse de maison. La main dans la main, ils avaient tout partagé une longue année. Parfois, il consentait qu'elle l'accompagnât à des ventes aux enchères. Dans un fatras de faïences, d'images, d'armes, de colifichets, son père, sans le sou, choisissait d'acheter quelques os gravés, venus de pays lointains et bon marché. De retour, prenant sur la petite pension que sa mère lui avait léguée, elle lui donnait la menue monnaie nécessaire, tout en rêvant de pouvoir lui offrir quelques florins. Il ne disait jamais merci et s'éloignait, un sourire énigmatique aux lèvres. Sa passion était satisfaite.

Auprès de lui, elle succédait à Titus en préparant les couleurs. Chat craintif mais curieux, elle l'avait observé et maintenant appliquait ses méthodes. Son père la félicitait à peine mais, depuis le départ de son frère, elle ne le quittait plus et il savait lui réclamer burin, couteau ou truelle. Il peignait son autoportrait. Avec intensité, ses yeux se fixaient sur le miroir. Il tournait le bras, lançait le pinceau, sur un fond brun exécutait les plis rougeoyants d'un grand col et aplatissait la pâte de ses doigts. Avec un couteau, il labourait la palette couverte d'ocre et assombrissait le tout. Puis, avec précaution, il peignait son visage au pinceau fin, de petits traits roses, rouges, blancs. Et, sur le haut du front, il dispersait une traînée de lumière dorée. Enfin il noircissait la manche de son habit.

En ce temps-là, il travaillait la matière, la couleur en jets épais, les ombres faites d'enduits sur lesquelles il jetait la pâte à l'aide d'un couteau. Il jubilait devant les brillances nacrées. Mais il semblait aussi satisfait face aux volumes légers, aussi aériens qu'une brume colorée. Ses paroles lui revenaient : « J'ai atteint là l'ultime couche, la peinture est devenue éclat de lumière, ouate vibrante, opalescence… Je voulais cet effet. C'est ma signature ! »

Pauvre Rembrandt ! Durant cette dernière année, personne ne le complimentait. Elle tentait de lui dire que sa peinture était belle. « La beauté n'a rien à voir, ma fille ! Elle est trop facile ! C'est la force intérieure, un aimant qui doit capter l'œil du visiteur, clouer son regard au tableau et qu'il en soit aveuglé, tu m'entends ? »

Elle n'y comprenait rien, se taisait, honteuse d'être si stupide. Qu'aurait répondu sa mère ? Qu'aurait répondu son frère ? Elle ne réussissait pas à l'imaginer. Aujourd'hui, n'ayant plus que son regard clandestin qui se perdait sur une de ses peintures, elle croyait deviner ce qu'il voulait dire.

L'ombre de Titus planait sur elle. Son frère, si modeste, assurait à chacun que leur père frôlait le génie. Il avait toujours eu foi en Rembrandt. Maintenant, la tâche gigantesque de redonner la célébrité à son nom et à sa peinture lui revenait. Elle pesait sur elle. Sur elle seule. Comme elle avait hâte de revoir tous les tableaux qui formaient le rempart de sa fidélité.

À cette époque, auprès de Rembrandt, elle voulait remplacer sa mère et son frère. Un matin, il lui avait demandé de poser. Comme Saskia, la belle *Flore* d'autrefois, comme Hendrickje, la *Femme se baignant dans la rivière,* elle allait devenir son modèle. Serait-elle un jour son sujet préféré comme l'avait été Titus ? La joie l'avait envahie. Mais très vite elle comprit qu'on ne devait pas bouger. Il avait choisi de la peindre de face, les mains appuyées sur un cadre de chêne et sans décor. Au bout d'une heure son dos, ses bras, ses jambes la faisaient souffrir. Tout son corps s'ankylosait si fort qu'elle remua brusquement et il se fâcha. Il lui cria de s'en aller. Incapable de poser, elle n'avait qu'à rejoindre Mamechleen à la cuisine. Honteuse, elle sortit.

L'après-midi, elle remonta dans l'atelier, lui proposa de reprendre la posture et promit de la tenir. Elle s'efforça de supporter tensions et douleurs. Plusieurs jours de suite, elle fut un sage modèle, mais le soulagement et la satisfaction l'envahirent lorsque le tableau fut terminé. Cornélia ne l'appréciait guère mais n'en dit mot. Le peintre le posa à côté d'un portrait de Titus et cela lui suffit. Fils et fille voisinaient.

Son frère, « l'enfant raisonnable » comme l'appelait sa mère, n'avait pas seize ans quand elle l'associa à son commerce de tableaux qu'elle avait créé après la ruine désastreuse de Rembrandt. Après la vente de tous les biens du peintre, Hendrickje et Titus le prirent en charge par un contrat signé devant notaire. Alors tous deux pouvaient vendre ses nouvelles œuvres et en toucher les sommes dues. Ainsi les dettes du peintre n'intervenaient plus. Sa mère prétendait qu'il n'avait jamais souffert de ce tutorat dont il était l'instigateur. Au contraire, libéré des problèmes financiers, il pouvait s'adonner pleinement à son art.

Elle, c'était le magasin de peintures qu'elle aimait fréquenter. Après la mort de sa mère, Titus lui en confiait souvent la garde. Parfois elle le suppliait de fermer la boutique pour l'accompagner dans les visites qu'il rendait à d'autres marchands ou à des artistes. Ils longeaient les canaux et devisaient. Elle souhaitait ne jamais arriver. Elle le questionnait sur son enfance. De sa voix grave et chaude, Titus lui racontait qu'après leur mariage, Rembrandt et Saskia avaient vécu un drame : la mort de trois nourrissons. Un garçon, deux filles, appelées Cornélia comme elle. À sa naissance, sa mère était épuisée. Elle les avait quittés alors qu'il avait un an à peine. Bien que désespéré de la mort de sa jeune et belle épouse, Rembrandt avait été un excellent père à la présence chaleureuse. Tout en étant très pris, chaque soir il venait jouer avec lui et lui lire un passage de la Bible. Croyant bien faire, il avait engagé comme gouvernante la veuve d'un joueur de trompette, Geertje Dircx. Elle s'occupa tendrement de lui, mais il gardait le souvenir de scènes tonitruantes entre elle et son père. Lorsqu'il avait huit ans, Hendrickje entra dans leur vie et ce fut un bienfait pour tout le monde…

Cornélia était convaincue que Rembrandt aimait Titus d'un amour fou; pour ce père il représentait la vie qu'il fallait protéger, par exemple son frère n'avait jamais eu le droit de patiner sur les canaux gelés. L'aimait-il, elle, la seconde, qui était une fille, une Cornélia ? Pourtant, Titus le réprimandait lorsqu'il se laissait aller à ses caprices. Il lui interdisait d'acheter des œuvres de ses confrères. Il devint le fils-père ! Une curieuse famille !

Elle ne voulait pas quitter ce frère qui lui faisait la morale, l'éduquait comme Rembrandt l'avait fait pour lui au cœur de sa célébrité. Il lui vantait la générosité, l'honnêteté, l'énergie travailleuse, le don aux plus pauvres. Il lui lisait des passages de la Bible et lui donnait comme modèle sa mère. Parfois son regard s'égarait, il semblait mélancolique, mais il revenait vite vers elle avec sa bonté de tous les instants. Son frère unique, son frère dont elle aurait tant besoin, son frère disparu, son frère toujours aimé. Il l'emmenait chez Hans Van Hermand. Mais où était-ce donc ? Une belle vitrine au coin d'un canal. Si elle zigzaguait à travers la ville, ses pas l'emporteraient sans doute vers ce magasin de peintures ! Demain, elle tenterait l'aventure.

Cornélia se souvenait d'un beau parleur avec un léger accent prussien, se montrant toujours à son avantage. Une sorte de danseur aux gestes gracieux, comme dans un ballet que frère et sœur regardaient, stupéfaits. Avec brio, il décrivait ses riches clients, son salon le plus en vogue, ses peintres au talent éblouissant, et il lançait quelques citations latines qui les étonnaient. Lorsqu'ils le quittaient, Titus, tout en le respectant, se moquait de ses propos.

Son frère, à la pâleur divine, avait été emporté brutalement par la peste le 4 septembre 1668, quelques mois après son mariage. Il y avait plus d'une année déjà. Même si sa fille Titia avait vu le jour après sa mort, ce rejeton ne pouvait pas le remplacer. Rembrandt déclarait qu'il voulait élever sa petite-fille. Mais il avait sombré. Usé. La perte de Titus l'avait brisé.

Elle descendit vers Salomon, s'assit près de l'aveugle et lui prit la main. D'une voix lente et chaleureuse, il se mit à lui conter la rencontre de David et de Jonathan.

Ils allaient partageant une amitié unique… L'âme de Jonathan liée à celle de David. Jonathan l'aimait comme un frère. Il protégeait David, il le soutenait. Alors que c'était lui Jonathan qui devait devenir roi, succédant à Saül son père, il prédit à son ami qu'il allait régner et prépara son trône…

Auprès de l'aveugle, lentement la jeune fille s'apaisa. Doucement elle s'endormit.

IV

Les canaux étaient couverts de plaques de glace aux reflets argentés. Face à Cornélia, de petites îles blanches flottaient sur l'eau grise. L'air vif piquait les joues, le soleil réchauffait à peine.

Dans la lumière bleue de l'hiver, elle marchait le long d'un parapet et cherchait le chemin pour retrouver le magasin du marchand, Hans Van Hermand. Soudain elle heurta un pavé surélevé. Elle s'arrêta et regarda un pont bosselé. Elle décida de le traverser. Puis tourna, s'appuya contre un muret, frotta ses mains gelées et observa ce qui l'entourait. Là-bas, sur le petit canal, la glace avait pris. Déjà des enfants patinaient, s'appelaient, viraient et glissaient. Cornélia se revit serrant la main de sa mère qui s'était échappée d'une séance de pose et l'avait entraînée sur le canal. Elles tournaient et dansaient, légères comme des oiseaux, leurs capes courtes volaient et leurs joues s'empourpraient. Rembrandt bougonnait, refusant de perdre son temps sur des patins.

Cornélia avança et, là, face à elle, au coin du Prinsengracht, la boutique de Hans Van Hermand !

Elle poussa la porte, le carillon retentit. Un homme jeune l'accueillit de ces mots :

« Mademoiselle Rembrandt, quelle surprise ! Que puis-je faire pour vous ? Mais venez, venez vite près du foyer et enlevez votre cape ! »

Muette, elle se retrouva face à une haute cheminée de pierre où des flammes orange et bleu s'élançaient. Hans approcha un fauteuil aux dorures éclatantes, la pria de s'asseoir et demanda la permission de lui ôter ses souliers. Il courut chercher des pantoufles couvertes de pierreries. Elle se laissa choyer. Hans la déchaussa et lui tendit une boisson chaude :

« Quel honneur, mademoiselle Rembrandt ! Me ferez-vous le plaisir de partager avec moi mon modeste déjeuner ? Des petits pâtés, quelques huîtres et des poissons grillés. Je vous offrirai des pommes, ces beaux fruits rouges qu'un de mes clients m'a envoyés. Parfois un ange arrive vers vous… »

Comment l'avait-il reconnue ? le questionnait-elle. Alors Hans insistait. Il fallait qu'elle sût qu'elle était le portrait vivant de son père. Mais mille fois plus belle et mille fois plus jeune, bien sûr ! Et elle avait la grâce de sa mère… Une dizaine d'années en arrière, avant d'ouvrir son négoce, il avait étudié la peinture dans l'atelier de Rembrandt. Il avait alors examiné ses autoportraits, dessins et tableaux sur lesquels il se représentait en gamin, en garnement, en jeune peintre, en fier officier, moqueur ou interrogateur, distant ou grimaçant, triste ou rieur, toujours conquérant. Sa fille était devenue une jeune femme élégante, sur son visage on apercevait les beaux traits de Hendrickje, mais aussi quelques réminiscences de l'élégant autoportrait au béret. Elle se devait de partager ces poissons appétissants pêchés avant le gel.

Après le repas, Hans l'invita à faire le tour de son officine. Il lui présenta une marine sur laquelle un trois-mâts résistait aux vagues déchaînées ; à côté une mère coiffait son enfant dans une pièce carrelée de rouge, une porte s'ouvrant sur un jardinet. Vint un petit banquet : une table couverte de coquillages, de fleurs, de fruits, de noix et de quelques grains de raisin. Plus loin sur un chevalet trônait une scène d'auberge, une fête, le vin coulait, un musicien déhanché jouait, un couple dansait, un homme saisissait le sein dénudé d'une servante… Surprise de la légèreté du sujet, Cornélia ne sut que dire. Ayant repris ses esprits, elle avoua qu'elle souhaitait vendre quelques gravures de Rembrandt. Il répondit que ce serait une faveur pour lui, qu'il les défendrait de son mieux, comme s'il les avait réalisées lui-même, mais que la cote de son père demeurait au plus bas. Elle voulut en savoir les raisons. Il déclara qu'en ce moment les acheteurs raffolaient de scènes d'intérieur, de marines, de natures mortes ou de petits dîners… Ces sujets étaient le contraire de ceux choisis par son père. La société avait changé, ses goûts aussi. La guerre les menaçait et, même en peinture, un besoin de réconfort se faisait jour. Par le passé, à Anvers, il y avait eu Rubens. Amsterdam avait créé Rembrandt et l'avait délaissé.

Il ouvrait la porte d'un petit salon. Sur un chevalet, une jeune fille semblait les attendre pour commencer à jouer de la mandoline. Hans affirmait que Bartholomeus Van der Helst, un ancien élève de son père, peignait de nombreux musiciens et musiciennes. Aujourd'hui, les clients riches étaient séduits par cet art flatteur qui s'opposait à la grandeur biblique de Rembrandt. « Ce pour quoi la cité l'avait rejeté ? », questionnait Cornélia. Non ! Après sa mort, sa peinture demeurait et il lui jurait de la défendre. Il l'attendait avec des œuvres, il avait déjà hâte de la revoir… Elle le pria seulement de vendre ses gravures au meilleur prix. Ce qu'il jura de faire.

Elle se fâcha lorsqu'il voulut la serrer dans ses bras. Il déposa un baiser sur ses cheveux, alors elle s'éloigna de lui et le quitta promptement. Allant le long des canaux, Cornélia se sentait légère, aérienne, lestée du poids de sa peine. Elle s'étonnait, se le reprochait, sans attacher d'importance à ses remontrances. Un sentiment d'exaltation l'envahissait et elle aurait voulu s'envoler comme les mouettes qui planaient au-dessus du canal.

À la maison, Mamechleen était absente et Salomon se reposait. Il la salua de sa voix feutrée mais elle lui répondit à peine. Elle monta, s'enferma dans sa chambre. Cornélia avait toujours aimé les siens avec gravité et profondeur. À cette heure, elle s'égarait, oscillait entre douceur rêveuse et imagination plaisante... Mais qu'avait-elle donc ? Quelle fièvre l'envahissait ?

Soudain Mamechleen apparut, s'assit près d'elle et raconta qu'elle avait parcouru la fête. Elle y avait écouté les violoneux ; sur le pont, elle avait vu une danseuse qui jouait du tambourin tandis qu'un jeune garçon l'accompagnait au flageolet. Elle s'était arrêtée devant les tréteaux d'un marionnettiste qui enchaînait les farces du clown Pekelharing et, au milieu de gamins montés sur des échasses, elle l'avait applaudi. « Où voulait-elle en venir ? », lui demandait Cornélia. Elle allait lui raconter la rencontre incroyable qu'elle avait faite ! Tandis qu'elle passait devant une baraque où des hommes buvaient de la bière, un petit vieillard tout rond se détacha et l'apostropha :

« Vous ne seriez pas la servante de Rembrandt ?

— Bien sûr que oui ! avait-elle répondu à cet impertinent. Et vous, qui êtes-vous ?

— Bah… Isaac Boudouch ! Vous ne me reconnaissez pas ? À Leyde, j'étais avec Rembrandt dans l'atelier de Jacob Van Swanenburgh, notre premier maître. »

Et il continua tout en la suivant.

« Avant je résidais en Italie, toujours avec Van Swanenburgh. Il avait épousé une Napolitaine. Ils ont eu trois enfants et elle nous cuisinait des plats délicieux de sa région. Ah, je me souviens, elle parlait avec un bel accent chantant. Pouh ! C'était vers 1625 ! Oh, comme nous étions jeunes alors ! Jacob ne peignait que des enfers avec des diables tout rouges, des mers de flammes et des ciels de fumée… À Naples, il avait rencontré le grand Caravage et ses toiles l'avaient impressionné. Rappelez-vous ! Ses personnages posaient dans des clairs-obscurs si contrastés. C'est auprès de lui que nous avons commencé à penser la lumière dans un tableau. Je crois qu'en ce temps-là Rembrandt n'était pas avec nous. Mais j'oubliais, comment va-t-il ? »

Mamechleen l'informait qu'il était mort depuis deux mois.

« Mort ! Mort ! Mais de quoi donc ?

— D'épuisement ! soupira-t-elle. Un refroidissement a eu raison de lui. Il y avait un an que la peste lui avait enlevé son fils. »

« Oh là là ! Et pendant ce temps, moi j'étais à Venise. Personne ne m'a prévenu ! C'était un penseur, un philosophe, un cabaliste. Il voulait imposer sa vision, ses décors obscurs, ses accoutrements, ses lumières de miel… Pardonnez-moi ! Je ne suis qu'un vieux radoteur… »

Mamechleen voulait s'assurer qu'il avait bien connu son maître, car son visage bouffi par l'âge ne lui disait rien de bon. À ses questions, il répondait :

« Nous avons passé notre jeunesse ensemble, ses dons exceptionnels le faisaient immédiatement remarquer. Dans sa maturité, il transformait ses toiles en or... Je revois ses deux leçons d'anatomie, si différentes... Et sa *Bethsabée*, le portrait de sa seconde femme... Pauvre de moi, je n'ai jamais tenu en place, un jour ici, un jour ailleurs... »

Alors Mamechleen l'invita à venir voir sa fille.

« Mais je m'en souviens dans son berceau... Sa mère posait, Rembrandt la peignait !

— Vous allez rencontrer une jeune fille qui a déjà l'expérience et l'intelligence d'une femme de vingt ans ! Vous devez nous rendre visite, maintenant que nous sommes seules. »

Il le lui promit et poursuivit :

« À Amsterdam, Rembrandt, Liedens et moi, nous étions chez Lastman, vous ne vous en souvenez pas, la vieille ? C'était notre second maître, il s'était établi à Sint Antonies Breestraat, en face de la Zuider Kerk, et c'est lui qui nous fit découvrir la peinture italienne. C'était un expert qui démêlait les vraies peintures du Caravage des copies, très nombreuses. Il se disait *l'amicissimo di Caravaggio*, l'ami du Caravage qu'il avait connu à Naples... Oh, que c'est loin ! Le passé surgit sans vous prévenir ! Mais il faut que je boive quelque chose ! »

Mamechleen avait insisté pour l'emmener à Rozengracht, tout près du lieu où ils étaient. Mais il avait répondu :

« Je passerai volontiers un jour voir mon vieil ami ! Oh non, c'est vrai ! Pardonnez-moi ! Adieu ! » Il semblait un peu fou, mais maintenant elle était certaine qu'il avait partagé des moments de jeunesse avec Rembrandt.

Oublierait-il ou tiendrait-il sa promesse ? Seul l'avenir le dirait !

Cornélia avait revêtu ses plus beaux atours et ajusté perles et rubans dans ses cheveux. Un col de fine dentelle mettait sa robe en valeur. Dans un portefeuille neuf et après réflexion, elle avait préparé deux eaux-fortes de patineurs et deux vues de l'église de Wester où était enterrée toute sa famille. Une idée l'obsédait : revoir Hans.

Sur le chemin, elle répondit à peine au cordonnier son voisin qui la salua et à la marchande de *koeken* qui lui proposa un morceau de gâteau ; elle ne sentit pas le vent piquant, elle n'entendit pas le mugissement sourd du grand canal, elle ne vit pas les patineurs qui glissaient sur la surface glacée…

Elle atteignit enfin la boutique de Hans Van Hermand et voulut ouvrir la porte. Celle-ci lui résista. Elle insista, appela, tapa, attendit un moment, puis cogna de toutes ses forces. Déçue, allait-elle oser pénétrer dans la taverne qui faisait face au magasin ? Le matin, il y avait peu de monde et dans ce quartier personne ne la connaissait, aussi entra-t-elle. Un bossu l'observa, mais Cornélia s'assit près de la fenêtre et ne le vit pas. Un porcelet se promenait entre les tables de la salle. Elle poussa le battant de vitraux, aperçut le salon de Hans, sa silhouette fine, et une femme assise dans le fauteuil où elle-même avait reçu tant de compliments. Soudain, il tendit les bras vers le plafond, puis se pencha et disparut de son champ un long moment. À son tour, la femme se leva ; Cornélia la devina jeune, grande, gracieuse. Hans revint et lui tendit un verre à pied, ils trinquèrent, burent, trinquèrent à nouveau, puis il s'avança vers elle, la serra dans ses bras, la renversa. Elle ne vit plus rien. Elle en avait trop vu. Lorsqu'en courant elle s'enfuit de l'estaminet, elle bouscula un homme qui entrait.

Chez Jan Six, elle déposa les gravures et griffonna quelques mots, le priant de les vendre s'il le pouvait tant sa nourrice et elle avaient besoin d'argent pour effectuer des travaux urgents.

Cornélia rageait. Elle ne pourrait ni oublier ni pardonner cet affront. À son retour, elle s'effondra sur une chaise de la cuisine. Mamechleen la questionna. En pleurant, elle lui raconta sa mésaventure. La vieille femme lui expliqua qu'elle était jeune et belle, qu'elle aurait de nombreux amoureux, mais qu'elle devrait toujours se méfier des hommes. Quand l'amour viendrait, elle saurait le reconnaître. Ce Hans Van Hermand n'était qu'un joli cœur qui ne pouvait s'empêcher de séduire. Elle se souvenait de lui : une dizaine d'années passées, âgé de dix-huit ans à peine, il se permettait de faire la cour à Hendrickje, et cela sous les yeux de Rembrandt, qui se moquait de lui. Elle devait sécher ses larmes : cet homme n'en valait pas la peine. Jolie et héritière, elle serait courtisée, mais il faudrait toujours qu'elle doute des propos masculins.

Voulait-elle qu'elle lui racontât comment, grâce à elle, son père était tombé amoureux fou de Hendrickje ? Et de cela elle gardait une grande fierté. Elle devait écouter ses propos :

« Titus était enfant et j'en avais assez de la Geertje et de son caractère impossible. Elle avait intrigué et était devenue la maîtresse de ton père, elle se croyait tout permis. Alors j'inventais un stratagème. Septième d'une pauvre famille de paysans, ta mère avait été placée comme bonne à la ville. Moi aussi, orpheline à douze ans, j'avais vécu les mêmes misères. Choisie par Saskia, elle avait transformé ma vie. Auprès d'elle, j'avais dirigé sa maison ; profitant de la prospérité de Rembrandt, j'avais eu des aides. Mais bientôt ma maîtresse, épuisée par ses quatre maternités rapprochées, dut garder le lit. À cette époque, le malheureux Rembrandt parcourait la campagne et dessinait. Juste après la mort de Saskia, il avait choisi Geertje Dircx comme gouvernante, une robuste veuve autoritaire et criarde. J'aurais voulu continuer de m'occuper de Titus, mais il introduisit cette femme sans me demander mon avis. Ton père ne me voyait plus. Il faut dire que moi aussi j'étais triste, laide, maigre, un peu bossue ; une servante efficace et invisible, un chien fidèle. Pourtant, sans en avoir l'air, je surveillais mon jeune Titus qui venait souvent vers moi, mais Geertje le rappelait durement et je m'effaçais. Heureusement je menais ma vie… Au marché, chaque jour je rencontrais ta future mère. Fluette, Hendrickje avançait le dos courbé sous le poids des énormes sacs que sa patronne lui faisait porter. Elle m'adressait un timide bonjour. Bientôt nous échangions quelques mots. Un jour je glissai et tombai. Elle se précipita, m'aida à me relever et ramassa tous les légumes qui avaient roulé de mon panier et gisaient sur le sol. Alors je lui murmurai : "Viens me rendre visite, j'ai une bonne place pour toi."

« En rentrant je montai dans l'atelier et priai Rembrandt de m'autoriser à prendre une aide. Il était encore riche à l'époque et, pour se débarrasser de moi, il accepta. Au prochain marché, je rencontrai Hendrickje loin de sa patronne et je l'embauchai. Elle entra à notre service. Avec mes florins je l'habillai et lui cuisinai de bons petits plats afin qu'elle grossît. Elle s'épanouit et devint gracieuse. Je veillais, je la dispensais des grosses lessives de printemps et d'automne. Un matin, Rembrandt entra dans la cuisine. Il l'aperçut, fut étonné devant cette jeune beauté, lui demanda son nom et si sa maison lui convenait. Elle répondit timidement : "Hendrickje Stoffels, qui apprécie votre demeure." L'après-midi, il revint et s'invita à dîner. Voilà ton père en admiration ! Tout en mangeant la soupe, il lui demanda la permission de la prendre comme modèle. C'était ce que je voulais. Mais pendant ce temps, la Geertje s'entêtait et pleurait pour que le Rembrandt l'épousât. Heureusement sa liaison avec cette femme coléreuse était en train de se terminer. Pourtant les scènes succédaient aux scènes. Hendrickje se fit discrète, comme moi elle veillait sur Titus qui appréciait sa douceur. Puis elle posa en Flore et fut, je crois, *La Femme à la rivière* ; elle possédait la grâce d'une jeune fille, des joues rondes, un fier profil, des yeux en amande comme les tiens… À cette époque, moi, je jubilais. Rembrandt l'habillait, la déshabillait et en tombait follement amoureux. Après bien des tourments et un procès où ta mère témoigna courageusement en faveur du peintre, Geertje Dircx fut mise à la porte, mais les ennuis devaient continuer, car elle demanda et obtint une pension de dédommagement… Mais nous respirions enfin et Hendrickje, très éprise de ton père, devint son second amour. Il ne put l'épouser parce qu'il devait rembourser la rente laissée à Titus par Saskia. Depuis longtemps, il l'avait dépensée.

« Peu importe ! Ta mère passait son temps dans l'atelier. Je me souviens qu'elle a été une *Jeune femme à la fenêtre* puis *Sarah attendant Tobie*. Sur un tableau, épanouie, Hendrickje se dressait, surprise dans son lit clos. Étonnée et douce. Une belle âme ! Puis elle posa en *Bethsabée* ; cette peinture, nous la possédons encore ; et moi je figurais comme camériste, oui ma fille !

— En réalité c'est toi qui as uni mes parents ! J'ai vu le jour grâce à toi ?

— Oui.

— En 1652, Hendrickje attendit un enfant mais il mourut à la naissance. Tu vins au monde en 1654, bien vaillante. Rembrandt te fêta et on te baptisa le 30 octobre à l'Oude Kerk. Ma petite servante d'autrefois m'a demandé d'être ta marraine et j'ai accepté malgré ma pauvreté. Elle ne savait pas qu'il ne lui restait que huit années à vivre, à poser, à suivre les déboires et la ruine de son compagnon farouche, insatiable et ténébreux. Elle l'a soutenu jusqu'à en mourir. »

Souvent, Cornélia pensait à sa mère, elle la plaignait, mais se plaignait encore plus de ne plus l'avoir auprès d'elle. Soudain, elle eut envie que Mamechleen lui racontât aussi sa vie... Mais celle-ci s'enferma dans le silence. Cornélia insista. Alors Mamechleen lui répondit :

« Chut ! Chut ! Pas de ça, ma Lisette ! Revenons à Hans Van Hermand, je te jure qu'il ne mérite pas une plainte, pas un soupir, pas une pensée... Te voilà prévenue, tu m'entends ! »

Tout en aidant sa nourrice à préparer le repas, Cornélia cherchait quelque idée pour se venger de Hans. Elle n'en trouva pas. Après le récit qu'elle venait d'entendre, elle décida de se montrer indifférente et de laisser passer le temps, comme le lui avait conseillé sa nourrice. Elles insistèrent auprès de Salomon afin qu'il partageât leur repas et il accepta. À la fin, Cornélia le pria de lui raconter un passage de la Bible. Elle aurait aimé qu'il lui parlât de Bethsabée...

Petite demoiselle, écoutez cette histoire sombre et belle :

Un jour, le roi David aperçut une femme qui se baignait. Il fut si ému par ce visage harmonieux, par cette silhouette parfaite, par cette douceur innocente, qu'il en tomba éperdument amoureux. Il envoya ses soldats la chercher, l'invita dans son palais et lui fit mille promesses et mille cadeaux. Le roi David rappela de la guerre son mari qui était général. Il se nommait Urie et il lui ordonna de rendre visite à Bethsabée se reposant dans une chambre. Avec entêtement, Urie refusa de voir son épouse. Alors David se fâcha et, devant une telle opposition, il donna l'ordre de le tuer. Lorsque Bethsabée apprit sa mort, elle se lamenta, sanglota, prit le deuil et tomba dans le chagrin. De longs mois, elle resta recluse. Ce ne fut que très longtemps après la mort d'Urie qu'elle accepta de devenir l'épouse de David. Dans l'année qui suivit son mariage, elle mit au monde Salomon. Il grandit, se révéla un fils aimant, puis devint poète et musicien. Plus tard, il régna sur Israël comme son père…

Cornélia se laissa bercer par la voix qui l'éloignait de ses récents déboires. Elle revit la toile peinte par Rembrandt où Bethsabée, pensive, tenait dans sa main droite une lettre. Elle comprenait : allait-elle être fidèle à la mémoire de son mari Urie ou accepterait-elle d'être l'épouse du cruel roi David ? Son corps nu semblait sortir des fonds vaporeux et sombres du tableau alors que son bras gauche s'appuyait sur un vêtement blanc posé près d'elle. Sa mère prenait un instant de repos, souriait au peintre sans se soucier de son dénuement et du dénouement de la tragédie. Secrète Hendrickje, mystérieuse Bethsabée au corps doré.

V

Lorsque, au petit matin, Cornélia se réveilla, resurgit son désappointement de la veille. Mais comment l'oublier ? Que pouvait-elle inventer ? Nettoyer ? Mettre de l'ordre dans sa tête et dans son logis ? Classer les petites œuvres de Rembrandt ? Dépoussiérer, trier, empiler, inventorier eaux-fortes et dessins ? Voilà une idée : ranger l'atelier. Après le passage des huissiers, cette tâche était devenue indispensable !

L'air glacé de décembre avait pris d'assaut la maison. Seule la cheminée de la cuisine chauffait, et la nuit Mamechleen se relevait de son galetas pour mettre des bûches. La première opération de Cornélia allait être d'allumer le poêle en céramique, car on ne pouvait pas s'activer dans ce froid qui paralysait. Elle observa l'atelier où le désordre régnait. Tentures dégoulinantes de peinture, sièges éparpillés, sur le chevalet une toile avec un fond brun uniforme et une griffure rouge. Une bible était restée ouverte, page cochée, à côté d'une pile de livres : un Sophocle, un Sénèque et un Vitellius. Dans un coin, un instrument de musique gisait au sol. Elle se dirigea vers l'établi de gravure, elle caressa la plaque de cuivre rayée de coups de burin comme un feu d'étincelles, les jaillissements nerveux des dernières forces paternelles. Accrochés aux deux portemanteaux, des hardes, un gorgerin, des turbans usés, quelques chapeaux cabossés, un vieux brocart à ramages. Au-dessus de la *wrifsteen*, la pierre où elle avait préparé les couleurs qui n'avaient pas servi à son père, le clou vide de sa palette, tombée sur le carrelage, à côté du chevalet…

Il lui avait désobéi, avait dû peiner dans l'escalier, s'était assis, avait pris de la peinture dans la vessie… Elle vit, encore gisant sur le carrelage, un godet, son couteau et un pinceau couvert de rouge. Sur la toile, il n'y avait qu'un seul trait pourpre, jeté sur le fond brun. Mamechleen avait découvert son père inanimé. Elle imaginait ses derniers mots : un juron peut-être, ou couleurs, peinture, lumière, Titus…

Non ! Cornélia s'obligea à regarder fixement un tissu imbibé d'huile de lin, des pliures le faisaient ressembler à un masque grimaçant. Alors, laissant cette vision, elle prit la décision d'entasser tous les objets dans le cabinet de curiosités. Plus tard, elle y ferait de l'ordre et choisirait ce qu'elle vendrait. Des florins en supplément, elle aussi saurait les dépenser.

Tandis que le feu ronflait dans le poêle, elle arrosait le sol comme le faisait Rembrandt afin de ne pas soulever la poussière. Elle balayait, tout en s'inquiétant à propos des voleurs. Elle aurait aimé savoir si les gardes du port avaient réussi à les arrêter. Après avoir déposé les gravures chez Jan Six, elle n'osait plus lui rendre visite. Ne serait-ce pas à lui de venir donner des nouvelles ?

Quand elle tira la grande table au centre de l'atelier, une lumière hivernale et douce se répandit sur les eaux-fortes qui étaient empilées depuis le passage des trois huissiers. Un autoportrait de Rembrandt vieux la dévisagea ; ses paroles l'envahirent : « Je dois saisir le juste regard… »

Que signifiaient ces mots ? Elle soupira et, de ses doigts, effleura le dessin : turban défait, joues flasques, nez bourgeonnant, double menton, mais toujours ses yeux perçants qui vous jugeaient... Elle s'efforça de poursuivre et de préparer des piles. Dans un coin, elle avait découvert des feuilles vierges qu'elle découpait et qui allaient lui servir d'intercalaires pour protéger les œuvres. Premier rangement : deux autoportraits, l'un de sa jeunesse, rayonnant et drôle, cheveux crêpés, hérissés, yeux ronds comme des boutons, expression étonnée ; pour le second, elle pensa qu'il datait des dernières années. Au crayon elle inscrivit discrètement : 1668-1669. Rembrandt avait compris que son modèle le plus fidèle et le plus facile à capter était lui-même. Tout au long de sa vie, il s'en était servi. Il clamait qu'il avait réalisé en peinture plus d'une centaine d'autoportraits. Sans cesse différents, ils décrivaient le défi, la moquerie, la grandeur, la gravité, la sérénité, la fierté, la décrépitude... Il disait s'étudier comme un autre. Il voulait la vérité nue. Jeune homme jamais dupe, charmant ou plaisantin, au regard éternellement curieux. Seigneur conquérant à l'époque de sa splendeur. Artiste, modeste et vieillissant, ses traits s'étaient alourdis, ses yeux, sachant le mortel de toute vie, reflétaient une connaissance profonde et, parfois, la bonté les éclairait.

Sur la chemise protectrice, un pleur tomba. Elle se força à écrire :

LES AUTOPORTRAITS DE MON PÈRE

Maintenant, elle savait ce qu'elle désirait faire. Elle renvoyait loin toutes les pensées qui l'assaillaient, seule l'action la menait. Elle triait : dessins d'un côté, gravures de l'autre. Elle commençait par les eaux-fortes parce qu'elle les connaissait mieux. Pour les dessins, qui précédaient souvent des peintures, elle souhaitait prendre tout son temps afin de les étudier avec soin. Avec un chiffon propre et doux, elle dépoussiérait chaque pièce. Elle tentait de restaurer celles qui étaient cornées, fripées, déchirées. Elle se fabriquait un engin spécial, un rouleau de cuivre recouvert d'un tissu fin. Elle le passait sur la feuille abîmée. Un jour son père lui avait dit : « Tu es une petite main. » Étonnée, elle avait regardé ses doigts longs et minces, il avait poursuivi : « Tu travailles avec délicatesse et habileté, tu pourras broder ou peindre des émaux… » Il s'intéressait donc à son avenir. Elle aurait aimé qu'il lui apprît à dessiner, mais elle n'avait jamais osé réellement le lui demander.

Mamechleen entra et admira l'organisation de son travail ; elle jugea qu'elle avait meilleure mine et fut rassurée. Elle ne voulait pas qu'elle se fatiguât trop. Sa pension leur suffisait bien ! Mais Cornélia répliquait qu'elle avait de grandes ambitions. Elle ne savait pas encore lesquelles, celles-ci viendraient à l'heure voulue.

Toute la journée, elle tria, nettoya, raviva, rangea et ne descendit qu'à la tombée de la nuit. Dans l'atelier, Cornélia se sentait véritablement la fille de Rembrandt. Ici, elle était dans un nid d'oubli, sur une île loin du monde, ici les dessins et les gravures l'apaisaient.

Les eaux-fortes s'amoncelaient. D'une pile qu'elle n'avait pas encore examinée, une feuille dépassait. Elle la tira et s'extasia devant un visage harmonieux, au sourire esquissé ; en bas une inscription : *La Vierge* et une signature : *Andrea Mantegna*. Cornélia ne savait pas qui était cet artiste, mais elle restait séduite par la finesse et l'équilibre des traits. Elle souriait à la malice de son père qui avait réussi à garder cette œuvre. Elle prépara un emballage spécial, y glissa avec soin le dessin d'une grande pureté et écrivit la légende. Sur une étagère vide, cette trouvaille eut droit à une place spéciale.

Le désordre régnait. Elle classait, restaurait, regroupait… Apparaissait, en bon état, une esquisse à la pierre noire représentant son grand-père Harman Gerrits Van Rijn, qui portait la signature de jeunesse du peintre, *Rembrandt Van Rijn*. Ses premiers tableaux étaient signés ainsi. Puis il abandonna le nom de son père. Durant quelques mois, il fit un simple *R* mais très vite il choisit son prénom. D'abord il signa : *Rembrandt ft*, qui signifiait *fecit*, « fait par Rembrandt ». Enfin *Rembrandt*, signature qu'il garda sa vie entière.

Elle contempla le vieux meunier sympathique et barbichu, digne et chauve, et se réjouit d'avoir le double de celui qu'elle avait vu dans la maison de son oncle. Au-dessous, sa grand-mère Cornélia, de profil, un turban drapé avec art dissimulait ses cheveux, le quadrillage de ses rides avait dû guider le burin, ses mains usées tenaient une bible, sur les pages tombait une lumière fragile, presque divine. En petit, la date de 1625. Ses grands-parents inaugurèrent la chemise :

MA FAMILLE

Une nouvelle eau-forte montrait un pays de plaine, une prairie immense où des vaches paissaient, un homme herborisait et un autre l'accompagnait. Dans le lointain, de nombreux clochers et quelques moulins à vent. En retournant l'épreuve, elle découvrit, écrit par son père :

Ville de ma naissance, Leyde en 1627; elle créa vite un nouveau dossier :

LEYDE, PAYSAGE DATANT DE LA JEUNESSE PATERNELLE

Puis un *Gueux* accompagné d'une étrange légende : *À la manière de Jacques Callot*; dessous il y avait une eau-forte intitulée *Jérusalem.* Celle-ci était signée Jacques Callot. Cornélia savait son père maniaque, elle constatait que dans un fouillis apparent il pratiquait un classement rigoureux, elle lui en était reconnaissante ainsi qu'aux huissiers qui ne l'avaient que peu perturbé. Mais qui était donc ce Jacques Callot ? Elle nota de le demander à Jan Six et posa cette gravure à part, sur une planche en hauteur, non loin de la *Vierge* de Mantegna.

Un grand format carré l'attira. Elle le tira et s'étonna devant ces têtes d'hommes et ces esquisses de femmes allaitant leur nourrisson. Au centre, un négociant au couvre-chef à plumes tenait avec élégance un gant de peau. Les autres personnages, plus petits, étaient disposés en cercle autour de lui, deux seigneurs de profil et deux vieillards à la longue barbe. Sur le côté, alignées, trois petites esquisses de femmes donnant le sein à leur enfant. Sur celle du milieu, le nourrisson s'était endormi contre la poitrine nue. En bas, Rembrandt avait dessiné à la sanguine un jeune homme coiffé d'une toque de fourrure qui s'appuyait sur un guéridon. Elle hésitait, ne ressemblait-il pas à Titus ?

À ce moment-là, Mamechleen entra avec un panier qui contenait leur déjeuner et se pencha sur le dessin foisonnant de personnages.

« Cela ressemble à une feuille de modèles que Rembrandt confiait à ses élèves. Je me souviens qu'il mettait à leur disposition un livre afin que chacun copiât ses dessins. »

Elle aussi chercha et découvrit une mère qui allaitait un nourrisson. Un fin profil, une chevelure cachée par une capeline. La femme serrait contre elle son enfant enchiffonné. Après l'avoir longuement examinée, Mamechleen affirma reconnaître sa mère – son port de tête, la tenue qu'elle avait lorsqu'elle posait – et Cornélia, tout bébé. Souvent, entre deux séances, Hendrickje quittait l'atelier pour nourrir sa fille. Parfois Rembrandt la suivait, il caressait sa joue puis celle de la petite fille... Comme c'était loin ! Nous étions toutes les deux jeunes et complices. Rieuse Hendrickje, batailleuse, sauf avec ton père, et finaude avec cela. Le bruit courait encore qu'il n'existait pas meilleure vendeuse de tableaux dans tout Amsterdam. Elle n'avait pas été à l'école mais elle savait compter...

« Il y a peut-être d'autres choses à faire que de pleurer, Mamechleen, par exemple, il faudrait manger ! », décréta Cornélia.

Assises devant la fenêtre, toutes les deux dégustaient une galette sur laquelle reposaient des morceaux de harengs fumés. Puis la jeune fille renvoyait sa nourrice car elle souhaitait reprendre sa tâche.

Devant elle, deux personnages enturbannés portaient de longues robes brodées. Elle recensait trois épreuves de cette gravure, de la plus claire à la plus sombre. Sur chaque tirage, les étrangers paraissaient changer d'expression. Sans quitter l'atelier, son père savait voyager.

Alors Rembrandt surgissait près d'elle dans sa blouse blanche colorée de taches de peinture. Une ceinture rouge serrait sa taille épaissie par l'âge. Sur le crâne, un chapeau brun pour lutter contre le froid. Ses mains avaient pris une teinte grise à force de manipuler les pigments. Il toussait. Essoufflé, il lui montrait ce qu'il appelait la « peau de la peinture », cette matière épaisse, grenue et étincelante de relief. Elle ne le quittait plus, elle aimait le servir et le regarder peindre.

Son regard parcourut l'atelier, il lui apparut vide.

Vide.

L'émotion lui nouait la gorge. Elle se frotta les yeux et ouvrit un dossier.

Une série de Crucifixion se présenta. Cornélia admira la Vierge et les tombées de blanc qui l'illuminaient.

Vint une autre gravure. Elle crut reconnaître *Les Disciples d'Emmaüs*. Jésus assis entouré de Cléophas et de Siméon. Elle se rappelait l'histoire que lui contait Rembrandt :

« Lorsque les marcheurs rencontrent un jeune homme à la voix d'ange, poitrine, pieds et mains ensanglantés, les disciples ne le reconnaissent pas. À l'auberge où ils l'invitent, il rompt le pain et soudain les deux hommes comprennent qu'ils ont face à eux "Le Ressuscité". Quel instant ! Mais il disparaît soudainement. Présent, il est absent. Absent, il les réconforte de sa présence. » Cornélia entend encore Rembrandt dire : « Un de mes plus beaux tableaux… » Mais aucune trace de cette peinture ! Alors elle rangea ces deux œuvres et écrivit :

SCÈNES BIBLIQUES

Maintenant, face à elle le *Paysage aux trois arbres.* Il l'étonnait par ses contrastes. Des ombres noires couvraient tout le sol et la colline sur laquelle les trois grands chênes s'élançaient vers un ciel blanc. Leur feuillage semblait bercé par le vent. De l'autre côté, des stries noires étaient jetées en tous sens à la pointe sèche comme un rideau de pluie. Dans la campagne, çà et là, étaient dispersés de petits personnages : un pêcheur, une bergère, des amoureux, un dessinateur... Mais ces trois arbres imposants, que représentaient-ils ? Elle y voyait sa mère, bel arbre bien planté, son père au centre, Titus le léger, et elle l'arbrisseau non loin de Hendrickje. Un paysage idéalisé où régnait la sérénité. Elle rangeait cette eau-forte sur l'étagère aux trésors.

Alors une scène la surprit : dans un lit à baldaquin une femme était couchée, jupe et jupons retroussés. Sur elle, un homme était allongé. Sur la table de nuit, un verre à pied posé sur un plateau. Troublée, Cornélia lut la légende : *Ledikant ou le lit à la française*. Elle possédait une robe à la française qu'elle aimait porter, mais que signifiait ce titre et où ranger cette gravure ? Dans un classeur qu'elle intitula :

ŒUVRE INCLASSABLE

La lumière baissait, et allumer une chandelle risquait d'abîmer les œuvres. Elle stoppa son rangement et constata que, durant cette belle et fatigante journée, elle avait réussi à oublier l'affreux Hans Van Hermand ! Elle descendit rejoindre Mamechleen et Salomon ; demain, avec le jour, elle reprendrait sa tâche.

Dans son lit, pour éloigner son chagrin, Cornélia pensa à l'organisation des gravures et des dessins. Elle continuerait en recensant tout ce que contenait le cabinet de curiosités devenu un vrai capharnaüm. Ensuite, dès la fin du deuil, elle dresserait la liste des peintures que Titia et elle possédaient. Elle se comparait à un huissier qui notait chaque objet et elle prévoyait plusieurs mois de labeur. Si elle était un garçon, que ne pourrait-elle entreprendre ? Fi de cela ! À l'exemple de sa mère, et bien qu'elle fût une fille, elle se jurait de mener à bien tout ce qu'elle jugeait ou jugerait indispensable ! Lorsque ces tâches seraient achevées, elle inviterait Jan Six et lui présenterait toutes les œuvres rangées, année par année.

Ce soir-là, elle s'endormit vite. Dans son sommeil elle entendit la voix forte de Salomon qui criait : « Qui va là ? » En chemise de nuit elle sauta du lit, courut vers l'escalier et trouva l'aveugle allongé de tout son long sur les marches alors qu'un chat blanc s'enfuyait vers la cuisine. Mamechleen le poursuivait. Cornélia aida Salomon à se relever. Elle comprit alors qu'un simple petit animal l'avait alerté. Quelle oreille fine ! Il s'excusa de tout le tracas dont il était la cause mais il avait perçu de légers bruits qu'il n'avait pu reconnaître. Pendant ce temps, le chat s'était échappé par une lucarne restée entrouverte. Remis de cet incident, tous trois burent une tisane et retournèrent se coucher.

À peine tombée dans le sommeil, Cornélia rêva d'un procès. Trois femmes jugeaient Rembrandt. Il leur criait : « Je déteste la peinture. Peindre c'est déchirer l'espace, couper des arbres, jeter les hommes dans des bûchers et les brûler… » Alors Dieu apparaissait, très calme, il demandait à son père :

« Quelle toile préfères-tu ?

— *Suzanne et les Vieillards* », lui répondait-il.

Deux vieillards s'agenouillaient et se mettaient à pleurer. À son tour, Suzanne – sa mère – sanglotait. Soudain, sur le visage de Rembrandt, des larmes colorées se multipliaient et éclataient comme des bubons ; son père était atteint de la peste de la peinture. Cornélia tombait à ses pieds.

Haletante, elle se réveilla. La nuit avait envahi la chambre. Longtemps elle resta sans dormir. Des traces multicolores bougeaient encore devant ses yeux. Elle ne réussissait pas à oublier ce cauchemar, et la peur qu'on volât les tableaux resurgissait.

Au matin, fatiguée, elle avala un bol de bouillon et prit la direction de l'atelier. Encore endormie, elle vérifia les différents dossiers. Lui vint l'idée de glisser des feuilles blanches dans ceux qui lui semblaient incomplets. Absence de scènes antiques, pas assez de portraits, si peu de vues sur les pays lointains et un seul inclassable. Ces témoins du manque la rassuraient ; c'était sa manière de signer son passage. Bientôt d'autres eaux-fortes combleraient les dossiers.

Elle n'avait plus envie de classer les gravures ; ce matin, sa curiosité, mêlée à la fatigue, l'entraînait vers les dessins. Alors que la solitude l'entourait, pourquoi se refuserait-elle une fantaisie personnelle ? Cornélia allait les trier par genres et mettre de côté ceux qu'elle aimait le plus afin de pouvoir les étudier à nouveau. À son grand étonnement, le premier à surgir fut un dessin qui représentait une très jeune fille coiffée d'une capeline. Cornélia se pencha légèrement. Sous le dessin, Rembrandt avait écrit :

Voilà ma fiancée quand elle avait vingt et un ans, trois jours après nos fiançailles, le 8 juin 1633.

Nièce d'un important marchand de tableaux, Saskia, orpheline et riche héritière, contribua rapidement à la célébrité de Rembrandt. Cette histoire, elle l'imaginait comme si elle lui appartenait. Mamechleen la lui avait tant de fois racontée. Regard espiègle, Saskia serait bientôt sa jeune épouse adorée, si belle, telle qu'elle apparaîtrait plusieurs fois peinte en *Flore*. Une femme rêvée, magique, une fée.

Le couple vivait somptueusement et la joie fusait. Grâce à l'oncle de Saskia, excellent négociant, le jeune peintre aux dons reconnus recevait de nombreux notables qui lui passaient commande. Bientôt le couple acheta l'imposante demeure de Sint Antonies Breestraat. Mais le malheur allait surgir : trois naissances, suivies immédiatement de trois décès. Ce n'est qu'en 1641 que Rembrandt coiffa enfin la toque de paternité pour fêter la naissance de son fils. Mamechleen lui avait dit comment son père, chapeauté de cette toque noire, une tradition qui annonçait la venue d'un enfant, avait alors dansé. Il avait recommencé lorsque Hendrickje l'avait mise au monde. Un nouvel enfant signifiait un immense bonheur pour lui, peut-être pour tous les pères, tandis que les mères se reposaient des efforts de l'accouchement.

Cornélia ne put s'empêcher de penser que son frère n'avait jamais pu porter la toque de paternité, Titia étant née cinq mois après sa mort. Elle songea à Saskia, la première épouse de Rembrandt, bien vite malade. Elle gardait le lit ; alors il la croquait entourée de ses courtines, son fin visage reposant sur l'oreiller. La jeune fille imagina le regard amoureux de celui qui l'aimait tant et s'obstinait à la dessiner. Femme anémiée, harassée, phtisique, qui sans le vouloir s'éloignait de son époux et de son fils unique. Épuisée, elle servait de modèle au dessin intitulé : *La Mort de la Vierge*. Dans ce cas précis, la fille ne pouvait s'empêcher de blâmer le père.

La Fiancée rejoignit les trésors. La grande étagère leur restait destinée. Elle s'approcha de la fenêtre. Le vent se déchaînait. De gros flocons de neige tourbillonnaient et le toit de l'église voisine blanchissait. Elle revint vers le bureau. Face à elle, un portrait ; chaque fois qu'elle voyait les mots écrits de la main paternelle, ses larmes jaillissaient. Elle déchiffra : *Prédicateur et marchand Cornelis Claesz Anslo, dessin et gravure*. En effet, Cornélia croyait se rappeler une eau-forte, suivie d'une peinture. Rembrandt avait dû faire de nombreuses études de cet homme. Sur le dessin figurait un personnage assis, entouré de livres ; la tête légèrement tournée paraissait accompagner son geste et les bords de son grand chapeau ondulaient. Longtemps elle chercha parmi les gravures. Elle n'aimait pas être vaincue. Au bout d'une heure, elle fut récompensée par une belle eau-forte sur laquelle il était écrit que ce professeur, également pasteur à la chapelle Waterland sur le Surgel, était un homme tolérant et apprécié. Cornélia s'étonna du tracé minutieux et de la grande finesse des traits. Un visage joufflu, des yeux clairs, une barbe noire, le pasteur semblait chercher la vérité et vouloir la dire. Col, écharpe de fourrure, série de petits boutons ronds sur son habit, tout semblait gravé à l'instant même. Sa main se tendait, il désignait un livre, allait-il en lire un extrait ? Sur le mur, des craquelures, une vis et son ombre, superbement traitées. Cette pointe avait dû retenir la peinture qui maintenant était posée au sol et sur laquelle Rembrandt avait signé. La parole du prédicateur passait-elle avant la représentation du peintre ? Le livre avant le tableau ? Le texte avant l'image ?

Heureuse, elle dressait un nouveau portefeuille :

MÊME SUJET RÉUSSI – ANSLO –
DESSIN ET GRAVURE

Puis, se sentant lasse, elle rangea le tout et abandonna son classement. Elle rejoignit Mamechleen qui avait préparé un plat de saucisses et de panais arrosé d'une eau à l'orgeat. Elles invitèrent Salomon. Avec empressement il accepta. Dehors la tempête augmentait. Dans le silence de la cuisine, on entendit le tapement régulier des grêlons qui frappaient l'auvent de la courette. Comme une onde, la peine envahit Cornélia.

VI

À la fin du repas, elle reprit la direction de l'atelier. Elle attendit quelques instants, mais ses yeux furent attirés par une sanguine. Elle lut : *Portrait de Baltasar Castiglione, écrivain de la Renaissance, exécuté par Raphaël d'Urbino en 1516 et copié par Rembrandt en 1639.* Curieuse histoire ! Un barbu, moustachu, au regard intense, au nez rond, au chapeau incliné et à l'habit griffonné. De très loin lui revenait une légende qui courait dans la famille. Lors d'une vente aux enchères, au temps de sa prospérité, Rembrandt désirait acquérir un portrait de Raphaël, un célèbre peintre romain, si elle ne se trompait pas. Mais celui-ci avait atteint un prix si élevé qu'il n'avait pu que le copier. C'était un diamantaire et marchand de tableaux qui l'avait acheté. « Bien pauvres sont les artistes ! », avait grogné son père. Cornélia ne cessait d'observer le croquis et s'interrogeait : était-ce l'original, le fameux Baltasar Castiglione, ou Rembrandt s'était-il dessiné lui-même dans sa colère ? Son farceur de père n'aurait-il pas profité du grand Raphaël pour esquisser un autoportrait ? Elle laissa l'énigmatique dessin et fut attirée par celui d'un grand atelier. Le peintre enturbanné était face à une toile posée sur le chevalet, son modèle assis près de lui, dans une pose séductrice. Derrière l'artiste, un apprenti broyait les pigments et préparait les couleurs tandis qu'un élève dessinait. Un visiteur entrait, le peintre s'interrompait. Suspendus aux murs, des tentures, des habits, des instruments de musique. Cette atmosphère lui rappelait l'atelier de son père lorsqu'elle était enfant ainsi que le souvenir du tableau volé. Elle rangea le dessin parmi les acquisitions personnelles.

Soudain elle reconnut un portrait ébauché lors d'une de ses dernières visites à l'atelier. Son père n'avait plus la force de donner des coups de pinceau, alors il s'asseyait lourdement dans son fauteuil et dessinait un vieil homme qui riait. Lorsqu'elle monta le chercher, il lui tendit l'esquisse et dit :

« Regarde, c'est Zeuxis, c'est lui qui a introduit la peinture de chevalet dans la Grèce antique. Imagine : un jour, une vieille femme aussi laide qu'une sorcière lui demanda d'être peinte en Aphrodite, la déesse de l'amour. Il refusa. Elle le supplia tant qu'il finit par accepter. Mais bientôt elle exigea d'être aussi belle que la déesse. Peu à peu, il s'exécuta. À l'une des dernières séances de pose, examinant la vieille puis contemplant le tableau, il se mit à rire, à rire si fort et si longtemps qu'il en perdit le souffle. Oui, ma fille, Zeuxis est mort de rire. Oh ! Quelle belle mort ! »

Elle lui avait répondu :

« Chut, papa, je t'accompagne dans ta chambre, tu dois te reposer un moment… »

Les pleurs surgirent. Elle arpenta l'atelier afin de calmer son chagrin. Les œuvres qui l'entouraient lui redonnèrent du courage. Elle découvrit un jeune couple et l'examina longtemps. Il lui rappela la peinture d'*Isaac et Rebecca*, que Rembrandt appelait aussi sa *Fiancée juive*. Ce tableau se trouvait face à son lit, elle l'avait rangé à côté du portrait de Titus. Souvent, le soir, elle le retournait et contemplait longuement la femme et l'homme qu'elle imaginait comme le couple idéal.

Devant ses yeux, une étude. Une jeune fille, une main sur le cœur, l'autre à la taille, regardait un jeune homme. Leurs visages se rapprochaient, les fronts se touchaient presque. Sur ce dessin figurait un deuxième garçon, qui se tenait à une distance plus respectueuse. Cependant, les mains se brouillaient. Était-ce un repentir d'*Isaac et Rebecca* ? Dans la peinture, l'homme s'inclinait légèrement vers la femme et posait la main sur le cœur de sa promise ; Rebecca lui caressait doucement les doigts. Son visage lui rappelait sa mère. Même si elle devait en souffrir, Cornélia ne pouvait s'empêcher de faire des rapprochements ; cette toile dont elle raffolait, ces moments évoqués, ces traces, ce dessin, tout représentait sa famille… Des larmes avaient resurgi, elle les essuyait de sa main poussiéreuse. Elle s'interdisait de pleurer pour ne pas abîmer les dessins. On l'appela. Elle quitta la pièce et suivit Mamechleen qui avait accompagné Hans Van Hermand jusqu'au salon. Sans changer de tenue, elle le rejoignit. Il la salua par une révérence et osa lui dire :

« Bonjour, belle Cornélia, savez-vous que je vous ai attendue ? »

La jeune fille répliqua que la belle Cornélia n'existait plus. Elle le pria de lui parler comme il l'aurait fait à son frère. Il poursuivit, lui disant qu'il la trouvait encore plus charmante en tenue d'atelier. Elle se fâcha et exigea qu'il la respectât.

Était-elle en train de peindre ? Non ! Elle classait la succession paternelle. Il ajoutait qu'il était venu jusqu'à elle pour la voir mais aussi pour emporter les gravures qu'elle lui avait promises. C'était en remettant Rembrandt sur le marché, même à bas prix, que les collectionneurs s'en éprendraient de nouveau. Il fallait vendre, vendre, se débarrasser de ses tirages, de ses dessins, de ses peintures…

Elle répondait qu'un nombre important d'œuvres ferait descendre les prix ! Il jurait qu'il les ferait monter et que des étrangers viendraient. Cornélia répliquait que, dès le deuil terminé, sa porte leur serait ouverte… Il susurrait qu'elle paraissait bien jeune, il avait ouï dire qu'elle avait osé accepter Jan Six comme tuteur. Elle devait pourtant savoir que lui et ses amis s'étaient ligués pour ruiner son père !

Rembrandt et sa mère lui avaient appris à gérer ses affaires, soutenait-elle. Alors il se moquait : sa mère l'avait quittée bien tôt et son père était jugé comme un piètre trésorier. Allait-il aussi insulter Titus ? Non, seul son frère avait su redresser leur barque.

Donc, comme lui, elle guiderait son vaisseau. Elle lui demandait la permission de le laisser un moment, elle allait revenir.

Cornélia courut à l'atelier chercher l'inclassable *Lit à la française* et le lui tendit en lui demandant de lui expliquer ce titre. Hans sourit et voulut saisir sa taille. Elle s'esquiva.

Il demanda si elle lui faisait une déclaration. Non. Elle demeurait prude et prudente, mais tel Rembrandt elle aimait se moquer. Il insista alors pour qu'elle vînt souper chez lui. Elle refusa, osa lui dire qu'il ne savait que séduire et qu'elle le trouvait bien trop vieux pour elle. Dans l'avenir, elle choisirait et épouserait celui que son cœur aurait élu. Il la respectait, mais plus elle se défendait, plus elle l'attirait. Elle le pria d'arrêter. Si elle avait besoin de vendre, elle irait jusqu'à sa boutique. Et si des acheteurs le sollicitaient, il n'avait qu'à lui envoyer un billet.

Hans tenta de la serrer dans ses bras, mais Mamechleen entra et le reconduisit vers le vestibule. Par le guichet, Cornélia le vit disparaître en haussant les épaules.

Elle monta dans sa chambre et se jeta sur le lit. Vite, elle essuya ses larmes lorsque sa nourrice la rejoignit.

« Je me suis laissée aller à la férocité. Je déteste cet homme et espère l'avoir écœuré, murmura Cornélia.

— Ma fille, tu en rencontreras beaucoup de semblables, apprends à les discerner et à leur parler sans t'énerver.

— Mamechleen, je ne veux pas tomber dans son piège. Il venait chercher des œuvres de Rembrandt, mais je ne lui en donnerai aucune ! Crois-tu qu'il empêchera la vente des gravures ? Je l'entends dire : "Rembrandt est un peintre fini !" Il m'a répété que Jan Six avait fait partie du camp des ennemis de mon père. Qu'en sais-tu ?

— Petite, lorsque ses biens ont été mis en vente publique, personne ne l'a secouru. Tu m'entends, personne. Tous ses amis se sont éclipsés, ce qui l'a rendu bien malheureux. Plus tard, ta mère assurait que l'ensemble des notables de la cité s'était associé pour ruiner Rembrandt. Quant à Jan Six, je crois qu'il l'a regretté. Aujourd'hui je pense qu'il veut sincèrement nous aider. Lorsqu'il était jeune, il venait très souvent à l'atelier, proclamait être l'ami de ton père et jurait de son immense talent. Ma Lia, malgré le mauvais temps, sortons un moment ?

— Non ! Je veux rester avec toi et Salomon, auprès de vous je me sens mieux.

— Comme tu le souhaites ! Cornélia, oublie ces histoires du temps passé, ne te ronge pas pour elles, je t'en supplie… »

Petit mensonge à l'un, petit mensonge à l'autre, tu as réussi à les éloigner. Salomon voulait aller à la synagogue et Cornélia accepta de l'accompagner. Grâce à l'argent que nous a fait parvenir Jan Six pour la vente des gravures, toi, la Mamechleen, tu les as forcés de déjeuner à l'auberge sur la Damplatz. Dès leur départ, Maurits le cordonnier et son fils sont venus t'aider. Ensemble, nous avons raccroché les tableaux et, à la fin de la matinée, les crêpes noirs recouvrant les miroirs étaient tous ôtés.

Une nouvelle maison a surgi, grande, rangée et colorée. Tu dois les rejoindre au début de l'après-midi dans l'église de Wester. Tu as une heure de solitude devant toi et le sentiment du travail accompli. La semaine passée, tu as entrepris de nettoyer de la courette au grenier. Cornélia s'est occupée des pièces de Rembrandt et de sa chambre. Bientôt les meubles, les étains et les faïences, tout reluisait. Comme elle a apprécié le messager envoyé par Jan Six qui prévenait que – grâce à toi – trois hommes ont été emprisonnés, accusés de vol de tableaux à Amsterdam et à Haarlem. Nous pouvons enfin dormir sans crainte ! Maintenant les peintures illuminent et, çà et là, Cornélia a disposé des dessins et des gravures. Un moment de repos et tu imagines son retour. Tu la vois appréciant cette nouvelle demeure. Mais comment va-t-elle vivre la fin du deuil ? Elle croit savoir cacher son chagrin mais toi tu devines tout.

Après avoir fait le tour de la maison, petite mais rutilante, tu retournes dans la cuisine et contemples ton tableau, *La Sainte Famille.* Elle est entourée d'un cadre et d'un rideau peints. La tenture rouge s'ouvre sur la Vierge qui serre contre elle son enfant. On ne distingue que le visage de Marie et celui du nourrisson. L'âtre rougeoie et un chat aux poils hérissés se chauffe. Dans le fond brun, on devine Joseph à son labeur. Tu te souviens, c'est à cette époque que Rembrandt était tombé amoureux de Hendrickje. Il t'a offert cette petite peinture et l'a accrochée lui-même au-dessus de la porte de la cuisine. Une scène comme seul Rembrandt savait les représenter !

Comme une visiteuse, tu admires l'unique salle de réception qui servait pour les petits banquets que l'artiste donnait jadis ou de salon pour montrer ses peintures. À travers les vitraux en mauvais état, les rayons de soleil dessinent un immense *J* sur les tommettes rouges. Au-dessus du bahut, *Bethsabée* et *Titus en moine.* Tu ne peux cesser de penser à lui, cet enfant du bonheur. Comme tu étais dans le chagrin quand la Geertje te l'avait pris. Alors tu maudissais Rembrandt, non seulement tu pleurais Saskia ta sauveuse, mais tu sanglotais aussi sur tous tes malheurs. Titus passait, sautait dans tes bras et Geertje, l'affreuse diablesse, le rappelait. Toi, tu as fait venir la petite Hendrickje Stoffels. Elle t'a sauvée. Ta protégée a régné comme Saskia, le peintre ne jurant que par son modèle. Le bonheur revenu, tu as récupéré Titus. Un si beau garçon et toujours aimable. Étudiant doué, jeune homme au visage d'ange qui n'aimait que rendre service. Pour son père, il a été modèle, préparateur, copieur, encadreur, graveur, livreur et marchand… Souvent il venait te voir, ma Cornélia, et il était toujours prêt à t'aider. Quel excellent frère ! Il t'a mêlée à sa vie après la disparition de Hendrickje, t'apprenant à lire, à écrire et même des bribes de latin… Grâce à lui, tu as su vite compter et c'est à toi qu'il a confié le livre des achats et des ventes.

La maison étant petite, vous avez partagé la même chambre jusqu'à son mariage. Malgré douze années de différence, le jour de ses épousailles, c'est vers toi Cornélia qu'il s'est retourné. Je l'ai vu te sourire et te faire signe. Il avait un goût sûr et connaissait les peintres qui se vendaient lorsque la réputation de Rembrandt a sombré. Quand les affaires étaient fructueuses, il t'achetait des robes brodées, des corsages passementés, il t'offrait tes perles préférées. À moi aussi, vieille servante, Titus me faisait cadeau de cols de dentelle et de châles de laine. Avait-il eu raison de se marier pour aller attraper la peste et mourir si jeune en laissant Titia ? Elle aussi, tu aurais aimé l'élever, mais après la mort de Magdalena les grands-parents Van Loo s'en étaient emparés…

Maintenant, face à toi le portrait d'une jeune voisine, peint il y a longtemps, lorsque nous habitions tous la demeure aux trois hauts étages à Sint Antonies Breestraat. Dans ce quartier élégant, seigneurs et Juifs venus d'Espagne se côtoyaient. Regarde cette belle enfant aux joues rouges. Toi, au même âge, ta famille de pauvres paysans t'avait placée dans une auberge à Amsterdam. Mais alors tu ne ressemblais en rien au portrait. Maigre et bossue à dix ans, née au milieu de treize enfants, six devant, six derrière, tu étais sage et raisonnable. Obligée d'être une petite mère dès ton plus jeune âge. Tu te rappelles comme les filles de ta première patronne te battaient, si fort qu'un jour tu t'étais sauvée loin de ces mégères.

Souvenirs écœurants : domestique d'un mendiant voleur à ses heures, il te destinait à tous les usages. Tu déguerpissais encore et demandais l'aumône dans les quartiers riches. Tu dormais sur les quais. À cette époque, tu as rencontré une brave femme qui t'a recueillie dans la cave où elle vivait. La nuit, vous faisiez un feu sur le sol pour éloigner les rats qui grouillaient. C'est le long du Keizersgracht que tu as tendu la main à Saskia. Tu venais d'apprendre la mort de ta mère et tu sanglotais. Cette élégante jeune femme a eu pitié de la pauvre gamine, elle t'a emmenée et engagée comme servante alors qu'il y avait déjà de nombreux domestiques dans sa maison. Là tu as appris ton métier et n'as plus quitté ce foyer qui est devenu le tien.

Halte-là ! La vieille commère, tu vas arrêter de radoter ! Tu dois penser à ta petite qui a besoin de toi. Faisons une visite dans sa chambre. Sur une table, un immense livre, sous le miroir son coffre à bijoux. Aux murs, toutes les peintures resplendissent. Oh, quelle belle idée d'occuper la pièce de son père ! Oui, voilà sa manière à elle de rester près de lui ! Mais les cloches carillonnent. Il te faut les rejoindre. Tous nous allons nous recueillir sur la tombe du sieur Rembrandt. Impossible d'oublier qu'après la vente aux enchères de la belle maison de Sint Antonies Breestraat, je me rappelle, c'était en juillet 1658, Rembrandt, totalement désargenté, n'avait pas hésité à vendre la tombe de Saskia. Il en était propriétaire, dans la grande Oude Kerk. La dépouille de son épouse a été ramenée dans un caveau loué à Wester Kerk. Il ne savait pas que les siens et lui-même y seraient enterrés.

Aujourd'hui Saskia, Hendrickje, Titus sont à ses côtés dans cette modeste église. Pauvre Rembrandt ! Allez courage, la rabâcheuse de souvenirs… Maintenant, à toi de les rejoindre, et d'un pas rapide malgré ton âge !

Devant la tombe de Rembrandt, Cornélia et Mamechleen demeurent agenouillées.

Cornélia se sent comme une pierre fissurée, souffrant dans tout son corps. Elle ne bouge plus, prisonnière de l'absence qui la laisse sans voix, sans mots, dans la douleur nue… C'est Salomon qui, en tâtonnant, saisit son bras et la force à se relever. Mamechleen suit. Des larmes coulent sur le visage de la jeune fille tandis que ses traits se sont durcis et que son teint est devenu diaphane.

Sur le chemin du retour, assommées par le chagrin, les deux femmes se laissent guider par les paroles chuchotées de l'aveugle ; sans voir, il les entraîne vers leur maison.

Une lettre les attend : Jan Six invite Mlle Cornélia Rembrandt et sa gouvernante à la lecture de son manuscrit, *Le Voyage en Italie*, qui aura lieu le premier mardi du mois suivant. Immédiatement, Cornélia monte inspecter les livres de son père afin de voir si elle peut découvrir quelque récit sur cette pérégrination. Dans le fouillis du cabinet de curiosités, elle lit les noms d'Aristote, d'Homère, de Sénèque, de Virgile puis *Le Livre des perspectives*, la Bible et un traité sur la guerre écrit en allemand. Elle descend dans sa chambre *Les Empereurs romains*, un gros recueil illustré. Bizarrement, Rembrandt ne collectionnait que les gravures et les dessins, tel celui de Mantegna, ou les tableaux des peintres italiens lorsqu'il en avait les moyens, mais aucun livre à leur propos.

Fière de cette invitation, Cornélia visite chaque pièce de la maison comme si elle la découvrait pour la première fois. Devant tant de lumière et de couleurs dues au soleil qui se reflète de miroir en miroir, elle s'allège d'une part de son chagrin. Ses joues reprennent timidement leur couleur abricot. Dans la salle, le carrelage brille, les meubles sentent bon la cire, un feu aux flammes dansantes réchauffe et les tableaux illuminent l'ensemble.

Rembrandt, même ruiné, n'avait cessé d'acheter petites ou grandes glaces qu'il disposait dans toutes les pièces face à ses peintures. Comme chez la voisine dentellière, le losange de plomb entourant le verre central de la haute fenêtre s'était brisé. Il projette une ombre : le *J* de Ri*J*n… Cornélia apprécie ce *J* de bon augure qui se multiplie dans un jeu de perspectives et scintille de miroir en miroir.

Dans cette salle, elle rêve de convier artistes et penseurs qui pourraient admirer les toiles de son père, celles qu'il a refusé de vendre, celles qu'il a rachetées, toutes celles qui attendent depuis longtemps la venue d'amateurs éclairés ou de notables encore sensibles à ses œuvres.

VII

Dans le grand salon, un cercle de chaises vides. Cornélia et sa nourrice étaient très en avance. Mme Six leur désigna deux sièges. Mamechleen se glissa dans la seconde rangée. Des invités pénétraient vêtus de manteaux fourrés. D'autres s'installaient. Habits sombres, cols imposants, blancs, ronds et plissés.

Au premier rang, le voisin de Cornélia, un jeune seigneur moustachu, portait sur son habit brun un col de fine dentelle et chacun de ses doigts était cerné d'une bague décorée de pierreries.

Tous les sièges étant occupés, Jan Six entra en tenue d'intérieur et, se tenant droit près de la fenêtre, commença un bref discours. Tout à coup, il proclama que son épouse et lui-même avaient la joie d'accueillir Cornélia Rembrandt, la fille du célèbre peintre qui les avait quittés trois mois auparavant. Elle rougit, pâlit, se sentit défaillir, eut honte de tous les yeux tournés vers elle. Heureusement, il enchaîna et fit d'autres présentations. Elle n'écoutait plus et tentait de stopper les battements précipités de son cœur.

Enfin, après des applaudissements, Jan Six, d'une voix aux inflexions métalliques, décrivit son départ à cheval en direction de Venise, le 1er avril 1640. Il y arriva en bateau le 7 juillet.

« Là, je visitai immédiatement l'église San Rocco, face à la mer, décorée par le Tintoret de cinquante compositions bibliques. Ce peintre du XVIe siècle, qui ne quitta jamais Venise, mourut à soixante-seize ans. Ses fresques exprimaient la liberté mêlée au mouvement. Les personnages, évanescents ou dans l'extrême cri, volaient, plongeaient, basculaient, stupéfiaient. Des coloris stridents appelaient le regard au point précis où le Tintoret souhaitait que nous fussions attentifs. On le nommait *Tintoretto furioso*, non pas parce qu'il était issu d'une famille de teinturiers mais parce qu'il peignait très vite, sans dessin préalable et toujours de manière surprenante. On considérait le Tintoret comme l'ancêtre de Rubens d'Anvers. »

Cornélia reconnaissait ce nom au passage. Attentive, elle ne perdait pas un mot du récit de Jan Six et tentait d'en démêler les tournures.

Il poursuivait : « Dans un palais, je longeais une galerie couverte de portraits de Titien. Ces visages de femmes, éclairés d'une lumière délicate, me subjuguèrent ; la beauté reflétait chaque personnalité. Dans une église, je découvris une *Vierge à l'Enfant* de ce peintre dont la simplicité, l'équilibre et l'harmonie m'émurent aux larmes. La mère tenait son poupon debout près d'elle, une mère comme toutes les jeunes mères. Une mère unique. Deux mots pouvaient résumer Titien : perfection et sensualité. »

Après un silence, Jan Six continua : « Je découvris Giorgio da Castelfranco, surnommé Gros Georges ou Giorgione, le compagnon de Titien, celui qui inventa la peinture sur toile, mais hélas ! il mourut à trente-trois ans. Dans un palais vénitien, je contemplai longuement *La Tempête* qui montrait l'étrange rencontre entre une mère égarée avec son enfant et un jeune seigneur, dans un paysage menacé par l'orage. En demi-teinte, les harmonieux portraits de Giorgione dévoilaient, tels des poèmes, jeunes hommes ou vieilles femmes. J'eus la chance de découvrir deux tableaux de Giovanni Bellini et je restai sans voix. Toujours je me souviendrai des visages si harmonieux et des bleus de Bellini. Cette ville m'enthousiasma. Si la présence de l'eau et de la mer m'évoquait Amsterdam, les palais et les demeures à l'architecture mauresque se mirant dans le Grand Canal, les ponts animés de boutiques, les églises monumentales aux cloches qui sonnaient sans cesse, les statues et leur présence le long des façades jusqu'aux toits, tout m'entraînait dans un rêve théâtral de pierre et d'eau…

« J'abandonnai la cité des Doges et partis à cheval vers le duché de Toscane. Voyage épique : pluie diluvienne, orages, boue, risques de noyade. Mais sur le chemin, je m'arrêtai à Padoue et contemplai la chapelle de l'Arena peinte par Giotto. Quel enthousiasme devant ses anges aux longs visages, ses personnages inspirés, ses bleus et ses ors d'une fraîcheur printanière. Je me reposai à Mantoue et y admirai les fresques de Mantegna. »

À ce nom, Cornélia ne put s'empêcher de pousser un cri. Honteuse, elle en perdit le fil du discours.

Mais soudain elle entendit : « Andrea Mantegna, un grand dessinateur, un admirable coloriste, on ne peut oublier la tension dans la position allongée de son *Christ mort.* Rappelez-vous : le grand Rembrandt s'en est inspiré dans sa seconde leçon d'anatomie. »

Cornélia se redressa et se répéta plusieurs fois cette dernière phrase. Immédiatement, elle se reprocha de ne pas avoir été contempler cette œuvre paternelle dans l'amphithéâtre du Collège de médecine. Dès demain, elle se renseignerait pour la voir.

Jan Six enchaînait: « Je galopai jusqu'à Florence. Mais le long des murs mon cheval prit peur, s'emballa et je chutai. Je le rattrapai tant bien que mal, l'attachai et, le corps brisé, je dus dormir dans les fourrés. Triste arrivée !

« Plusieurs jours après cet accident, j'étais en mesure d'être reçu par le grand-duc Ferdinand II de Médicis. En tant que philosophe, je fus invité à l'Académie florentine où l'on me pria de faire une présentation des penseurs et des artistes de notre ville. Je ne vous les énumérerai pas, vous les connaissez, vous en faites partie. Comme je ne voudrais pas vous lasser, mon épouse et moi-même, nous vous convions à prendre quelques rafraîchissements et, si vous le souhaitez, je continuerai mon récit. Mais sachez qu'il m'est difficile de rendre compte de tant de découvertes artistiques et de tant de splendeurs rencontrées… »

Bientôt Mme Six présentait Cornélia au bourgmestre, aux échevins, au médecin Ephraïm Bueno – qu'elle connaissait déjà puisqu'il avait soigné son père. La jeune fille se tenait droite dans sa robe à la française, arborant les bijoux de Saskia. Un vieil homme lui déclara qu'elle ressemblait à un tableau de son père. Émue, elle murmura: « Il n'y a pas plus beau compliment, monsieur. Je vous en remercie. »

Après une collation, la soirée reprit.

« À Florence, commença Jan Six, je visitai le palais des Médicis et leurs collections. Dans de nombreuses galeries étaient exposés les peintres du Quattrocento. Époque étonnante, découverte de la perspective, œuvres peintes sur toile pour la première fois, jaillissement des couleurs et protection des artistes. À Florence, sans jamais me lasser, je contemplai les fresques de Fra Angelico qui avait inventé un espace nouveau, le mur de cellule comme tableau. Dans des tons délicats, les peintures de ce frère, profondément visionnaire, emportaient vers les sources de la foi chrétienne. Premier mécène, Cosme Ier de Médicis avait soutenu les peintres d'alors et particulièrement Filippo Lippi. Ce dernier, à la vie agitée entre couvents et bouges, lui devait protection et encouragement inconditionnels.

« Puis je découvrai quelques toiles du Caravage, des scènes aux gestes suspendus dans leur drame, dans les rouges de la passion ou dans les verts sombres du cauchemar. Enfin, je me retrouvai face à des Rubens puis à des Rembrandt. J'étais en pays de connaissance ! Dans un cabinet de curiosités, je pus découvrir des peintures de Rembrandt. Ferdinand II de Médicis se montrait très fier de les posséder et je constatai l'enthousiasme de tous les visiteurs pour l'artiste de notre cité. »

Le cœur de Cornélia cognait et elle cessa d'écouter. Ses pensées restaient suspendues aux dernières phrases de Jan Six qu'elle se répétait. Elle entendait sa voix qui coulait et parfois des bribes de mots sautaient jusqu'à ses oreilles. Il lisait : « L'architecte Brunelleschi... Le sculpteur Donatello... Cosme Ier fondateur de l'Académie platonicienne... Dans la conque du fleuve Arno... La Renaissance... Florence accueillit Rubens et Rembrandt... Nous devrions réfléchir à ce temps béni... »

Bien qu'épuisée, la jeune fille s'efforça de suivre la conclusion de Jan Six : « Cette cité inspira l'Europe entière. Tous les esprits amoureux d'études devraient y terminer leur voyage initiatique. Je laissai la Toscane pour Rome. Je découvrai la capitale de l'Antiquité comme un souvenir de mes humanités… »

Cornélia restait stupéfaite de ce qu'elle venait d'apprendre. Elle jubilait : À Florence, Rembrandt était encore admiré. Elle captait encore des noms : « Michel-Ange… Léonard de Vinci… Je revins chargé de tant d'idées et de merveilles… Raphaël… Le Greco… ont marqué ma vie d'amateur d'art… Ce voyage s'acheva dans la sérénité… »

Elle étouffait dans ce salon trop chaud et tout se mêlait dans sa tête. Jan Six continua :

« Aimable assemblée, permettez-moi de donner la parole à Cornélia Rembrandt, la plus jeune d'entre nous. Chère Cornélia, voulez-vous vous exprimer en premier ?

— Monsieur, vous avez fait une vraie œuvre d'art, une œuvre pour l'art… »

Toute rouge, elle se tut. Jan Six la remercia. Le bourgmestre grommela :

— Ce voyage nous enseigne, nous rapproche, nous unit… »

Dans le brouhaha, Cornélia pensait à tout ce qu'elle venait d'entendre. D'abord, la présence des tableaux de Rembrandt ; son succès et sa reconnaissance. Soudain, une question nouvelle trotta dans son esprit. Au moment de partir, après avoir remercié Jan Six et son épouse, elle eut l'audace de se renseigner :

« Je crois me souvenir que mon père avait une grande admiration pour Carrache. Le connaissez-vous, l'aimez-vous et d'où était-il ?

— Carrache, un nom célèbre à Bologne, une famille de peintres et de graveurs, j'aurais dû les citer. Jeune fille, vous commencez bien votre éducation artistique. »

Le long des canaux, Cornélia et Mamechleen cheminaient.

« Il faisait trop chaud et je n'ai rien compris. Et toi, Cornélia, qu'en dis-tu ?

— Tu veux la vérité ? Pendant le discours de Jan Six, une idée m'est venue et elle m'obsède. Comme lui, je veux faire le voyage à Florence. Dans cette ville mon père occupe encore une place importante… Tu te rends compte ?

— T'en aller ? Toute seule ? Jusqu'en Italie ? Je n'ai pas bien saisi !

— Si. Je viens de prendre la décision de partir. Je vais aller visiter cette cité où Rembrandt est toujours apprécié. C'est extraordinaire, tu as entendu comme moi !

— Mais Cornélia, ici ses peintures sont dans les édifices publics !

— Mamechleen, plus personne ne les regarde. Plus personne ne les admire.

— Alors s'il le faut, tu ne partiras pas seule, je ne veux pas te laisser. Je t'accompagnerai.

— C'est vrai ? Tu ne me grondes pas ? Tu ne me traites pas de folle ?

— Peut-être est-ce une folie !

— Alors tu m'accompagneras vraiment ?

— Mon oiseau, ma vie est un tapis élimé. Petit bout de tissage aux franges usées, un jour je l'ai reçu des mains d'un marin… Sur ce tapis, des bonheurs inestimables mais aussi des pleurs, des misères, des prières, des oublis… Et des temps joyeux, des éclats de rire… Saskia, Hendrickje, Titus… Et toi ! Oui, ma fille !

— Mamechleen, ma vie est une mosaïque de peintures…

— Ta vie est une route de soleil offerte à ta jeunesse…

— Ma vie est un fardeau de toiles, de questions, de soucis…

— Ta vie est le fil qui tisse des jours lumineux…

— Ma vie sera voyage. Je veux toucher la ligne d'horizon au fond de la plaine. Je suis une inquiète qui cherche à voir, à comprendre, même moi, une fille sans connaissances. Après ce récit, je veux faire le voyage jusqu'à Florence. Je veux rendre à Rembrandt la reconnaissance qui lui est due… »

Elles pénétrèrent dans leur maison. De sa chambre, Salomon leur souhaita faiblement la bienvenue. Elles crurent qu'il s'était rendormi et silencieusement se regardèrent. Mamechleen regrettait déjà les mots qui lui avaient échappé alors que Cornélia s'envolait vers son nouveau rêve. Celle-ci caressa l'épaule de sa nourrice et, sur la pointe des pieds, toutes deux rejoignirent leur lit.

VIII

On cognait fort à la porte. Mamechleen appréhendait toujours quelque malfaiteur, mais elle reconnut Isaac Boudouch et lui ouvrit.

« Je suis bien chez mon ami, le peintre ? Oui, je vois venir sa descendance. Beau brin de fille ! Pauvre Rembrandt, toujours mort ? Savez-vous, jeune fille, disait-il en suivant Cornélia et sa nourrice vers la cuisine où flambait un bon feu de cheminée, savez-vous que j'ai festoyé avec votre père ? Mais je l'ai vu aussi pleurer d'un chagrin sans fin… Versez-moi une bière, la vieille, ça me fera du bien et je pourrai continuer. Je l'ai vu pleurer comme une Marie Madeleine le jour où on a appris que Carel Fabritius avait été retrouvé mort sous les décombres de sa maison. Vous vous rendez compte ! Son élève le plus doué et son seul ami. Carel Fabritius ! Un peintre précieux… Il a stupidement perdu la vie à trente-deux ans, c'était vers 1650, 52, 54, je ne sais plus ! L'explosion de la poudrière de Delft, ça ne vous dit rien, la vieille ? Plus d'un quart de cette ville a été totalement détruit. Ce nigaud de prince avait exigé d'entasser dans cette ville fortifiée toute la poudre des Provinces-Unies. Et on a retrouvé Fabritius gisant, la poitrine écrasée par la poutre maîtresse de son atelier. Lui le farceur et le soutien fidèle de Rembrandt, assommé par sa propre maison et toutes ses peintures détruites ! Votre père refusa l'accident. Mais l'évidence le rattrapa, le peintre des chardonnerets n'était plus.

« Oh ! Rembrandt, c'était le peintre des singes, un vrai singe, lui-même ! Qu'est-ce qu'il grimaçait ! Je vais vous raconter : un soir, je me souviens, j'étais avec lui dans une taverne du port, au comptoir il y avait deux Maures. Ceux-ci se firent insulter par quelques gueules fortes. Aussitôt Rembrandt les apostropha, écoutez-moi ça : "Ici, à Amsterdam, ces hommes sont nos égaux et nous devons les respecter ! L'esclavage n'est plus admis quand on foule le sol des Provinces-Unies ! C'est entendu ? Je conclus : plus jamais d'insultes !" Après ses paroles autoritaires, tout rentra dans l'ordre. Le silence régnait. Rembrandt crayonnait. Il fit plusieurs portraits des hommes noirs et les leur offrit. Alors les Maures, qui tenaient en laisse un petit singe, le donnèrent en cadeau à leur défenseur. Mon Rembrandt ne voulait pas l'accepter mais ils insistèrent tant qu'il sortit triomphant, serrant le singe dans ses bras. Il plaisanta tout au long du chemin. À la maison, il pensait que l'animal exotique ferait l'étonnement et le bonheur de sa famille. On le fêta, s'occupa et s'amusa de la bête. Mais les voisins ne l'apprécièrent guère ; ce maudit singe leur rendait visite, grimpait partout, et jetait à terre tout ce qui brillait.

« Un jour dans son atelier, un couple avec enfants posait. Tous droits et fiers. Tandis que notre peintre exécutait leur portrait en pied, Hendrickje entra, serrant le singe mort dans ses bras. On venait de le tuer ! Rembrandt s'emporta et, comme il n'avait pas de toile prête, il esquissa la dépouille de l'animal au pied des notables. Scandalisés, ils quittèrent immédiatement l'atelier, refusant de voir ce macaque peint à leurs côtés. Cette histoire fit le tour d'Amsterdam. Le peintre y perdit son singe, un commanditaire, et sa réputation tournait à l'aigre ! Il faut dire qu'on sortait d'une époque durant laquelle Amsterdam croulait sous l'argent grâce au commerce avec les Indes occidentales et orientales. Les banques fleurissaient, les banquiers devenaient d'une prétention sans égale, ils avaient ouvert leur première grande Bourse où ils complotaient à l'écart. Amsterdam rayonnait de l'argent de son port, de la foi de ces temples et des tavernes qui ne désemplissaient pas ! Amsterdam s'enlaidissait. Nous les artistes, tout au début nous avons eu notre place, les dignitaires avaient besoin de représentations et de portraits. Mais cela ne dura qu'un temps. On s'était pris au jeu, maintenant on déchantait. Rembrandt avec son méchant caractère les froissa vite. Après une petite bière de Delft, je vous parlerai de sa générosité.

« Merci, la vieille, voulez-vous savoir, mademoiselle ? Un soir nous étions à l'auberge, son épouse, lui et moi. Devant notre table, une toute jeune mendiante maigre comme une brindille jouait du tambourin ; Rembrandt murmura un secret dans l'oreille de sa bien-aimée qui l'approuva ; il détacha son collier d'or qu'il passa autour du cou de l'enfant. Un sourire rapide et elle se sauva en courant. Ah ! quel bavard je fais ! Mais je dois vous l'avouer : j'ai longtemps vécu à Rotterdam, j'habitais chez un brasseur fortuné qui possédait plusieurs toiles du Caravage. Vous imaginez : notre Rembrandt rêvait de les voir et moi je voulais qu'il patiente... Je ne sais plus pourquoi, et ça ne s'est jamais fait. Tant mieux ! Il aurait été capable de se ruiner encore... À cette époque, il venait d'acheter une *Samaritaine* de Giorgione. Heureusement, jadis les artistes se mettaient à deux, oui à deux ! pour devenir propriétaires d'un tableau. C'était avec Pieter de la Tombe – vous vous souvenez de lui, la vieille ? Cette fois, Rembrandt s'était laissé aller à un demi-péché mignon !

« Bien sûr, comme le Caravage, il s'est passionné pour le clair-obscur. Ses tableaux aux fonds sombres, il les a toujours éclairés de lumières frisantes ou tombantes. Une traîne qui brillait sur les blancs ou se répandait sur les corps. Un petit phare qui s'allumait sur les visages, tout entourés d'obscurité. Une peinture au modelé vaporeux avec des éclaircies qui lui donnaient une humanité généreuse. Ah ! Ah ! Rembrandt quel maître !

« Avec nous, très jeune il s'est intéressé à l'école d'Utrecht, des peintres réalistes qui avaient inventé le clair-obscur. Là il a copié, là il a puisé. Un peu voleur, ce jeune homme ! Mais il a trouvé sa voie. Et quelle voix ! J'entends encore ses mots : "Je traduis les émotions, je les filtre à travers une source tamisée qui enclôt l'ombre comme une bouche sombre…" Vous me suivez ? Dans Aristote, il est dit que la main devient griffe, serre, corne, lance, épée… Rembrandt ajoutait : "Palette, pinceau, burin… Les personnages s'effacent et la peinture reflète leur âme. La preuve, j'aime étudier mon visage. Je m'étonne toujours du réel tel qu'il est, alors qu'il pourrait ne pas être. Je reste surpris devant ce que j'interprète…" Oh ! je ne sais plus. Il faudrait peut-être que je me repose ! »

Mamechleen lui servait à manger et à boire, il reprenait :

« Rembrandt aimait vociférer : "La peinture pue ! Visiteur, bouchez-vous le nez, éloignez-vous !" Il avait raison, l'huile de lin empuantissait l'atelier ! Il priait les amateurs de se reculer pour mieux voir ses tableaux. Mais il insistait, insinuant qu'il voulait enfermer dans ses personnages l'indicible, jusqu'à ce qu'il en émane une odeur nocive, une puissance mauvaise. Il voulait représenter l'humain et ses fièvres, ses troubles, ses fureurs… Il entrait dans le chaudron… Dans l'atelier il se vantait : "Boudouch, contemple ce rouge comme le sang caillé et ce rose violacé. Ça sèche, ça craque, ça gonfle, ça prend à la gorge… Je touche, ça s'arrondit, ça s'adoucit, ça se velourise…"

« Nous buvions un verre de genièvre et nous rotions. Il reprenait son pinceau, modifiait le geste d'une main, peignait un doigt vers nous. "Dieu est-il au bout de cette main ? disait-il. Il faut peindre d'instinct, se laisser aller aux choses, se remplir d'elles. Le sentiment donne du mystère. Ma peinture doit être illusion…" Je lui répondais que tout ça c'était de l'apparat. Juste une métamorphose qui servait à dérouter le spectateur. Sans se fâcher, il reprenait : "En profondeur je veux garder la plus grande fidélité à l'être avec ses bontés, ses travers et ses ivresses…" »

Boudouch s'arrêtait, désignait le petit tableau de *La Sainte Famille* et poursuivait :

« Il faut être mort plusieurs fois pour peindre ainsi, mademoiselle. Dans le deuil, l'art devint sa consolation. Une fois, je lui demandai : "Pourquoi te passionnes-tu pour les gueux, les miséreux, les vieilles ?

— J'ai étudié le dessinateur français, Jacques Callot, qui régna à Florence et à Paris. Comme lui, j'aime leurs hardes, leurs guenilles, leurs béquilles. Je raffole de leur crasse, de leurs déchirures, des accrocs de leur vie et de leurs rides qui creusent les ombres." »

Cornélia se sentait irritée par Isaac Boudouch, tout en ne comprenant pas pourquoi. Elle lui était reconnaissante de raconter la générosité de son père, y compris pour le singe et les gueux. Maintenant elle pensait que, peut-être, le fameux Jacques Callot avait eu une influence sur lui. Mais elle ne réussissait pas à comprendre si cet homme se moquait de Rembrandt et de sa peinture ou les admirait. Soudain elle eut envie de lui montrer l'atelier. Mais il enchaîna : « Votre père avait autant de génie que Rubens. Pourtant ces deux-là, tout les séparait. Rubens d'Anvers avait trente ans de plus que mon ami. Il avait fait le voyage en Italie. Il y était même resté huit années, au service du duc de Mantoue. Dans cette cité comme à Rome, il avait exécuté de nombreuses commandes. Il était fier de le répéter. J'ai travaillé sur ses chantiers. Combien de fois ne l'ai-je pas entendu nous rompre les oreilles avec ses peintures italiennes ! Casanier, Rembrandt avait peur d'aller au-delà des portes d'Amsterdam. Catholique et homme de cour, Rubens devint ambassadeur auprès du roi d'Espagne. Que voulez-vous ? Rembrandt ne fréquentait que les tavernes. Le prince des peintres revint se marier à Anvers où il ouvrit un atelier qui prospéra comme une ruche. Il fut considéré comme un célèbre maître, un coloriste hors pair et un compositeur virtuose de toiles immenses et baroques, alors qu'il les faisait exécuter par ses nombreux élèves. Solitaire, Rembrandt opta pour une peinture sobre et forte, amoureux d'une matière sombre, fluide, dorée. Même les fonds les opposaient. Sur de petites toiles, Rubens réalisait les modèles à agrandir. Il mettait une couche de blanc avec un léger lavis gris, puis il appliquait une terre d'ombre presque transparente qui marquait les valeurs. Rembrandt faisait le contraire : il peignait toujours un fond brun qu'il recouvrait parfois d'un pigment rougeâtre. Ensuite il composait directement.

La touche restait délicate, la subtilité du trait dépendant de son objet. Et tous deux eurent une foule d'élèves !

« Savez-vous, petite demoiselle, qu'à Leyde, Rembrandt, âgé de dix-sept ans, eut comme premier élève Gerrit Dou, qui continue à être célèbre pour ses scènes d'intérieur ? Puis, je fus le deuxième. Nous peignions alors dans un petit magasin dépendant du moulin. Moi après, éternel vagabond, j'allais de ville en ville. Durant ce temps-là, immobile il inventait sa galerie de personnages. Oh, mais je suis épuisé… Il faut que j'aille dormir. M'offririez-vous l'hospitalité ? »

Mamechleen le mena dans sa petite chambre où il dormit la journée entière et la nuit suivante, puis il les quitta vite, prétextant un rendez-vous urgent.

Les deux femmes l'avaient écouté attentivement. Cornélia n'adhérait pas à ses propos. C'était un ivrogne. Pour elle, ses jets de mots frisaient souvent le délire. Pourtant sa nourrice lui assurait qu'il disait la vérité, elle entendait les paroles exactes de Rembrandt. Maintenant elle se souvenait d'avoir vu pleurer son père à la mort de Carel Fabritius, un ami qu'il aimait comme un frère, disait-il. La jeune fille devait écouter respectueusement cet homme. Avec lui, le passé se dévidait devant elle.

Cornélia réfléchissait. Elle s'étonnait de voir surgir son père sous ces aspects étranges. Peut-être ne voulait-elle pas les connaître ! Peut-être voulait-elle oublier ce temps trop éloigné d'elle ! Et si les tableaux de Rembrandt délimitaient l'horizon de son imagination ? Si ses peintures seules cachaient sa maison de rêve ?

IX

Des serpents de soleil dansaient sur l'eau verte du canal. Au-dessus, les mouettes criaillaient à grands coups d'ailes dans l'air frais. Cornélia observa deux fillettes habillées comme des dames, assises sur le banc devant leur maison ; elles jouaient à faire des bulles de savon avec un bâtonnet évidé se terminant par une coquille. Plus loin, des femmes agenouillées nettoyaient les planches qui avaient recouvert les quais lors des inondations. Une servante se penchait et emplissait son seau au bord du canal ; un marinier lui fit signe ; elle lui répondit tout en s'éloignant. Comme elle, souvent Mamechleen allait puiser l'eau ainsi afin d'emplir les réservoirs de la maison, celui au-dessus de l'évier dans la cuisine et celui de la fontaine dans la courette. Ne devrait-elle pas l'aider, elle qui n'avait jamais fait de corvées semblables ? Deux péniches passaient, l'une recouverte de monticules de briques, l'autre de tonneaux de harengs. L'odeur des poissons se répandait et les narines des passants la respiraient, sachant qu'elle ouvrait l'appétit ; certains s'en nourrissaient.

Cornélia se dirigea vers la demeure de M. et Mme Six pour déposer une lettre de remerciements. Elle leur annonçait son projet de voyage pour Florence afin de rencontrer Cosme III de Médicis, le futur duc de cette cité qui devait toujours tenir son père en grande estime. Enfin, elle l'espérait !

Écrire lui avait demandé un effort et, en même temps, elle avait apprécié ce moment. Puis elle avait lu sa lettre à Salomon qui l'avait rassurée bien qu'il eût exigé de modifier plusieurs tournures et d'ajouter quelques échos bibliques.

Une servante lui ouvrit la porte et précisa que M. et Mme Six seraient absents toute la matinée. Cornélia lui confia sa missive.

Sur le chemin du retour, elle s'étonna de voir la cité sous un soleil léger et agréable. Les passants lui semblèrent souriants et elle-même avait l'impression qu'en mettant toutes les chances de son côté elle réussirait à organiser ce départ. Ne venait-elle pas de sortir d'un puits obscur et maintenant ne suivait-elle pas une fine lumière qui la guiderait vers son but ?

À la maison, elle enfila la blouse blanche de peintre et décida d'entreprendre le rangement du cabinet de curiosités. Cornélia avait pris soin de monter de grandes bannes pour y entasser ce qu'elle choisirait de vendre en vue de son futur voyage à Florence. Réussirait-elle à accumuler la somme indispensable pour ce périple tant désiré ?

Du portemanteau elle décrocha des tissus qu'elle secoua par la fenêtre. Le froid pénétra dans la pièce, et elle constata la vétusté des encadrements. Encore une dépense : les vitraux se délitaient et il était indispensable de les faire réparer le plus vite possible. Elle reposa les étoffes sur la patère et enfila le manteau de fourrure paternel, bien trop grand pour elle.

La jeune fille pénétra dans la pièce close où le désordre régnait ainsi qu'une odeur de moisissure mêlée à des relents d'épices. En premier, elle déplia un étrange habit d'Indien accompagné d'une coiffe incrustée d'émeraudes et de plumes. Elle les dépoussiéra et les rangea dans une des panières. Puis elle enjamba un tabouret et découvrit sur une table branlante deux pistolets anciens et, dessous, un buste en marbre d'un empereur romain qui voisinait avec trois autres petits bustes en plâtre. « Incorrigible papa ! », murmura-t-elle. Tous ces objets furent destinés à être vendus. Elle admira encore un bloc de corail blanc. Le garderait-elle ? Cornélia le posa sur la table, reportant à plus tard sa décision.

Cachés dans un angle, deux instruments de musique, une guimbarde et une viole. Ils rejoignirent un des paniers. Bientôt elle redressa un bouclier d'osier tressé, venu probablement des Indes ! Elle choisit de s'en débarrasser. Elle ramassa encore quelques coquillages dont elle décora l'atelier. Protégé par des papiers qu'elle ôta avec précipitation, un miroir rond et convexe, une sorcière au cadre d'ébène, surgirent. Cornélia l'essuya ; sur le tain brouillé, elle crut apercevoir comme une lettre imprimée à l'intérieur, peut-être le *J* de *Rijn* ? Se penchant, elle découvrit son image vieillie, floue mais rassurante. Soudain elle pensa à celui qui avait été adjugé à Titus. Elle le reposa avec délicatesse. Son père s'y était-il regardé et s'en était-il servi pour griffonner quelque autoportrait ? Elle décida de le garder et de l'installer dans sa chambre.

Dans l'atelier, elle se sentait confrontée à un temps différent ; ici, minutes et heures glissaient à la vitesse d'une comète, un vent vif semblait souffler et l'entraîner vers d'insolites découvertes. Tandis que dehors ou dans la maison le temps s'étirait, se répandait, pataugeait, frétillait comme un poisson pris à l'hameçon qui, loin de l'eau, attend une mort lente.

Au fond du débarras, des cadres emballés et des planches abîmées. Ses yeux se posèrent sur un papier collé et froissé ; de sa main, Rembrandt avait tracé : *Anna accusée par Tobie du vol d'un chevreau, 1626*. Découvrir l'écriture penchée de son père la troublait toujours. Il lui avait parlé d'un tableau de jeunesse, une scène peinte à vingt ans qu'il aurait aimé posséder à nouveau. Était-ce cette toile ? Quand l'avait-il rachetée ? L'avait-il échangée contre quelque œuvre plus récente ? Elle tira la peinture hors du débarras et l'examina. Sa fraîcheur et ses couleurs chaudes, capucine et ocre, l'étonnèrent. Assis, un aveugle suppliait les mains jointes. Anna, son épouse, se penchait vers lui. Son regard affirmait qu'elle n'avait pas volé le chevreau à l'œil pétillant. Dans la cuisine, qui ressemblait à celle de Mamechleen, entre les deux vieillards, un chiot au collier décoré de grelots. La scène était éclairée par les rayons du soleil qui tombaient sur la robe de Tobie. Le châle jaune d'Anna entourait sa tête et ses épaules, et la couleur se liait à la fourrure du chevreau semée de poils neige. À l'orangé de la robe de l'aveugle répondait un petit feu aux flammes mordorées. Cornélia découvrait l'une des premières œuvres bibliques de Rembrandt, simple, expressive, polychrome. Elle repensait à la visite d'Isaac Boudouch. Oui, à vingt ans et dans un registre de couleurs vives et gaies, son père savait déjà représenter l'échange de sentiments.

Elle retourna une seconde planche. Elle exhiba un portrait hiératique d'un jeune homme. Un tableau ancien. Elle se pencha et lut la signature : *Holbein*. Un peintre qu'elle ne connaissait pas. Une toile à montrer et à vendre. Quel jour béni !

Elle descendit en courant prévenir sa nourrice de ses trouvailles. Puis elle l'entretint de sa dernière idée : suivre un apprentissage chez M. Lavaden, l'encadreur des peintures paternelles. Après le déjeuner, elle tenterait de le rencontrer. Elle souhaitait savoir encadrer et désencadrer les tableaux. Ainsi, elle pourrait mieux préparer son voyage pour Florence… Mamechleen devait être fatiguée : elle ne lui posa aucune question et ne lui fit aucun reproche.

L'après-midi, on frappa à la porte. La vieille servante fit entrer Margaretha Six et fut fière de la recevoir dans le petit salon où elle venait d'allumer un feu. Elle s'excusa de l'absence de Cornélia. Jan Six avait chargé son épouse de cette visite afin de déjouer ce projet de voyage à Florence qu'il jugeait trop dangereux. Mamechleen s'empressa de répondre que Cornélia était faite de l'entêtement de son père et de l'énergie de sa mère. L'âme emplie d'amour paternel, elle ne pensait qu'à sauver la réputation de Rembrandt. Elle y voyait aussi une pure folie ! Mais ne savait pas comment l'arrêter.

Margaretha Six lui confiait que cette jeune fille semblait aimer l'ombre, les chuchotements et la notoriété. Semblable à son père, elle pensait qu'elle saurait s'ouvrir aux brillances et à l'opulence. Son esprit ne zigzaguait-il pas entre le passé lourd à porter pour elle et l'avenir qu'elle idéalisait ? La vieille femme approuvait. Elle guettait les passions de sa filleule, les craignait, pire, les redoutait, et tentait toujours de les apaiser. Enfant, elle débordait d'invention et d'obstination. Orpheline à huit ans, elle s'était choisi comme mère Titus qui avait parfaitement joué ce rôle. Lorsque son frère s'était marié, elle s'était réfugiée dans les bras de Rembrandt qui, lui-même orphelin de son fils, avait enfin vu sa fille. Tous deux étaient des rêveurs. Vent follet, Cornélia avançait, croyait calculer, mettait au point une stratégie et, sans écouter le moindre conseil, s'y tenait, pire, la suivait avec entêtement. Mais toutes deux devaient visiter l'atelier qu'elle avait remis en ordre avec courage et obstination.

Elles montèrent et entrèrent dans la grande salle impeccablement rangée. La nourrice insista : elle ne disposait d'aucun atout pour s'opposer à ce voyage. Toute sa vie, elle n'avait été qu'une servante et Cornélia rejetait tout jugement venant d'elle. Malgré son grand âge, elle ne pouvait que l'accompagner. Mais l'épouse de Jan Six énumérait les risques, les dangers, les accidents que couraient deux femmes seules sur les routes.

« Ne le lui dites pas trop, elle partirait encore plus vite ! »

Sur la table, elle prit une feuille écrite par Cornélia et la tendit à Margaretha qui la lut.

Nécessités absolues pour le voyage à Florence

Avant de partir pour Florence, je dois :

– Ranger tous les objets et séparer ceux qui sont à vendre.

– Faire la liste de toutes les peintures et décider de celles que j'emporte.

– À Jan Six, il me faut lui parler et lui confier la garde des tableaux, des gravures et des dessins qui resteront à Amsterdam.

– À Jan Six, je dois montrer les objets à vendre et les toiles que j'aimerais offrir à Cosme III de Médicis.

– À Jan Six, je dois présenter le portrait peint par Holbein et Anna accusée par Tobie du vol d'un chevreau. *Je voudrais les vendre (combien?). Et ne pas oublier Titia.*

Je dois encore:

– Accumuler des florins. Peut-être de 800 à 1 000?

– Étudier l'itinéraire, les cartes, demander à Jan Six des livres.

– Préparer nos sacs (habits, souliers, linge à blanchir...).

– Passer chez l'apothicaire.

– Faire faire un chariot pour emmener de sept à dix peintures et deux sacs.

– Rendre visite à Titia et à sa grand-mère.

– Confier la garde de la maison et de Salomon.

– Inviter à dîner M. et Mme Six.

J'ai fixé le jour de notre départ: le 1er mai 1670.

Cornélia Rembrandt Van Rijn

Mamechleen désigna à Mme Six cette signature qu'elle retrouvait dans différents lieux de la maison. Elle refusa son invitation, préférant que Cornélia se rendît seule à leur demeure; ainsi elle écouterait mieux leurs arguments – qu'elle-même approuvait totalement – et aurait l'impression de décider.

« Cette jeune fille me fait peur, elle semble courir à sa propre perte », conclut Margaretha avant de quitter son interlocutrice.

De retour dans sa cuisine, Mamechleen se laissa tomber sur une chaise, le poids des jours futurs lui parut lourd, trop lourd.

On se retrouve seule responsable d'une enfant. On ouvre les yeux et on découvre une jeune fille qui dirige sa vie et la maison. Soudain, devant le but qu'elle a choisi, on se sent perdue ! Que doit-on faire ? Et si elle avait raison ? Oui ! Ses arguments sont peut-être valables ? Tu es trop vieille et n'est-elle pas ta maîtresse ? En tout cas, tu l'aimes fort et tu sais qu'à la fin tu obéiras à ses ordres. C'est elle qui te mènera, tu ne le lui avoueras pas, mais elle triomphera, tu en es certaine. À sa fougue, à sa force, à son entêtement, tu céderas. Tu cèdes toujours !

X

Vous entrez souriante dans la boutique de l'encadreur Lavaden et vous vous adressez très aimablement à celui qui la dirige. Vous lui demandez d'être engagée comme apprentie encadreur. Il vous inspecte, lève les bras au ciel et affirme que jamais une fille, même celle du peintre Rembrandt, n'a suivi un tel apprentissage. Vous répliquez que vous avez aidé votre père. Vous savez vous servir de broquettes pour les châssis, vous connaissez la différence entre une toile au tissage lâche et une toile au tissage serré. Alors, ô suprême cadeau, comme en ces jours il a besoin d'une aide, M. Lavaden vous offre d'apprendre à tenir la boutique avec lui, tout en vous indiquant les inconvénients de ce travail. Au point où vous en êtes de l'entretien, vous osez lui demander si vous ne pourriez pas devenir élève de son fils ; vous ne voulez pas apprendre la peinture mais vous rêvez de savoir dessiner.

Sur vos paroles, il explose :

« Comment avez-vous l'audace de réclamer une chose pareille ? Jamais une femme – à l'exception des modèles – n'est montée jusqu'à l'atelier de peinture ! Impossible mademoiselle Rembrandt. Jamais une femme, vous m'entendez, jamais une femme n'a été élève ! Jamais ! »

Et vous osez répliquer :

« Et les filles des peintres, celles qui peignaient en Italie, je l'ai entendu dire ! »

Mais, à ce moment précis, un client approche. Il conclut :

« Voulez-vous, oui ou non, et c'est une grâce que je vous offre, me seconder à la boutique ? »

Vous vous entendez répondre :

« Oui, M. Lavaden, je vous remercie beaucoup, M. Lavaden.

— Mademoiselle, vous commencerez donc lundi matin, à 7 h 30 ! »

« Mamechleen, console-moi. Être une femme à Amsterdam en 1670 comporte bien des désavantages ! Cependant je ne crois pas avoir dit mon dernier mot. Bientôt elle verra, cette cité, je la laisserai, je l'abandonnerai ! Je la fuirai ! », hurlait Cornélia tout en montant l'escalier vers l'atelier de son père.

Au début de la semaine suivante, la nuit enveloppait encore le quai lorsque Cornélia quitta la maison. Les boutiques ouvraient, elle croisa le boulanger ambulant, lança un bonjour aimable à la marchande de *koeken* et s'enfuit pour éviter le vendeur édenté de mort-aux-rats qui avançait vers elle. Depuis son enfance, il l'effrayait. Elle courait, serrant sa cape. Vêtue d'une robe élégante sans fioritures, elle portait des perles aux oreilles mais ni collier ni bracelet. Un bonnet brodé recouvrait sa chevelure indisciplinée. Dans la boutique, elle enfilait une blouse et, selon les ordres de M. Lavaden, elle servait à l'un des comptoirs. Elle appréciait celui des pigments aux multiples couleurs, saphir, céladon, rouge kermès, vert cinabre, blanc de céruse, terre de Sienne, bleu lapis-lazuli… Dans quelques pots de faïence, il y avait des enduits, des huiles, des liants… Dans des tiroirs, les pilons, les pinceaux, les couteaux à palette, les brosses… Sur une table, les plaques de cuivre. Dans des casiers, les burins, les lames, les ciseaux, les pointes sèches, les sanguines, les fusains, les calames, les plumes de roseau, les crayons à mine d'argent ou de plomb… À l'autre comptoir, on trouvait des panneaux de chêne ou d'autres essences, des planches de sapin, des pièces préparées, des toiles huilées ou sèches… M. Lavaden découpait une encoche et déchirait le tissu sur toute la largeur. Cornélia se demandait si un jour elle maîtriserait ce geste.

Les journées passaient, et ce qu'elle préférait dans la boutique, c'était recevoir des clients qui venaient faire encadrer une gravure ou une peinture. Toujours curieuse de ce qu'ils apportaient, elle les observait. Il y avait les hommes habillés strictement qui présentaient un intérieur d'église ou une marine ; on leur proposait une baguette de chêne, voire un large ruban. « Joli et point cher, client ravi pour la vie », répétait M. Lavaden.

Il y avait celui qui avait acheté une scène de cabaret. Ce client-là, gros, gras, plaisantin et beau parleur, avait besoin d'un cadre fleuri. Son patron faisait décorer au mètre une large bande de bois avec bourgeons, fruits, fleurs, oiseaux sculptés.

On rencontrait encore l'officier ou le riche marchand qui voulait faire encadrer un paysage. Pour lui, on faisait fabriquer un cadre sobre mais élégant. Cornélia ne pouvait s'empêcher de juger ces toiles sans intérêt.

Un après-midi, M. Lavaden, souffrant d'un genou, partit se reposer et lui confia le magasin. Une dame entra et lui présenta une nature morte. Elle voulut connaître son opinion sur l'œuvre tout en demandant de l'encadrer d'une façon sobre et originale. Cornélia hésita, la cliente insista. La jeune fille déclara qu'elle trouvait cette table décorée d'une coupe de fruits fraîche et agréable à regarder, et elle s'empressa de montrer une fine baguette de noyer. La femme souhaita un cadre plus approprié.

« Peut-être pourrions-nous faire un premier encadrement de toile et, pour le second, nous disposerions une baguette de bois peinte en jaune, du même jaune que le citron sur la toile ? »

La cliente approuva immédiatement cette proposition et, satisfaite, s'en alla. Lorsqu'elle fut sortie, la jeune vendeuse regretta son idée, redoutant de l'expliquer à M. Lavaden.

Le soir, il vint examiner les commandes. Cornélia restait muette devant la nature morte.

« Et là, que faisons-nous ? »

Timidement elle répondit :

« Une toile et une simple baguette de noyer mais peinte en jaune citron.

— En jaune citron ? C'est toi qui as inventé cette nouveauté ?

— Oui ! », répondit-elle d'une voix frêle.

Allait-elle être renvoyée ? Depuis quelques jours seulement et lorsqu'il n'y avait aucun client dans la boutique, elle avait obtenu la permission d'observer les deux commis encadreurs. Elle pensait à son père qui n'aurait pas été fier de la voir dans ce magasin, quand son patron déclara :

« Tu as eu une idée incroyable ! Je pense que nous détenons là un nouveau type de cadres ! La couleur, il n'y a que ça de vrai ! Bravo, Cornélia ! On voit que tu es la fille d'un peintre. »

Elle n'écoutait plus, elle se sentait lasse et avait hâte de se retrouver à Rozengracht, dans sa chambre, face aux tableaux de Rembrandt.

Semaine après semaine, elle obtint ce qu'elle voulait : observer, s'exercer, apprendre à encadrer et à désencadrer les toiles. Puis, en cachette, elle monta au premier étage et épia les élèves dans l'atelier. Elle les enviait.

L'un d'eux vint lui acheter un carnet, des fusains et des plumes. Elle lui conseilla une pointe sèche. Il lui demanda si elle dessinait. Elle répondit que non mais qu'elle rêvait de savoir, de pouvoir…

Et lorsqu'elle ferma les volets du magasin, il l'attendait et la raccompagna. Il disait s'appeler Mauricius, être le fils d'un boucher, mais lui voulait devenir peintre. Elle répondait que son grand-père était meunier à Leyde et que son père avait été un peintre réputé.

« Comment se nommait-elle donc ?

— Cornélia Rembrandt Van Rijn. »

Il resta silencieux. Devant la porte de Rozengracht, il lui déclara qu'il avait entendu parler de son père comme d'un peintre jadis renommé. Elle lui en voulut de ces mots. Mais il prit l'habitude de l'attendre et, chaque soir, ils marchaient le long des canaux en bavardant. Elle lui répétait son désir de dessiner. Il lui répondait qu'elle devrait peindre !

« Regarde mon paysage, j'en suis fier ! »

Elle disait que c'était impossible. Rembrandt était un génie. Même son frère Titus n'avait pas réussi, et elle n'était qu'une fille ! Pourtant elle ne voulait ni peindre ni graver, juste dessiner ! Rembrandt assurait qu'un dessinateur devait avant tout se souvenir des lignes. Elle s'était exercée face à un oiseau de plâtre. L'été dernier, son père et elle s'étaient promenés dans la campagne. Elle avait tracé l'esquisse d'un bouquet d'arbres. Il l'avait reprise et corrigée. Elle s'était alors sentie honteuse. En rentrant, s'étant mise à esquisser de mémoire un petit pont, Rembrandt avait observé son travail : « Ça vient, ma coquine ! » Mais il ne pouvait plus marcher et leurs sorties furent terminées. À l'atelier elle avait trop de travail. Elle enduisait les panneaux, pilait les pigments, confectionnait les couleurs et les rendait semblables à une pâte souple. Souvent elle mêlait, comme le peintre le lui demandait, le blanc de céruse au jaune d'or. Elle fonçait un vermillon... Son père travaillait par couches successives. Parfois, pour lui, elle épaississait un pan de manteau, il reprenait la toile et la griffait de ses doigts pour donner du relief...

Son compagnon de promenade semblait indifférent à ses paroles et elle lui demandait : « Tu m'écoutes ? »

Il lui répondait qu'elle devrait penser à elle, avant de penser à son père !

Sous l'œil mécontent de Mamechleen, tous deux partirent un dimanche passer la journée dans la campagne. Ils s'arrêtèrent devant une masure et chacun la dessina. Il la complimenta alors qu'elle ne réussissait pas à rendre ce qu'elle souhaitait. Elle rentra boudeuse.

Le dimanche suivant, Mauricius revint la chercher mais elle refusa de l'accompagner. Bien que satisfaite, sa nourrice lui demanda la raison de ce renvoi. En bougonnant, elle lui répondit qu'elle n'appréciait pas sa manière de dessiner et qu'il ne serait jamais un peintre de talent.

Cet après-midi-là, elle voulut aller se promener seule. Cornélia marcha jusqu'à la Sint Antonies Breestraat. Elle s'arrêta face à l'ancienne demeure de Rembrandt qui, autrefois, voisinait avec celle de son marchand d'art, l'oncle de Saskia, sa première épouse. Mais c'était il y a si longtemps, et tous étaient morts. De nouveaux habitants, docteurs, marchands, philosophes, souvent juifs, s'étaient installés dans ce quartier. Son père avait eu le projet d'y créer une académie, lui avait dit Jan Six, mais il n'en avait pas eu le temps.

Après la vente de leur demeure patricienne et la ruine de Rembrandt, toute la famille avait habité dans une confiserie. Puis sa mère avait trouvé, dans le quartier populaire du Jordaan, la petite maison actuelle de Rozengracht. Le canal de la Rose, n'était-ce pas un nom évocateur ? Dans ce foyer modeste, jamais elle n'avait entendu Rembrandt se plaindre. La peinture seule guidait sa vie.

Devant l'écluse de Sint Antoniesluis, Cornélia croisa deux rabbins sobrement vêtus qui se rendaient à la synagogue au-delà du canal. Elle traversa plusieurs quartiers d'Amsterdam et rencontra des Turcs enturbannés, des Juifs polonais au large béret et à l'ample manteau et des mennonites réformés serrant leur bible. Chacun allait sans se soucier de l'autre. Sa décision de partir pour Florence prise, elle se sentait à l'aise dans sa ville, même si celle-ci, à une certaine époque, s'était liguée contre sa famille.

Maintenant qu'elle croyait savoir encadrer et désencadrer un tableau, elle allait quitter la boutique de

M. Lavaden. Elle voulait se consacrer utilement et uniquement à la préparation de son futur voyage vers Florence.

Dans la maison, le soleil se répandait en raies jaune d'or sur le carrelage rouge. Cornélia recevait Jan Six. Elle le menait à l'atelier où tout était en ordre. Sur le bureau, à côté de l'encrier, un bouquet de fleurs des champs. Dans un coin caché étaient rangés les objets destinés à être vendus. On entendait le piaillement des hirondelles au-dessus du canal. Jan Six admira le portrait d'un jeune seigneur, il se pencha et lut la signature ; sans certitude aucune, il pensait à Holbein l'Ancien. Puis il s'enthousiasma pour *Anna accusée par Tobie du vol d'un chevreau* ; il était bouleversé de revoir cette œuvre peinte lorsque Rembrandt avait vingt ans. Tobie, l'aveugle suppliant de connaître la vérité, son épouse le priant de la croire, la vraisemblance des sentiments échangés par ce vieux couple l'impressionna.

La jeune fille décréta qu'elle souhaitait vendre ces deux toiles tout en partageant l'argent avec sa nièce. Elle ne pouvait en décider ainsi ! rétorquait Jan Six, mécontent. Elle lui répondait qu'elle avait rendu visite à Titia, qui avait beaucoup grandi. Mme Van Loo, sa grand-mère, l'avait chargée de lui dire qu'elle acceptait que sieur Six, son fils, devînt le tuteur de la petite fille. Ainsi, les transactions seraient simplifiées. Puis Cornélia entraîna son invité à venir voir les objets qui pouvaient quitter l'atelier et qu'un antiquaire – de son choix – pourrait acheter.

Jan Six hésitait entre remontrance et indulgence. Mais la jeune fille enchaînait qu'elle avait entendu de multiples avis. Elle savait qu'il avait été un grand ami de son père durant longtemps, mais, peut-être, à une époque cette amitié s'était-elle éloignée ? Cependant elle devait lui être reconnaissante ; sans lui et son épouse, elle aurait été perdue. Ils l'avaient souvent consolée et parfois sauvée. Elle était restée seule et leur réconfort lui avait été indispensable. Elle avait une confiance totale en eux deux et les remerciait de leur présence à ses côtés.

Jan Six fit quelques pas, hésita un instant et fixa son regard sur elle. Il fallait que Cornélia se souvienne que, toute sa vie, il avait admiré l'artiste qu'était son père. Il l'avait aimé, même si parfois des désaccords les avaient séparés l'un de l'autre. Particulièrement au sujet des dettes accumulées par Rembrandt. Celui-ci s'était évertué à ne pas vouloir prendre conscience des réalités et il n'avait pu le sauver. Mais il lui était toujours resté fidèle…

Cornélia se sentait prête à pleurer.

Il ajoutait qu'elle lui semblait avoir de l'autorité mais négligeait les énormes risques de ce voyage. Aujourd'hui, son devoir de père, à lui, était de l'empêcher de faire n'importe quelle extravagance ! Il jugeait un tel périple impossible ! Deux femmes seules allaient au-devant d'attaques, d'accidents, de vols. Elle mettait sa propre vie et celle de sa gouvernante en danger. Elle rétorquait qu'elle se devait à elle-même – et à son père bien sûr – de partir. Rien ne pourrait faire obstacle. Rien. Lui-même et de nombreux autres peintres, tel Rubens, avaient triomphé de ce long trajet en direction de la Toscane. Mais elle n'était qu'une enfant ! Il ne pouvait se résoudre à approuver ce départ.

Non, elle se jugeait prête, elle désirait entreprendre cette aventure et, avec ou sans son aide, elle prendrait la route.

La gorge serrée, elle lui tourna le dos, regardant fixement le clocher de l'église derrière la maison. Les martinets se rassemblaient, viraient, se dispersaient et planaient dans le vent. Jan Six reprit d'une voix adoucie qu'il se sentait responsable d'elle et de sa gouvernante. Elle répliqua qu'il lui avait ouvert la voie et montré le chemin.

Il resta silencieux quelques minutes, n'ayant jamais soupçonné qu'elle fût déterminée à ce point. Soudain il s'entendit répondre que, si elle avait bien pris conscience de tous les risques qu'elle encourait et si telle était sa décision définitive, il choisissait de rester son ami et continuerait de l'aider…

Il traversa l'atelier et proclama :

« Avançons. J'achète le tableau signé Holbein et *Anna accusée par Tobie*, deux mille florins à partager avec Titia. Combien pensez-vous qu'un antiquaire donnerait pour ces lots ?

— Je n'en ai pas la moindre idée, murmura Cornélia.

— J'en enverrai un, il faut lui demander trois cents florins et accepter la vente pour deux cent cinquante. Vous m'apporterez reçus et argent et nous partagerons. »

Un long silence plana dans l'atelier. Un oiseau chanta. La jeune fille précisa que l'argent était destiné au voyage florentin. Jan Six ajouta qu'il enverrait une missive à Cosme III, le prévenant de sa venue. Elle devait rendre visite à M. Stadtmeyer, il lui fournirait l'itinéraire et des cartes ; revenant lui-même de Florence, il lui raconterait les péripéties et les difficultés qu'il avait rencontrées. Il lui décrirait la cité.

Cornélia le menait dans la chambre de Rembrandt, celle qu'elle occupait. Elle y avait organisé deux lots de chacun sept toiles qu'elle pensait de valeur équivalente. Elle souhaitait partir avec sept peintures et en offrir cinq au duc de Médicis.

Tout en contemplant Hendrickje en *Flore*, *Bethsabée* et *Titus écolier*, il lui répétait que ce déplacement était dément et qu'il dépassait l'entendement.

Elle aperçut des larmes couler sur sa joue lorsqu'il se pencha longuement sur le dernier autoportrait de Rembrandt. En épiant son propre visage, cet artiste avait révolutionné l'art, ajoutait-il, et le goût de sa fille était excellent, le choix équitable, le portrait de *Saskia au chapeau* – c'est la grand-mère de Titia –, *Suzanne au bain*, l'*Autoportrait à la canne*... Toutes ces peintures étaient uniques. Mais la mère de Rembrandt, il ne la voyait pas. Où était-elle ?

Elle ouvrit un placard et sortit *Anne lisant la Bible*. Il voulait encore savoir : quelles peintures offrirait-elle à Cosme III ? Elle ne garderait que Titus et son père, c'étaient ses porte-bonheur.

Il fut entendu que Jan Six ferait prendre les sept peintures pour Titia, mais également toutes celles que Cornélia souhaitait mettre à l'abri durant son absence. Tous les reçus seraient déposés chez le notaire.

Elle avait encore une grâce à lui demander : Aurait-il la gentillesse de venir dîner avec son épouse dans sa modeste maison, un soir avant leur départ ?

Il accepta, disant qu'il lui en était reconnaissant. Elle le remercia encore et l'accompagna jusqu'à sa voiture.

Jan Six pestait. Il se reprochait d'avoir cédé à cette jeune entêtée et s'en voulait. Que pouvait-il faire maintenant pour arrêter cette expédition stupide ? Avec les Rembrandt, c'était toujours ainsi. On les soutenait et on le regrettait !

Quant à Cornélia, elle marchait avec le sentiment d'avoir passé toutes les épreuves. L'oppression incompréhensible qui avait pesé sur elle ces derniers temps s'était envolée. Enfin elle se sentait légère, légère et prête à affronter tous les obstacles…

XI

Elle ouvrit la porte face à une aube rose. Sans se retourner, Cornélia tira allègrement son chariot qui bringuebalait ; ses pas rapides lui donnaient l'impression de survoler le sol tandis que Mamechleen, le dos courbé, trottinait à ses côtés en direction du port.

La barge filait sous une brise douce. Des guirlandes de soleil sautillaient sur l'eau. Debout, sans chagrin, Cornélia laissa vagabonder son regard sur Amsterdam, ses toits, ses tours, ses nombreux moulins, la pointe fine de ses clochers, des voiliers entre terre et mer ; la ville maudite s'effaçait...

Le bateau passait à travers des marais couleur paille puis il longeait des prairies à l'herbe spongieuse où bêlaient agneaux et brebis. Près du canal, des paysans se penchaient au-dessus de petits monticules de tubercules ; au loin ils paraissaient tels des tas de tissu brun. Les arbres du bord bruissaient du chant des oiseaux qui fêtaient le jour. Le bateau glissa sous un pont de bois. Un homme s'appuyait à la balustrade et examinait l'embarcation. Soudain Cornélia se crut projetée dans un dessin de Rembrandt. Maintenant elle était certaine qu'elle pourrait passer devant Leyde ; certes elle aurait le regard happé par le moulin paternel ; elle se reverrait telle une fille apeurée il y a juste quelques mois, elle aurait honte, mais aujourd'hui le courage et l'énergie la menaient.

Alors venaient vers elle des jardins de tulipes, rubans de couleur rouge et jaune. Son père lui avait raconté que ces fleurs si coûteuses avaient ruiné plus d'un Amstellodamois. À cause d'elles, des sots, des ambitieux, des riches avaient perdu des fortunes à la Bourse.

Puis la barge longeait des chaumières entourées d'arbres feuillus. Au-delà d'une plaine infinie, la ligne d'horizon se dérobait.

Mamechleen revoyait son premier voyage, quand, à dix ans, elle avait quitté sa campagne isolée et sa famille affamée. Elle était partie, la peur mêlée à l'excitation. Innocente et vulnérable, elle ne connaissait pas encore les loups-garous de la cité. Ce n'est que lorsqu'elle fut la servante de Saskia qu'elle put respirer. Mais elle resta toujours au service des autres, accoutumée au labeur et à la peine. Pourtant, en ce jour du 1er mai 1670, elle accompagnait la deuxième enfant de son maître. Ses pensées erraient : tous ces morts savent-ils qu'ils sont déjà oubliés ? Hendrickje, Titus… Non ! Lui ne pouvait disparaître ! Elle constatait simplement que ce sont les morts qui ont tort de quitter les vivants. Ils s'en vont et leur image s'efface… On ne pense guère à eux. À part les enfants… Rembrandt, lui, laissait des peintures. Tout près, au fond du chariot, sept toiles étaient enroulées…

Arrivées au port, elles abandonnèrent le bateau, se renseignèrent auprès d'un marchand tenant attachés trois porcs qui grognaient sans cesse. Sur ses conseils, les deux femmes se dirigèrent vers la place de l'église d'où partait le coche.

À Rozengracht, Mamechleen aimait suivre en pensée Cornélia le long des canaux. Aujourd'hui, à ses côtés, elle boitillait et constatait qu'elle n'avait plus l'agilité d'autrefois pour aller à son rythme. Qu'allait-elle devenir au cours de ce voyage ? Indifférente, la jeune fille chantonnait tandis qu'essoufflée sa nourrice s'efforçait de la suivre.

Puis vint une longue attente silencieuse. Assises sur un banc, toutes deux se réchauffaient au soleil d'une tiédeur printanière. Mamechleen se laissait aller aux minutes présentes sans avoir à cuisiner, à laver, à puiser de l'eau, à faire le feu ou le ménage. Elle ne comprenait pas ce qui lui arrivait et en restait tout étonnée. Jamais elle n'avait eu le temps de flâner ainsi. Elle regardait les enfants jouer, les ailes d'un moulin tourner, elle sourit à une mère qui se tenait près d'elle et berçait son nourrisson.

Durant cette pause, l'obscur de ce voyage submergea Cornélia. Comment pouvait-elle abandonner la ville de ses parents, celle où elle était née, celle où elle avait grandi, celle qui leur fit tant de mal mais celle où elle avait vécu jusqu'à présent ? Incroyable de s'embarquer pour des pays inconnus alors que son père ne s'était déplacé que de Leyde à Amsterdam ! Sa décision avait-elle un sens ? Vouloir constater qu'il était connu et reconnu dans cette Florence si lointaine était-il raisonnable, généreux ou dément ? Jan Six aurait-il raison ? Venus de zones inconnues d'elle, des fils secrets se nouaient, et elle ne savait plus les démêler. Peut-être y avait-il au fond de chaque être une perfection qui lui appartenait mais qui demeurait cachée. Rembrandt avait créé des trésors, les bourgeois de la ville avaient tenté de le briser et failli y réussir. Néanmoins ils ne l'avaient nullement éloigné de sa passion de peindre, bien au contraire elle n'avait fait que croître. Et elle, jouet d'une force supérieure, où courait-elle ? Où entraînait-elle sa nourrice recroquevillée comme une pauvresse sur ce banc ? Visage maigre, regard vague et joues creuses parcourues d'un semis de rides ; sur sa robe fanée, ses longs doigts engourdis paraissaient abandonnés. Dans la série des gueux et des gueuses, son père aurait pu la dessiner ainsi. Que portons-nous donc au fond du cœur qui nous ronge ? Rembrandt avait ses poisons. Simples et généreux, Hendrickje et Titus semblaient des êtres bénis qui savaient s'offrir aux autres. Pour elle, quel vent noir s'enroulait à sa voix, quel fiel s'accrochait à ses mots, quelle bile provoquait ses actes ?

Soudain une patache ouvrait sa bâche, elles montaient, installaient le chariot près d'elles et s'asseyaient pour une longue étape jusqu'à Anvers. Bientôt les yeux de Mamechleen se fermaient et elle s'égarait dans le sommeil, juste réveillée en sursaut par les secousses du chemin. Cornélia regrettait de ne pas voir le pays qu'elles traversaient. Une nuit sans lune et sans étoiles les entourait et l'excitation de la jeune fille était telle qu'elle ne réussissait pas à dormir alors que sa marraine ronflait doucement.

À l'aube elles arrivèrent à Anvers, la cité du peintre Rubens, l'aîné de son père mais néanmoins son rival, lui avait confié Jan Six. Cornélia pensait que Rembrandt, sans voyager, savait tout ce qu'il fallait savoir. Elle, dépourvue de connaissances, se sentait avancer dans un monde insaisissable. Qu'allait-elle chercher dans cette brume qui l'entourait ? Les deux femmes marchaient sur les pavés inégaux, des parcelles de cristaux flottaient dans l'air, et Cornélia tirait son chariot d'une poigne ferme à la recherche du port.

Mamechleen, qui commençait de s'habituer à ces tribulations, suggéra d'entrer dans une auberge. Dans la foule bruyante, elles réussirent à commander une soupe et un plat de poisson. Cornélia se serra près du chariot, mais un gros homme menaça de le lui prendre parce qu'il encombrait. Alors elle s'assit dessus afin de le protéger. Son potage terminé, elle choisit de sortir et d'attendre dehors sa nourrice qui dégustait calmement une assiettée d'anguilles.

Sur le flot, de canaux en rivières, elles voguèrent longtemps entre jour gris et nuit pluvieuse, entre fatigue, sommeil et oubli… Arrivées à la porte de Bruxelles, elles descendirent à terre ankylosées, le corps las et sans voix.

Soudain, devant elles, surgit une jeune fille aussi rousse que Cornélia ; sur sa robe, un plumage multicolore stupéfia les deux femmes. L'oiseau déplia ses ailes, s'inclina et les salua avec élégance. Il se redressa et prit Mamechleen par le bras, mais cette dernière n'apprécia guère ce geste. Un homme costumé de rouge et portant sur ses épaules un vaste manteau de soie noire les rejoignit et tenta d'emprunter la main de Cornélia qui se débattit tout en tirant son chariot. Il dit s'appeler Pantalone et la supplia de jouer la comédie à leurs côtés. Elle s'empressa de refuser mais il se mit à pleurer. De vraies larmes, comme un enfant. Entre deux sanglots, il leur expliqua que Colombine était malade ; il la désigna couchée dans une charrette, tremblante et le visage diaphane. Tout cela leur paraissait irréel. Qui étaient ces gens ? Bientôt l'homme leur présenta la troupe de théâtre au complet et supplia Cornélia de remplacer Colombine, juste un soir ! La jeune fille rétorqua qu'elle n'était jamais montée sur scène et qu'elle ne connaissait pas le texte à déclamer.

« Nous mimons les sentiments, vous ne direz pas un mot et l'oiseau bariolé vous accompagnera à tous moments. C'est de vous, de votre présence, que nous avons absolument besoin. Vous pouvez interpréter le rôle de Colombine, vous lui ressemblez tant ! »

Toutes deux entrèrent dans l'auberge. Déjà la malade se reposait près de la cheminée, sous la surveillance d'un grand Polichinelle vêtu de blanc et masqué de noir. Il salua Cornélia et Mamechleen qui ouvrait des yeux ronds d'étonnement. Un jeune homme portant un costume fait de petits losanges colorés se nomma Arlequino. Devant Cornélia, il improvisa une danse charmante. La tentation montait en elle mais l'appréhension la forçait à garder le silence. C'est Colombine qui l'appela et d'une voix fluette la supplia de la remplacer :

« Si vous jouez, vous nous sauvez, ainsi nous pourrons nous rendre à Paris où un vrai théâtre attend notre troupe…

— Pour vous je veux bien essayer, mais je vous avertis, je me sens épuisée et incapable ! »

Aussitôt l'oiselle rousse l'assura qu'elle ne la quitterait pas, qu'elle l'aiderait tout au long du spectacle.

Et le soir, vêtue d'une superbe robe rose pâle, à larges plis rouges, la taille serrée et les cheveux dénoués sous une couronne dorée, Cornélia apparut. Constamment à ses côtés, l'oiseau bariolé sautillait et jouait à sa place.

Une pantomime s'ensuivit, Polichinelle faisait la cour à Colombine qui le repoussait. Entra Arlequino qu'elle admira mais timidement rejeta. Polichinelle en tira avantage et l'Arlequin pleura – Cornélia se rendit compte que les comédiens savaient pleurer sur commande. Cependant, dans la pièce, Colombine devait s'attendrir. Le visage de la jeune fille grimaça, s'apaisa, sourit. Son regard étoilé, ses cheveux couronnés, la musique et l'oiseau, tout la menait vers le plaisir de s'amouracher. Un brin de rêve et Cornélia-Colombine vit en Arlequino un Apollon qu'elle inventa... Alors, faisant semblant de l'admirer, elle lui tendit les bras et il lui couvrit les mains de baisers. Puis, sans hésitation, il l'entraîna dans une danse au son du tambourin, rythmée par l'oiseau complice. Tous furent très applaudis.

Mamechleen les félicita longuement tant elle était fière de sa filleule. Puis les comédiens firent un nouveau spectacle de masques auquel Cornélia ne participa pas. À la fin, l'oiseau passa avec un chapeau tendu aux spectateurs de l'auberge.

Polichinelle, le patron de la troupe, compta la monnaie. Une pièce d'or brillait sur un fond de soie noire. Il invita les deux voyageuses à dîner et à dormir à ses frais.

Le lendemain elles repartirent avec les comédiens. Dix jours durant, Cornélia fut une Colombine de plus en plus présente. Elle se risquait à des innovations et ses amis la complimentaient. Chaque soir, elle incarnait de mieux en mieux son personnage.

Mais la vraie Colombine recouvra la santé et souhaita reprendre son rôle. De son côté, Mamechleen pensait que les courtes étapes théâtrales les empêchaient d'avancer. Entre mimes et larmes ils se séparèrent, se promirent de se revoir et se souhaitèrent bonne route.

De cette expérience Cornélia garda de l'audace, une allure princière et un port de tête que sa marraine jugeait royal. Mamechleen s'étonnait : en si peu de temps, la gamine rondelette et bougonne s'était métamorphosée en une jeune fille élancée, gracieuse, malicieuse, et aussi belle que sa mère…

Quittant ces amis fantaisistes, elles se sentirent abandonnées. La vieille femme décida d'oublier et de dormir dans l'attelage qui les menait vers la France. Cornélia regrettait les représentations théâtrales, ses maladresses, ses excès, ses progrès, le bien-être, la joie, l'amitié et la complicité après les applaudissements.

Soudain elle crut voir un mirage. La ligne au loin semblait bouger. Elle grandissait, se dressait, se cabrait et fermait l'horizon. Un vol d'oiseaux noirs, points agités haut dans le ciel pastel, se séparait et se regroupait comme un maillage de tricot au-dessus de ces monts. Le sol avait-il explosé ? À travers les Provinces-Unies et les Flandres, Cornélia ne voyait que champs à perte de vue. Terre ou mer, tout demeurait plat jusqu'au bout du monde ! Dans son pays, aucune protubérance ne cachait l'infini, sauf parfois les vagues géantes lors des grandes tempêtes, mais la terre restait comme un aplat éternel.

À la première halte, elle réveilla Mamechleen et lui désigna les cimes recouvertes d'arbres. Sa nourrice ne se montra pas particulièrement étonnée ; tout voyage – même le plus petit comme celui qui l'avait menée de Zélande à Amsterdam – offrait des surprises auxquelles on ne s'attendait jamais. Elle le savait d'expérience. Donc cette chaîne proéminente se devait d'être là. C'était tout. Cornélia en demeura très impressionnée.

L'après-midi, leur chariot caché au fond de la voiture, Mamechleen assise à côté, Cornélia marchait le long de l'attelage prêt à partir. Elle sourit au cocher perché. Installé en haut de son siège, il lui fit signe de monter. Alors elle grimpa et s'assit à la place de droite. Ainsi elle dominait ceux qui bavardaient avant de prendre place à l'arrière. Bientôt elle surplomberait l'ensemble des paysages qu'ils allaient traverser.

La patache démarra. Le soleil se couchait, ocrant les champs et rougeoyant les arbres. La voiture roulait au pied de la montagne et, très vite, pénétra dans une forêt. Elle longea des hêtres aux branches basses qui caressaient le cocher ainsi que la jeune cochère assise à ses côtés. Puis comme une suite géométrique, des rais jaunes se glissaient à travers les sapins. Cornélia ne pouvait s'empêcher de penser à Rembrandt. Sur ses gravures, il distribuait les masses d'ombre, laissait des blancs et biffait les noirs de traits de pointe sèche afin qu'ils devinssent plus dramatiques.

Ils longèrent une retenue d'eau bordée de pierraille. Au centre, une île couverte d'un talus verdoyant. Puis l'eau se glissait dans les herbes, cascadait et chantonnait vers une vallée. Bientôt la rivière les accompagnait, flot roulant de palier en palier. Elle jetait des brassées d'écume légère, puis sautait pierre après pierre, marche après marche. Le bruit de la voiture rivalisait avec celui de l'eau.

Sur l'autre rive, Cornélia devinait un étranglement de rochers, telle une foule de géants couchés retenant des ruisselets entre leurs pectoraux puissants. Plus près, elle pouvait contempler des escaliers de mousse aux verts tendres et des buttes couvertes de fleurs jaunes ou violettes.

La patache s'arrêta. Un homme, un paysan peut-être, sac sur l'épaule, la quitta. La jeune fille le surveillait lorsqu'il s'enfonça dans les bois. Où allait-il dans cette forêt sombre ? Y avait-il quelque masure perdue ?

Et, sous un saule, les voyageurs se détendirent ; le cocher détela les deux chevaux qui se ruèrent vers les hautes herbes. Chaque passager dévora ses provisions ou partagea avec son voisin. Elle remarqua des appels, des échanges, des caresses. Sa place particulière la laissa à l'écart des bavardages. Mamechleen, en ange gardien, ne quitta pas le chariot.

Ils repartirent au trot. À l'avant, comme assise sur un trône, elle choisissait ses paysages : lande de bruyère violine, fraîche clairière encerclée de sorbiers aux fruits rouges, trouée où serpentait une sente bleue qui menait vers une colline pierreuse.

Puis l'attelage ralentit et vira vers un torrent. À l'embouchure, l'eau caracolait dans un bouillonnement d'enfer. La patache sautait sur des pierres ou tombait dans des trous d'eau. Cornélia aurait aimé parler au cocher mais il l'entendait à peine, s'acharnant à diriger ses chevaux. Elle appréhendait les secousses. Parfois elle craignait que la voiture ne chavirât, mais le conducteur agile la redressait au bon moment. Soudain, la route se métamorphosa en lac. La patache avançait doucement dans l'eau. Cornélia y vit un défilé de nuages avec au fond un ciel bleu pervenche et des monts couchés, couleur sable. À cet instant précis, le reflet du soleil brilla sur la surface humide comme un halo de lumière. Avec entêtement, un coucou appela, en jouant elle lui répondit.

Le soir, la patache s'arrêta face à une auberge. Elles y dormirent.

Le lendemain il y avait deux cochers, et Cornélia dut reprendre sa place à l'intérieur de la voiture. Toute la nuit, les corps des deux femmes avaient été dévorés par de petits insectes invisibles ; maintenant d'énormes boutons les démangeaient, elles les grattaient, des brûlures s'ensuivaient ; elles se sentaient épuisées et misérables. Cornélia pensait que ces aventures, parfois sympathiques parfois désagréables, représentaient le prix à payer. Prix élevé mais bénéfique, s'efforçait-elle de croire.

XII

Elles atteignirent Saint-Sulpice, une ville française qui les étonna par ses constructions de poutres et de torchis coloré. Toutes deux se sentaient soudain heureuses d'être enfin arrivées en France. Elles marchèrent sous des arcades. La jeune fille laissa un instant son chariot et s'appuya à une colonne de pierre qu'elle caressa tandis que Mamechleen reprenait son souffle. Elles débouchèrent sur une place carrée surplombée d'une large église blanche puis longèrent un couvent. Des religieuses, coiffes au vent, sortaient en hurlant des mots qu'elles ne comprenaient pas. Pourtant elles saisirent vite lorsqu'elles virent les flammes s'élancer à travers les fenêtres. Des femmes aux vêtements brûlés continuaient de jaillir en criant et en gesticulant dans la rue.

Toutes deux accélérèrent le pas. Mamechleen, ayant assisté à de redoutables incendies à Amsterdam, s'étonnait de ne pas voir, comme dans sa cité, tous les habitants accourir pour éteindre le feu. Imitant les autres citadins, elles se pressèrent et marchèrent en direction de la campagne. Elles avaient cru comprendre qu'il existait une auberge aux environs et avançaient dans la direction indiquée. D'autant que les cloches sonnaient et qu'un seul char à eau, tiré par des bœufs, se dirigeait enfin vers la ville. L'embrasement progressait. Le toit du couvent avait dû s'écrouler car le feu bondissait avec fureur vers le ciel. Elles virent une lanterne, trouvèrent l'auberge mais, ébranlées elles aussi par cet incendie, ne purent s'endormir.

Au matin, elles revinrent et découvrirent que l'incendie s'était répandu et avait détruit une partie de la ville. Un triste spectacle. Dans l'odeur âcre de brûlé, elles s'arrêtèrent face à des maisons écroulées. Éprouvés, les villageois se lamentaient. Devant les poutres calcinées, murs consumés, fenêtres soufflées, elles choisirent de fuir cette désolation.

Mamechleen et sa filleule durent rester dans l'auberge et attendre plusieurs jours la patache. Cornélia marchait dans la campagne proche. Les ombres se répandaient sur les prés. Ne dissimulaient-elles pas de mauvaises pensées, celles qui étaient enfermées au fond du puits, celles qui vous poursuivaient ? Ou les plus mystérieuses que l'on ressentait sans pouvoir expliquer leur sens, sans pouvoir énoncer quelques mots à leur sujet ! Longues ombres du soir, pièges sombres, succions passagères. Huit ans, elle dévorait sa mère des yeux, elle la voyait lointaine, déjà absente… Mais où la rejoindre ? Comment l'atteindre ? L'enfant se tenait sur le fil, funambule craintive, elle voulait saisir sa main, sa voix, le froid de Hendrickje. Tout chavirait, elle entendait le mot « peste » et les adultes l'éloignaient. Sa mère si chère, quand la reverrait-elle ?

Durant ces journées d'attente, Cornélia laissait errer ses souvenirs tout en écoutant l'étreinte du vent et la plainte des arbres. Droite et fière, elle se perdait dans la campagne et vagabondait dans le bleu du soir.

À l'auberge, Mamechleen ressassait tout ce qu'elle n'avait pas saisi, tout ce qui s'effaçait, tout ce qui s'oubliait, le grand Pieter et le petit Pieter, Titus… Elle s'interrogeait. Elle, qui venait d'une famille de taiseux, avait, grâce à Saskia, réussi à apprendre à parler. Après son mariage, la jeune épouse de Rembrandt lui avait confié la direction de sa maison. Tous les matins, elle venait bavarder avec elle. Sa maîtresse malade, ce fut Mamechleen qui s'asseyait à son chevet des après-midi entiers et lui racontait la maisonnée mais aussi les drames de la ville, les succès et les bravades de Rembrandt. Pour la distraire, elle était devenue attentive au moindre événement et observatrice de tous les détails. Elle savait que l'alitée se laissait bercer par ses histoires. Plus tard, avec Hendrickje, elle échangea sentiments, vie de femmes, secrets qui devaient être tus. Pour la jeune femme, elle avait voulu être comme une mère, essayait-elle de se convaincre. Et aujourd'hui Cornélia partageait tout – ou presque – avec elle, même ses histoires d'amour…

Sa filleule revenait en sifflotant de manière dévergondée. Mamechleen avait envie de la gronder, mais voir cette jeune beauté la réchauffait, aussi l'accueillait-elle sans aucune remarque et à bras ouverts.

Le coche arriva enfin ; tirant le chariot, Cornélia précéda sa nourrice, et toutes deux s'installèrent, soulagées de pouvoir repartir. Longue route à travers un plateau nu et crayeux. Sur ce chemin caillouteux, les cahots les fatiguèrent. Seuls des hommes étaient assis à leurs côtés. Ils parlaient une langue qu'elles ne comprenaient pas et abandonnèrent vite toute conversation avec elles.

Au début de l'après-midi, la voiture s'arrêta afin que cochers et chevaux se reposassent. Leur chariot bien dissimulé sous les bagages, elles furent contentes de bouger et, dans la chaleur du printemps, grimpèrent vers une sapinière ; le froufrou d'un ruisseau les attira ainsi que cette nature qu'elles découvraient si différente de celle de leur pays. Un plaisir des pas, des yeux, du cœur… Elles continuèrent de monter lentement, savourant chaque touffe, chaque buisson. Cornélia chantait. Il y avait si longtemps que Mamechleen n'avait plus entendu cette berceuse. Elle revoyait Hendrickje tenant son enfant. Elle chuchotait :

« Les êtres aimés disparus, comment ne pas être blessée par la flèche empoisonnée de l'absence ?

— Mais moi, je suis heureuse d'être auprès de toi, Mamechleen ! », répliquait Cornélia en la serrant dans ses bras.

Elles atteignirent un petit champ couvert de chardons violets. La jeune fille observa ce massif de fleurs pointées d'épines. Elle examina les longs pétales secs, couleur framboise tachetée de rose. De vrais bijoux ! Sur une feuille dentelée, une abeille se balançait. Si mon père avait voyagé, de ces fleurs originales il aurait orné un portrait. Une *Flore* couronnée de chardons grenat…

Toutes deux s'en retournèrent. Elles pensèrent s'asseoir sous un pin solitaire mais, entendant la corne du cocher, elles se précipitèrent vers la patache.

À force de rouler, les deux femmes se perdaient dans le temps et dans l'espace. Pourtant Cornélia avait réussi à saisir qu'elles allaient bientôt atteindre une ville qui se nommait Compiègne. Dans cette cité, elle avait cru comprendre qu'elles seraient obligées d'attendre plusieurs jours la correspondance pour Paris. Alors elles s'y reposeraient. N'avaient-elles pas parcouru la moitié du trajet sans incident grave ? Aussi devaient-elles reprendre des forces afin de mieux aborder la suite du voyage !

Un matin, sans frapper, l'aubergiste pénétra dans leur chambre, saisit le chariot et voulut l'emporter. Cornélia se jeta sur lui ; déstabilisé, il essaya de lancer sa charge à travers l'escalier. Un homme aux cheveux blancs s'interposa. La jeune fille en profita pour rattraper son bien et le transporta auprès de Mamechleen, encore dans la pièce.

Lorsqu'elle ressortit, l'aubergiste avait disparu et le baron Juan d'Avallon se présenta. La jeune fille le remercia, heureuse qu'il comprît sa langue, et lui demanda de les aider à quitter ce lieu avec dignité.

Le soir même, tous trois étaient assis dans la chaise de poste. Juan d'Avallon se montra inquiet de les savoir seules sur les routes qui pouvaient se révéler dangereuses pour deux femmes.

« Je crois entendre un de mes compatriotes, répliqua Cornélia. Mais que faire ? Mon devoir filial m'oblige à atteindre le plus vite possible la ville de Florence. »

Alors le baron lui conseilla de revêtir l'habit de gentilhomme. À Paris, il pouvait lui faire enseigner l'art de l'épée. De toute façon, elles voyageraient sous sa protection jusqu'au sud du duché de Bourgogne.

Elles se sentaient rassurées par l'amabilité de cet homme d'âge mûr, calme, élégant et aux belles manières, disait Mamechleen. De lui, Cornélia accepta tous les conseils.

Cheveux en catogan, vêtue comme un jeune homme, épée offerte par Juan à la ceinture, énergique et déterminée, ainsi aborda-t-elle la capitale du royaume de France. Sa nourrice exténuée, puis éberluée par la foule grouillante, demeurait préoccupée par la longue distance qui leur restait encore à parcourir. Juan d'Avallon les installa pour la semaine dans l'Auberge du Petit-Saint-Antoine, tout près d'une salle d'armes, au centre du quartier populaire de Saint-Gervais.

Dès son arrivée à Paris, la jeune fille voulut commencer de manier l'épée. Grâce à son mentor, qui lui avait choisi un professeur patient et compréhensif, Cornélia progressa assez rapidement, se battit avec effronterie et fut blessée à la main. La paume tachée de sang, elle souhaita continuer. Elle appréciait cet exercice, cependant elle ne se faisait guère d'illusions et doutait d'être capable de lutter contre un ennemi réel. Elle passait ses journées entières à apprendre ou à observer les hommes qui s'entraînaient. Pendant ce temps, Mamechleen se reposait. Cornélia aurait aimé rechercher la troupe de Polichinelle, mais la ville lui semblait trop immense et elle pensait qu'il était préférable de s'adonner à son nouvel apprentissage.

Le dernier jour, Juan d'Avallon loua un carrosse à cinq sols et les deux femmes purent découvrir la capitale de France. Tous trois longèrent le palais du Louvre. Des échafaudages cachaient une série de colonnes et une partie des appartements du roi était encore à ciel ouvert. Ils reprirent leur carrosse jusqu'au jardin des Tuileries dans lequel, grâce au baron, ils purent se promener le long des allées. Au loin on apercevait une voie sur laquelle le soleil descendait et qui conduisait vers le château de Versailles, future résidence de Louis XIV.

Ils reprirent leur carrosse, suivirent la Seine en sens opposé, la traversèrent par le Pont-Neuf où baguenaudaient bonimenteurs, colporteurs et femmes élégantes. Puis Juan d'Avallon leur montra Notre-Dame de Paris.

Cornélia demeura stupéfaite devant cette cathédrale élancée aux sculptures fragiles comme des broderies. Une rosace et des tourelles en perles de pierre. Le chevet de la cathédrale reposait sur une assise d'arcs-boutants découpés, un équilibre parfait. Depuis son arrivée en France, elle découvrait des églises et leurs tympans sculptés. Était-ce la religion catholique qui prônait une telle élégance ? Juan d'Avallon répondait que de la tradition de l'art roman épuré et austère, on était passé au style gothique raffiné, mais à Florence elle découvrirait encore une autre perfection, celle de la Renaissance.

Tous trois continuèrent jusqu'au Jardin royal des plantes médicinales, désormais ouvert au public, et longèrent des massifs de fleurs et des plates-bandes d'herbes folles. Ils terminèrent leur promenade par les quais et passèrent le pont de la Tournelle. Au bord de la Seine, des lavandières agenouillées s'épuisaient à nettoyer draps et linges sur des planches usées. Parmi les passants, toujours en mouvement, la jeune fille cherchait ses amis du théâtre ; mais elle n'eut pas la chance de les apercevoir…

Le lendemain, le baron et les deux femmes quittèrent la capitale. Le long des murailles du château de Vincennes, Juan d'Avallon acheta trois chevaux et ils se mirent en route. Ils chevauchèrent à travers bois et campagne. Cornélia portait sa nourrice en croupe, le troisième cheval, attaché à celui d'Avallon, était chargé du chariot et des bagages.

Ils trottaient le long de la Seine puis de l'Yonne, rivière au flot calme, à la lumière dorée et aux rives boisées. Puis s'arrêtèrent chez des pêcheurs que leur protecteur connaissait. Ils y furent reçus avec une hospitalité toute paysanne mais sincère. Mamechleen appréciait leur joviale cordialité. Taciturne durant tout le voyage, Juan d'Avallon semblait perdu dans une tristesse étale. Mais, dès que les circonstances le permettaient, il entraînait Cornélia à l'épée. Un jour elle ne put s'empêcher de lui dévoiler son secret et de lui expliquer combien son unique vœu était de sauver de l'oubli la peinture de son père. Il lui répondit qu'il avait été stupéfait de rencontrer ces deux femmes voyageant jusqu'en Italie. Il souhaitait les aider tant qu'il le pourrait. La jeune fille lui avoua combien elle appréciait cette aventure parmi les arbres, les oiseaux, les fleurs et les fruits des sous-bois... Elle ressentait une impression de liberté bienheureuse le long des chemins qu'ils suivaient et dans les abris où ils dormaient, sa gentillesse constante agrémentant ces temps particuliers.

De son côté, Mamechleen semblait détendue et rajeunie. Plusieurs fois ils firent étape dans des châteaux perchés sur de petits monts. Les deux femmes y étaient reçues avec courtoisie par les amis du baron. Le soir Cornélia aimait se vêtir d'une robe, mêlait un ruisseau de perles à ses cheveux et se sentait revenue au temps d'Amsterdam. Elle écoutait des poèmes qu'elle ne comprenait pas, se laissait bercer par la musique et les compliments des châtelains. Puis tous trois repartaient par les sentes, dépassaient des peupliers géants, galopaient dans un bois de chênes et de vieux hêtres au tronc d'ancêtre. Parfois ils croisaient de pauvres hères qui vagabondaient de village en village, en quête de pain et de labeur.

Une fin d'après-midi, la jeune fille sauta de cheval et se réchauffa à la rondeur d'un soleil vagabond. Le soir, sa nourrice se laissa porter par Avallon jusqu'à une masure de pêcheurs tant elle souffrait de rhumatismes.

Le lendemain matin, ils longèrent la Saône argentée, puis ils pénétrèrent dans un bois touffu. L'après-midi, ils firent halte près d'une cabane. Alors la jeune fille ouvrit la malle enfermée dans le chariot. Du premier rouleau, quelques gravures se libérèrent, le dessin d'une *Jeune femme endormie* tomba. Avallon le ramassa, le regarda et pâlit. Puis Cornélia sortit une à une les peintures. Les découvrant, le baron fut pris de frissons. Elle ne reconnut pas sa voix lorsqu'il la complimenta. Elle refusa ses éloges qui ne pouvaient lui être adressés. Seul son père les méritait. Pris de vertiges, leur guide ne comprenait pas la raison de son malaise et souhaitait qu'il cessât. Il était livide et dut s'asseoir sur une souche. Étonnée, la jeune fille lui dit :

« Si vous réagissez ainsi, comment pourrai-je vous inviter à Amsterdam où nous possédons plus d'une cinquantaine de peintures et des centaines de dessins et d'eaux-fortes ? Admirez ma grand-mère, je ne l'ai pas connue, mais elle s'appelait Cornélia comme moi. Jadis, mon père l'a peinte de nombreuses fois. Lectrice de la Bible, elle faisait la morale à son fils et de son fauteuil jugeait le monde. Maintenant je vous présente le portrait de ma mère aux boucles d'oreilles, douce et belle avec sa chevelure à la rousseur d'automne. L'amour entre le peintre et son modèle, entre mes parents, n'émane-t-il pas de ce tableau ?

— Vous lui ressemblez, chère Cornélia, ajouta Avallon.

— Voici mon père, visage pâle, traits tirés ; il vient d'être brisé par la mort de son fils mais il s'acharne à peindre encore. Voyez-vous ce qu'il veut exprimer dans ce visage mais aussi ce qu'il y cache ? »

Alors Juan d'Avallon la questionna au sujet de sa famille. Cornélia lui répondit avec précision. Puis, dans le silence entrecoupé d'une trille, il contempla l'insolite spectacle des sept toiles posées dans l'herbe ou contre des troncs d'arbres. Un court instant, il ferma les yeux. Lorsqu'il les rouvrit, une jeune fille à la peau tachetée de son et à la chevelure vénitienne lui souriait. Il revit sa fille amaigrie, endormie, le visage livide. Alors, d'une voix éteinte, il avoua qu'il était veuf depuis de nombreuses années et que son unique enfant était morte d'une maladie inconnue à l'âge de seize ans. Depuis, il ne cessait d'errer d'un pays à un autre.

Cornélia comprit ; elle lui demanda de choisir une eau-forte de Rembrandt. Il s'emballa pour une *Femme assise avec un enfant sur les genoux.*

« Je n'avais pas entendu parler de votre père, mais aujourd'hui je le vois comme un artiste grandissime », dit Avallon.

Mamechleen, qui avait suivi toute la scène, cueillit vite un bouquet de fleurs sauvages qu'elle offrit au baron. À sa façon, elle lui manifestait sa sympathie.

Mais bientôt ils arrivèrent aux confins du duché de Bourgogne et durent se quitter. Après l'ultime leçon d'épée, après des conseils d'usage et des lettres de recommandations, Juan d'Avallon conduisit les deux femmes au relais de poste afin qu'elles pussent reprendre leur chemin en direction du sud de la France. Le baron et la jeune fille se firent la promesse de s'écrire et de se revoir. Et tous trois, cachant leur tristesse, se séparèrent.

Grâce à la présence de Juan d'Avallon, Cornélia pensa que la chance les avait accompagnées et qu'elle continuerait à les protéger.

XIII

Il y avait peu de monde dans la patache qui longeait une large rivière. Seulement un prêtre et un très jeune couple ; la femme ressemblait à une enfant, mais son ventre tout rond montrait qu'elle attendait un bébé. Le jeune homme la serrait tendrement dans ses bras ; tous deux semblaient ne jamais vouloir se séparer. À côté d'eux, le religieux marmonnait et picorait sans cesse dans ses nombreux paniers remplis de ravitaillement. L'attelage roulait tranquillement à travers un paysage de collines verdoyantes.

Soudain on entendit de petits cris, comme ceux d'un loir. Puis ils enflèrent et des sanglots les accompagnèrent. La femme tenait son ventre rebondi et grimaçait. Mamechleen saisit vite ce qui se passait. Cornélia fut chargée de demander au cocher d'arrêter l'attelage. Pendant ce temps, sa nourrice cherchait dans le chariot trousse, linges et couvertures. Puis la jeune fille dut partir en quête d'un point d'eau. Rapidement elle repéra une source. Bien vite, l'homme portait la future maman qui gémissait, s'arrêtait et recommençait.

Mamechleen conduisit le couple près d'un ruisselet. Sur l'herbe, elle disposa les couvertures, demanda à Cornélia de disparaître, fit allonger la parturiente et, à genoux à côté d'elle, lui massa le ventre tandis que l'homme lui caressait les joues. Longtemps ils attendirent, tout en accompagnant les plaintes de la future mère. Mais les cris s'accélérèrent. Mamechleen, qui ne pouvait communiquer avec elle en raison des langues différentes, rythmait sa respiration sur la sienne et suivait en haletant ses hurlements. Elle s'agenouilla, voulut voir où en était la future naissance, se pencha et aperçut le crâne chevelu de l'enfant. Cornélia s'approcha, entendit des implorations puis un long cri strident et, tiré par sa marraine qui le recueillit, le bébé apparut couvert de sang. C'était un petit garçon qui, à son tour, poussa un vagissement. Avec dextérité, l'accoucheuse coupa le cordon qui retenait la mère et son nourrisson. Préalablement elle avait fabriqué un pansement à l'aide d'un morceau de bois plat, entouré de chiffon, qu'elle disposa sur le futur nombril du nouveau-né. Au ruisseau, avec douceur elle le lava. Puis elle refit un bandage propre, l'attacha et enveloppa le tout-petit dans un linge blanc puis dans un de ses châles. Elle le confia au jeune père. Alors elle lui ordonna, ainsi qu'à Cornélia, de s'éloigner. Bientôt, soutenant la mère, elle lui massa le ventre, veillant à ce que le placenta fût évacué. À la source, elle la lava, la rinça et l'aida à se rhabiller. La jeune femme soupirait tout en montrant de la reconnaissance à Mamechleen, qui crut comprendre qu'elle s'appelait Camille.

La jeune accouchée se reposait les yeux fermés. *Puer natus est!* « Un petit garçon est né », hurlait Cornélia à la compagnie qui les avait rejoints. Sur les lèvres du bébé si minuscule, Mamechleen mit un peu d'eau fraîche. Il ouvrit les yeux et se mit à crier. « À peine né depuis quelques minutes, pourquoi pleurait-il déjà ? », interrogeait la jeune fille. Sa nourrice la rassurait : ce n'était pas du chagrin mais il essayait son souffle et sa voix ; peut-être avait-il faim ?

Le cocher s'impatientait. Le père porta Camille dans la patache, il l'allongea sur la banquette et glissa une couverture roulée sous sa tête. L'accoucheuse serrait contre elle le bébé ; elle le garda dans ses bras tout au long du voyage. De temps en temps, afin de se dégourdir, elle le confiait à Cornélia qui le lui rendait le plus vite possible. Mamechleen observait l'enfançon et s'étonnait de la finesse de son visage. Le petit être grimaçait, rougissait ou souriait… Une tête menue, les yeux fermés, deux fentes élégantes, un nez court et légèrement épaté, une bouche aux lèvres fragiles, des oreilles ourlées et fines mais parfaites, de hautes pommettes qui lui rappelaient une des statues que Rembrandt avait achetées, affirmant qu'elle venait d'Asie. Ses minuscules mains délicates aux doigts fins, aux ongles impeccablement formés, rouges et longs, serraient déjà le doigt que la femme lui tendait.

Soudain ce si petit corps pleurait avec force. Mamechleen réveillait alors sa mère qui s'asseyait lentement et dégrafait son corsage. Un sein dodu apparaissait ; la bouche du bébé cherchait le mamelon, le rencontrait et instinctivement le suçait. Il y avait trois heures qu'il était venu au monde et il savait déjà téter. Puis Mamechleen le reprenait. Un long moment, elle le tenait droit contre son épaule, il éructait, alors seulement elle l'allongeait dans ses bras et le berçait longtemps tout en chantonnant. Il s'endormait.

Cet événement, l'aide qu'elle avait pu apporter à la jeune mère et ce petit garçon qui venait de naître grâce à elle, lui avait prouvé son utilité ; ce qui n'avait pas toujours été le cas durant ce voyage. Son long visage semblait apaisé, ses yeux brillaient et ses traits, malgré l'épuisement de la route, paraissaient reposés. Bien que le bonheur de tenir le nouveau-né lui rappelât d'autres naissances et d'autres disparitions, elle s'inquiétait pour l'avenir de cette famille. Par l'intermédiaire de Cornélia, elle tenta de parler au curé qui ne sut que faire des signes de croix au-dessus du bébé.

Enfin la patache arriva à l'étape où elles avaient l'intention de demeurer, dans l'auberge au centre de la place. Était-ce un gros village ou une petite ville ? Peu importait ! Mamechleen ne voulait pas abandonner l'enfant et ses jeunes parents. Sur le champ de foire, elle eut l'art de repérer un étal de tissus et de vêtements. Elle y trouva couches, langes, pointes, les acheta et, dans un petit réduit, habilla l'enfant. Le tenant dans ses bras, elle entraîna les parents vers une église pataude entourée d'échoppes. Un curé débonnaire les reçut. Mais Mamechleen n'avait pas les mots. Cornélia intervint et, en latin, demanda du secours pour ce jeune couple et leur nourrisson. Le prêtre paraissait ne pas comprendre. Alors la vieille femme sortit de sa bourse deux pièces d'or qu'il accepta. Puis elle insista pour qu'un prénom fut attribué au petit garçon. La mère comprit et murmura : « Simon. » La femme d'expérience battit des mains et répéta plusieurs fois les deux syllabes : Si-mon, Si-mon, Simon… Le religieux les mena vers une cave aménagée en baptistère. Il dit une prière, les parents la répétèrent, puis il humecta le front et les cheveux de Simon et le baptisa. Une cérémonie rapide, et le religieux semblait vouloir s'éloigner. Mamechleen demanda à Cornelia de lui répéter qu'il fallait aider cette famille, les loger et les nourrir. *« Necesse est invenire deum ubi puer et parentes morari possint… »*

Il leur fit alors signe de le suivre et les accompagna jusqu'à un couvent à l'extérieur de la ville. Une religieuse les reçut. Mamechleen se lamenta car elle ne comprenait pas le dialogue échangé. La jeune fille soutint que le couple était admis dans ce lieu de prières avec leur nouveau-né. Sa nourrice s'étonna de leur innocence et de leur docilité. Tout en rêvant de connaître la vérité, elle ne pouvait s'empêcher d'imaginer l'histoire de ces jeunes gens et les raisons d'un tel voyage. Contournant le couvent, une autre religieuse, jeune et aimable, les conduisit jusqu'à une minuscule maison au fond d'un jardin. Mamechleen examina l'intérieur et se réjouit ; il contenait tout ce dont les jeunes parents avaient besoin. À ce moment, une servante apparaissait, portant un berceau prêt à recevoir Simon.

Chaque jour elle leur rendait visite. Sous un ciel, flot de soie bleue, Camille à la peau laiteuse, au sourire joyeux, s'asseyait devant sa maisonnette et tendait un sein rond à son bébé. La lumière caressait le pré, des étincelles de soleil tombaient sur un bosquet d'aubépines blanches, la mère, avec fierté, répétait le prénom de Simon. Vite il engouffrait le mamelon dans sa bouche et ses joues se gonflaient dans un mouvement de succion régulier. Mamechleen contemplait le petit enfant si fragile. Puis elle le tenait, le berçait et, satisfait, il s'endormait dans ses bras. De lointains souvenirs jaillissaient mais elle les éloignait ; elle préférait la chaleur du nourrisson qui se répandait contre son buste et elle vivait ces instants dans toute leur sérénité. Le jeune père travaillait avec les moines dans le potager, ainsi il gagnait gîte et nourriture.

Pendant ce temps, Cornélia se promenait dans la campagne. Elle appréciait ces collines couvertes de pieds de vigne bien ordonnés. Elle descendait à travers les sillons parsemés de liserons blancs, et s'asseyait au bord d'une rivière. Sous un saule, les secondes s'enchaînaient, les minutes bleues comme le ciel s'étiraient et se perdaient en une heure vagabonde qui se dispersait elle-même dans la fraîcheur végétale. Le long de l'eau des paysannes, chargées de fagots, marchaient en file sur une étroite sente.

Le soir, abandonnant ce coin champêtre, Cornélia grimpait à travers les vignes qui couraient comme des rubans le long des coteaux. Puis elle rejoignait le bourg.

Une semaine s'achevait et elle commençait de s'impatienter. Simon ne la passionnait nullement et elle souhaitait poursuivre leur voyage. Mutine, elle décida d'obliger sa marraine à quitter ses protégés. Celle-ci quémanda encore deux journées, qu'elle obtint. Mais un matin, des larmes plein les yeux, Mamechleen dut se séparer de Simon le très sage et de sa douce maman.

En patache, elles rejoignirent un port sur le Rhône et, là, montèrent dans une embarcation qui devait les mener jusqu'à Marseille. Sur le voilier voyageaient seigneurs, colporteurs, paysans et soldats ; dans les cales se serraient moutons et volailles, tonneaux, caisses, correspondance… Pour les deux femmes solitaires, une nouvelle aventure commençait. Cependant chacune s'enferma dans le silence.

Cornélia pensa que le trajet au fil de l'eau l'obligerait à réfléchir. Après tous les événements qu'elle venait

Autoportrait, 1660. Huile sur toile, 111 x 85 cm. Paris, musée du Louvre.

L. Flemeng (1831-1911),
Saskia.
Amsterdam, Rijksmuseum.

Illustration avec chapeau, bouche ouverte (ou *Rembrandt aux yeux hagards*), 1630.
Gravure, 5,1 x 4,6 cm.
Amsterdam, Rijksmuseum

Titus à son pupitre (ou *Titus en élève*), 1655.
Huile sur toile, 77 x 63 cm.
Rotterdam, Museum Boymans Van Beuningen.

Hendrickje se baignant dans une rivière, 1654-55.
Huile sur bois, 62 x 47 cm.
Londres, National Gallery.

Une jeune femme endormie (Hendrickje),
Lavis brun, 24,6 x 20,3 cm.
Londres, British Museum.

Vieille femme assise,
Sanguine, 23,7 x 15,7 cm.
Paris, musée du Louvre.

Vieille maison au toit de chaume.
Plume, encre brune, lavis brun, 11,8 x 17,7 cm.
Paris, École nationale supérieure des beaux arts.

Moulin à vent sur le bastion « Het Blauwhoofd » à Amsterdam,
Plume et encre brune, lavis brun et gris-brun, 11,6 x 19,8 cm.
Paris, Institut néerlandais.

La Fiancée juive, vers 1665-1668.
Huile sur toile, 120 x 165 cm.
Amsterdam, Rijksmuseum.

Suzanne au bain, 1637.
Huile sur bois 47,5 x 39 cm.
La Haye, Mauritshuis.

Bethsabée tenan
la lettre du roi Da
1654. Huile
sur toile,
142 x 142 cm.
Paris, musée
du Louvre.

Jeune Fille appuyée à une porte basse, 1645.
Huile sur toile, 102 x 84 cm. Chicago, Art
Institute.

La Mère de Rembrandt, 1639. Bois 79,5 x 61,7 cm
Vienne, Kunsthistorisches Museum

Portrait de Jan Six, 1654. Huile sur toile 112 x 102 cm. Amsterdam, Fondation Six.

Paysage aux trois arbres, 1643.
Eau forte, 213 x 279 mm.

Cornelius Claesz. Anslo, 1641
Eau forte, 188 x 158 mm

Juif à haut bonnet ou paysan à haut bonnet s'appuyant sur sa canne, 1639. Eau forte, 84 x 44 mm.

de vivre, elle s'interrogeait. Quelles pensées l'habitaient ? Un frère qui avait serré tendrement sa main le long des canaux. Elle revoyait Amsterdam, les arbres laissaient s'envoler leurs feuilles et les sobres maisons de briques se reflétaient dans l'eau ; images roses qui flottaient avec légèreté. À Rozengracht, un bateau glissait le long du canal et sur la place des femmes se disputaient, prêtes à se battre. Elle était faite de l'écho des jurons paternels. Enfant de ce vieux grognon, génial et avide d'éternels recommencements. Née au creux de l'amour de ses parents unis dans une misère grandiose. Cachée, elle se nourrissait de leurs rires partagés, de leur idylle complice, des emportements de son père, des roucoulements de sa mère chutant dans ses bras, elle était faite de leurs étreintes.

Ne serait-elle pas le reflet des peintures de Rembrandt aux sujets déroutants ? Parfois elle se sentait devenir cette matière huileuse et colorée, taches pointillées, miracle de traits épais, forme et luisance glissée ; n'était-elle pas la descendante de cet œil épris de beauté, de ce peintre pétri de passions, force et fureurs mêlées ? Ne portait-elle pas la sagesse de sa mère toujours aimable, mais aussi sa ténacité, ses luttes, son savoir-faire, sa joie de vivre, temps et bonheur qu'elle offrait à Rembrandt et à sa fille ? Mère aimée, mère regrettée… Elle ne devait jamais oublier les combats qu'elle avait menés face au pouvoir religieux en raison de son concubinage. Souvent Mamechleen lui rappelait qu'elle avait dû se battre seule devant des juges accusateurs. Rembrandt, convoqué comme elle, refusait de se déplacer. Et c'est elle qui avait été excommuniée ! Elle avait bataillé pour maintenir prospère leur maison et le commerce des peintures, Hendrickje la victorieuse !

Mais elle se souvenait aussi de sa timidité, de sa fragilité, de ses fatigues, Hendrickje vaincue par la mort !

Loin encore l'Italie… Son père aurait-il fait ce voyage pour elle ? Ridicule ! Cette pensée ne l'aurait même pas effleuré. C'était toujours sa mère qui allait au-devant des désirs de cet homme. Titus, lui, l'aurait entrepris s'il en avait eu le temps. Comme elle, il aurait voulu témoigner de la réputation de Rembrandt. Et Saskia ? Là, elle n'avait pas de réponse. Elle revoyait Sylviana, l'amie maternelle, la seconde épouse de Gerrit Dou, toujours serviable et dévouée… Pour qui donc Cornélia engageait-elle cette aventure lointaine et dangereuse ? Pour son père, pour sa mère, à la place de son frère ou pour elle ? Pour aiguillonner son intelligence simple ou pour le désir insensé de voir encore briller la réputation paternelle ?

Quelles vies rudes avaient endurées toutes ces femmes ignorées ! Elles saignaient, souffraient et sanglotaient. Les femmes enfantaient, douleurs inconnues, violentes, parfois mortelles. Elle avait entendu Magdalena hurler à la naissance de Titia. Camille se serait roulée au sol si Mamechleen ne l'avait pas soutenue et accompagnée. Rembrandt, semblait-il, avait été présent à tous les accouchements, il avait assisté Saskia comme Hendrickje. Mais les mères restaient au chevet de leurs poupons criards et souffraient lorsqu'ils étaient en danger. La maladie se répandait, mères et enfants mouraient. Ou, éreintées par le travail domestique, elles s'absentaient de la vie. Leur progéniture grandissait et les abandonnait. Écœurée, Cornélia voulait échapper à l'angoisse mais, sur ce bateau, elle ne savait à qui parler ! Même l'horizon semblait restreint, caché, étouffant.

Sur le pont, elle marchait à grandes enjambées. Elle fut surprise par une chevauchée de monts suivie d'un haut massif unique et solitaire au sommet couvert d'un dégradé de blancs, qui chutait doucement le long d'un de ses flancs. Soudain Cornélia regrettait que son père n'eût pu voir ce paysage ; dans ses peintures, les fonds se composaient de constructions baroques, de temples, de ruines, au mieux d'arbres et de buissons, mais jamais de chaînes de montagnes, celles-ci étant inconnues dans les Flandres parfaitement plates.

Pour oublier ces obsédants souvenirs, elle observait les voyageurs qui se rassemblaient. Femmes richement vêtues, alors que la jeune fille gardait sa tenue défraîchie de gentilhomme, seigneurs à la perruque poudrée, habillés plus luxueusement que dans les Provinces-Unies, et quelques commerçants dont deux merciers aux paniers remplis de bas, de rubans, de colifichets, de gazettes et de médailles.

Tous les regards étaient tournés vers une ville cernée de murailles crénelées, on y devinait un palais et sur une butte verdoyante trônait une église au fin clocher. Elle entendit le nom d'Avignon…

Dans le fond sombre de l'embarcation, Mamechleen s'était recroquevillée sur un banc étroit et restait claquemurée dans le silence. Cornélia savait que, pour l'instant, il ne fallait pas lui adresser la parole. Elle avait fermé les yeux et, sous ce voile, il n'y avait que le petit visage de Simon si tendre et si beau. Pour elle, cette rencontre, moment grave, restait inespérée. Elle considérait cette naissance comme un cadeau du ciel. Elle pensait à l'enfant qu'elle avait dû laisser, et soudain le passé resurgissait, elle revoyait le petit Pieter, celui qui l'avait quittée. Revenait vers Simon et se rassurait en se persuadant que lui allait vivre et grandir. Tout en gardant son image pure, elle entrevoyait que sa peine, peu à peu, s'éloignerait d'elle.

Le voilier aborda. La jeune fille fut la première à mettre pied à terre, elle aperçut une petite plage de sable dissimulée par quelques pins maritimes et s'y dirigea. Elle mit ses mains en conque, les trempa, et une eau claire et fraîche y coula. Elle but ce liquide léger. S'aspergea le visage, mouilla sa chevelure, se déchaussa et avança de quelques pas dans le fleuve. Elle murmura :

« Instants heureux, je vais à votre rencontre, nullement mécontente d'habiter ce présent… »

Au fond du bateau, Mamechleen s'était endormie.

Pendant ce temps, les gentilshommes et leurs élégantes épouses descendirent ; un petit courrier, des colporteurs et leurs sacs, des fermières, tenant des paniers de poules vivantes et caquetantes, montèrent.

Revigorée, Cornélia rejoignit l'embarcation qui s'éloigna lentement de la terre. Maintenant le voilier voguait le long du large fleuve. Sur les rives, l'eau débordait jusqu'au pied des habitations. Des arbres laissaient pendre leurs feuillages vers la surface miroitante. Une troupe de petits garçons lançaient des cailloux dans l'eau et lui faisaient signe. D'un geste, elle leur répondait et le soleil caressait son visage.

Le Rhône s'étendait, large flot couleur amande ; il serpentait et se prélassait autour d'îles verdoyantes. De la pointe du jour au sombre du soir, le fleuve soupirait le long des berges, au rendez-vous d'enfants moqueurs.

Cornélia rejoignit Mamechleen, qui refusa de s'installer sur le pont. La jeune fille l'abandonna, monta et s'assit à la proue. Quel ennui, quelle inaction, quand atteindrons-nous Florence ? L'impression qu'elle n'y arriverait peut-être jamais la submergea. Elle ferma les yeux et soudain chavira dans le sommeil…

Devant elle, Rembrandt jeune déroulait une toile qui n'était autre que le ciel. De sombres nuages avançaient, alors il les saisissait, des bribes de blanc crémeux coulaient, il les chassait et la voûte céleste d'un bleu pur apparaissait. Il l'offrait à sa petite fille qui la tenait sans oser bouger. La jeune Cornélia portait le ciel entier dans ses bras d'où des cumulus glissaient comme des brins de laine. Son père vociférait et sa grosse voix attrapait la mer tempétueuse. Domestiquées par sa volonté, les vaguelettes ondulaient et la masse marine se rangeait docilement au creux de la besace de Rembrandt qui criait :

« Nous, les gens des ports, possédons la connaissance… Cueillons les couleurs du soleil, le kermès et l'écarlate, buvons le jus du savoir et appelons un bois de chênes et de jeunes bouleaux. Qu'ils approchent en rang serré et, pour toi, je les enfermerai dans une poche de ma pèlerine. »

Alors des arbres de pierreries et des parterres de glands dodus et sautillants les entouraient.

« Père, tu es capable de déterrer le plus gros chêne et d'enlacer l'arbre aux oiseaux vociférant, le perchoir qui déborde de trilles, d'aubades, de sonates, un vacarme qui perce les tympans. »

Alors Rembrandt ordonnait le silence. Il se retournait et appelait la nuit. Elle glissait dans une robe d'argent, et tous les oiseaux se taisaient. Main dans la main, père et fille avançaient. Du jaune d'or les cernait. Puis le peintre faisait jaillir un étang et une troupe de salamandres géantes y dansait. Cependant il ne pouvait s'empêcher de gronder :

« Disparaissez toutes et tous, je veux une terre nue, un fond brun et plat, je veux… »

À ces mots Cornélia ouvrit les yeux, ne sachant plus où elle était ; seul le fleuve, gris sombre à cette heure tardive, lui rappelait son but et elle courut raconter cet incroyable rêve à sa nourrice qui l'écouta d'une oreille distraite…

Puis le voilier atteignit un lacis de rivières, les bras du Rhône. Il s'arrêta dans un minuscule port. La descente fluviale se terminait à cet embarcadère.

Elles mirent pied à terre et traversèrent un village aux maisons blanches et basses. Une région de marais, totalement plate, où un vent déchaîné soufflait. Par son étendue à perte de vue sans la moindre ondulation, ce pays leur rappelait les terres au-delà d'Amsterdam. De loin, elles suivaient les autres marcheurs. Bientôt elles comprirent qu'il y avait aussi de petits insectes qui bourdonnaient sans relâche et les piquaient. Les chassant de la main, elles marchèrent longtemps sur un chemin sableux entouré de roseaux et entrecoupé de ruisseaux.

Elles avançaient et soudain, d'un talus, elles purent contempler la mer Méditerranée qui s'étendait, comme endormie au soleil de midi. Été bleu, sable blond, vaguelettes légères. Alors sous des tamaris, soucis oubliés, elles se reposèrent. Branches fragiles, ombres délicates, elles s'allongèrent sous la voûte céleste. Cette étendue d'eau les rapprochait de Florence. Temps arrêté, elles respiraient le contentement. Des goélands volaient au-dessus d'îlots pierreux dressés hors des flots ; un voilier passa, la brise le poussait doucement. Une chaleur sensuelle les ensommeillait.

Lorsque au loin le disque solaire toucha l'eau, s'enfonça, demi-cercle rougeoyant à l'horizon, lorsqu'il chuta et disparut, ne laissant que des écharpes orangées, elles décidèrent de reprendre leur marche. Des cormorans traversaient le ciel rosé. Et les flots lançaient de l'écume dentelée.

Lasse et bienheureuse, Cornélia décida de dormir au bord d'une longue plage solitaire. Fatiguée, sa nourrice accepta. Dans la pleine nuit, elles construisirent un abri de roseaux. Tard, elles s'étonnèrent d'un croissant de lune, sourcil du ciel, qui éclairait timidement les fragiles tamaris.

Mamechleen ne pouvait s'endormir, elle marcha et, debout sur une dune, murmura :

« Dans quelle pelote ai-je serré les moments heureux ? Dans quel tiroir, fermé à clé et dont la serrure s'est brisée, ai-je laissé les bribes de mes amours – un soir je lui raconterai… Dans quel fleuve boueux ai-je jeté tous mes chagrins ? Comment me souvenir de nos maisons et y voir encore courir la belle enfance ? Rappelle-toi Simon ! Redresse-toi, la vieille, rassemble le peu de vie qui te reste pour accompagner ta fille, ta filleule aimée, tu ne dois jamais la laisser seule. Marche contre le vent, la fatigue, la maladie ! Va au bout du partage. File le chemin d'or de ta Cornélia… »

XIV

À l'aurore, un sentier au parfum de figues les conduisit jusqu'à un petit port en contrebas ; de là une voiture devait partir en direction de Nice. Calant le chariot, elles prenaient place dans un tombereau composé de deux bancs et non bâché. Bien vite, le soleil chauffait, brûlant les voyageuses. Femmes du Nord, Cornélia et Mamechleen troquaient bonnet et béret pour un couvre-chef imposant. Enturbannées de chiffons, elles riaient en se regardant mutuellement. Des rochers découpés surgissaient, ils délimitaient une mer turquoise ; au loin, l'eau comme une peau liquide frissonnait. Un voile de lumière rose oscillait à l'horizon. Les deux femmes s'extasiaient devant ces paysages changeants qui les surprenaient sans cesse.

L'attelage, composé de deux chevaux faméliques, peinait dans les montées. Il abordait des collines parfumées, écrasant des plantes qu'un paysan nommait : « Thym, ro-ma-rin, menthe… » De délicieuses senteurs se répandaient. Il longeait des buissons de jasmins blancs puis roulait sous des arbustes couverts de minuscules boules jaunes qui s'éparpillaient dans la carriole comme de la neige blonde. Des abeilles butineuses bourdonnaient. Un papillon brun rayé de rouge et de jaune se posa sur le bras de Cornélia. Il possédait les mêmes couleurs que

La Disgrâce d'Adam, le tableau de Rembrandt ; elle revivait ses dix ans, montait à l'atelier où trois élèves étaient habillés en Orientaux. Elle tentait de se souvenir des personnages peints. Surgissait l'image d'un vieil homme, d'un autre las et triste et le troisième, plus grand et plus jeune, avançait au centre de la toile. Turban doré, manteau rouge, les paupières baissées et la main sur le cœur, il lui apparaissait comme le gardien d'un secret douloureux…

Afin de s'éloigner d'Amsterdam, Cornélia regarda fixement la mer, un golfe paisible et des rochers contre lesquels se jetaient des troupeaux de vagues moutonneuses. La charrette entrait dans un bois où les arbres au tronc torsadé lui donnaient l'envie de dessiner. Puis, dans la fraîcheur d'une forêt de pins, le cocher s'arrêta pour la nuit. Les chevaux devaient se reposer et les voyageurs descendirent. On aida un vieillard rompu de fatigue. Il se pencha, se recroquevilla et s'endormit sous le regard de la lune. Encore une fois, Cornélia pensa que cet homme d'âge aurait plu à son père. Mais elle eut un mouvement de lassitude envers elle-même. Quand se détacherait-elle de ce jadis trop envahissant ? Elle s'éloigna, attacha le chariot à son poignet et souhaita tout oublier. Le long de cette mer, elle voulait se reposer.

Blottie au creux d'un vallon sableux, Mamechleen ne trouvait pas le sommeil. Elle entendait comme une voix lointaine. Examinant le ciel et fixant son regard sur un point argenté de la voûte céleste, elle le prit à témoin : *Dernière étoile, sur la place, tu vois les filles lavant à la fontaine et les garçons maîtrisant de puissants chevaux. Tu as deviné la femme enfantant, son cœur ouvert au nouveau-né. Le troublant petit Simon. Dernière étoile, apporte-lui le temps des fleurs parfaites. Et, avant de t'éteindre, je t'en prie, protège et console les errantes et les errants.*

L'aube se leva, le cocher attela, les voyageurs s'assirent dans la charrette. Un à un, comme des naufragés, ils se serrèrent sur les bancs et la voiture avança, cahotante, sous un ciel pastel. Une lumière, claire et légère, les entourait.

Au pas des haridelles, l'attelage roula toute la matinée. Vers midi, dans un hameau, le cocher décida d'abandonner ses voyageurs. Il donna des explications qu'elles ne comprirent pas, mais elles virent que chaque passager mécontent partait à pied sur le chemin. Elles suivirent.

Bientôt une sente tortueuse, se dirigeant vers un village perché, les attira. Comme il leur fallait acheter de la nourriture, Cornélia et Mamechleen l'empruntèrent et grimpèrent. Le chemin coupait des terrasses de légumes, d'autres plantées d'oliviers. Régulièrement Cornélia devait soulever puis tirer ou porter son chariot. Elles atteignirent la porte d'un village. Hésitantes, la franchirent et pénétrèrent le long d'une allée bordée d'épais lauriers roses et blancs. Elles virent quelques maisons aux volets clos et une épicerie fermée. N'était-ce pas l'heure du repos ? Elles prirent un étroit sentier tout fleuri. Bientôt elles dominaient une vallée. En contrebas coulait une rivière. Lorsque le paysage s'ouvrit sur un chaos de pierres arrondies, Cornélia eut envie de s'y baigner. Elles descendirent vers ce creux de verdure. Sur un terre-plein, Mamechleen s'installa, surveillant le chariot. Sa filleule continua jusqu'à un val : bosquets de saules et de poivriers, pierres chaudes et douces, gouffre d'eau. Sur le tronc d'un platane un mot était gravé : *Agapi*. Cornélia se déchaussa, massa ses pieds ensanglantés et se déshabilla. Nue, elle sauta de caillou en caillou pour atteindre une pièce d'eau où elle se laissa glisser. Lorsqu'elle se dressa, corps et casque de cheveux trempés, sa nourrice paniquée examina les environs, craignant des regards indiscrets. Revigorée, la jeune fille s'étendit sur un rocher. Sèche, elle s'habilla et rejoignit sa marraine assise à l'ombre d'un figuier. Elles remontèrent vers le village. Dans l'unique allée, deux enfants taquinaient des chats faméliques. Le magasin était ouvert, elles y achetèrent pain, fruits, viande séchée et redescendirent vers la route qu'elles avaient quittée.

Elles avançaient à pas menus, le dos courbé sous le soleil. Dans la plaine, un cavalier suivi d'un petit troupeau d'ânes les dépassa. Il les observa et s'arrêta. Elles crurent comprendre qu'il leur proposait de les emmener. Mais avaient-elles bien entendu et comment faire avec le chariot ? Aussitôt il l'attachait sur l'une des bêtes tout en invitant chaque voyageuse à grimper sur le dos d'un âne. Quel soulagement d'être portées et de ne plus avoir à tirer l'engin ! L'homme les mena vers sa maison où sa femme et lui les reçurent aimablement. Autour d'une longue table, le couple et leurs jeunes enfants partagèrent avec elles le repas. La chaleur des regards et les rires les réconfortèrent. À la nuit, la femme les conduisit vers un enclos très propre où elles purent dormir sur une paillasse.

Le jour suivant, Mamechleen s'occupa des enfants, Cornélia, vêtue d'une robe, aida leur mère au jardin. Elles restèrent trois journées qui les requinquèrent, une réelle étape de repos et de paix ! Des gestes, des sourires échangés, un panier de provisions offert, malgré l'absence de mots, l'hospitalité les unissait. Avec regret elles quittèrent cette ferme. L'ânier les conduisit jusqu'à un relais où elles purent reprendre la chaise de poste. Toutes deux avaient hâte d'atteindre enfin Florence.

Deux hommes vêtus comme des aristocrates, un jeune homme solitaire, de nombreux rouliers, Mamechleen et Cornélia, à nouveau habillée en gentilhomme, allaient dans une voiture confortable en direction de Gênes.

Au premier arrêt, une dispute surgit à propos du chariot. Jusque-là elles avaient toujours réussi à le garder auprès d'elles. Aujourd'hui de nouveaux voyageurs montaient et Cornélia comprit que le cocher voulait l'attacher sur le toit. Elle refusa de l'abandonner, s'y accrochant désespérément. Tous les passagers parlaient en même temps et dans des langues différentes. Écarlate, la jeune fille les insulta en flamand au point que sa nourrice en fut scandalisée. Un homme tenta de la calmer, ce qui l'agaça encore plus, alors elle s'allongea sur le chariot. Les voyageurs capitulèrent. On se serra à l'intérieur du coche, mais des regards d'hostilité se dirigèrent vers elles.

À la pose suivante, Mamechleen ne quitta pas sa place. Perchée sur un tertre, Cornélia contempla une large baie et un port immense où elle entrevoyait une forêt de mâtures qui striait le lointain. Sous ses yeux, des rochers cuivrés et des doigts de terre caressés par l'eau transparente. Le vent tournoyait, menaçant.

Cornélia pensait parcourir des yeux un espace aussi vaste que le monde… Rien dans ce paysage ne ressemblait aux Provinces-Unies, rien ne rappelait la froide mer du Nord aux rouleaux d'eau grise. Tout resplendissait et s'opposait à la petitesse de son pays… Elle reprenait sa place et proposait à Mamechleen de descendre, celle-ci refusait.

Deux soirs plus tard, elles atteignirent Gênes et se reposèrent dans une auberge. Puis, traînant le chariot, elles visitèrent le port. Des femmes réparaient les filets. Le flot bouillonnait, les bateaux de pêche s'entrechoquaient, mât contre mât, voile contre voile. Elles croisèrent le jeune homme du coche qui semblait emprunter le même chemin. Mamechleen s'était rendu compte que cet étrange personnage se penchait toujours pour essayer d'entendre ce qu'elles disaient. Alors que lui demeurait muet – même à l'auberge, elle n'avait pas réussi à saisir en quelle langue il parlait. Elle entraîna Cornélia vers le relais de poste et elles y dînèrent. L'aubergiste offrit à tous les voyageurs un verre de vin. Contentes de boire le jus des vignes qu'elles avaient découvertes au gré de leur voyage, elles dégustèrent les plats accompagnés de cette boisson, qui leur parut piquante. Puis elles rejoignirent leur chambre et s'endormirent immédiatement.

Lorsque Cornélia se réveilla, elle constata la disparition de son chariot. D'un bond hors du lit, elle le chercha tout autour de la chambre mais dut se rendre à l'évidence : il ne s'y trouvait plus. S'habillant à la hâte, elle bondit telle une furie hurlant en flamand… Dans la salle, l'aubergiste tenta de l'apaiser. De sa poche, elle sortit un crayon, un papier et dessina son chariot, lui faisant comprendre qu'il avait disparu. D'un air las, l'homme leva les épaules. Mamechleen les rejoignit avec un petit baluchon fait du peu qui leur restait. Leurs propos semblaient totalement inefficaces. Lasse, Cornélia eut l'idée d'aller se plaindre auprès des châtelains. Une servante les conduisit à l'entrée d'un palais. Très pâle, elle murmura : « Je vis un cauchemar ! Je voudrais me réveiller ! » Sur le pont-levis, un garde les empêcha d'avancer. Dans la poche de son justaucorps, la jeune fille retrouva la lettre du baron d'Avallon. Son cachet produisit l'effet escompté et le deuxième garde leur fit signe de le suivre. Elles traversèrent une immense cour et virent face à elles un escalier monumental. Une porte s'ouvrit, un seigneur les reçut dans une salle aux murs couverts de tapisseries. En latin, Cornélia lui expliqua le vol du chariot et son contenu. Sur un papier, elle fit quelques croquis des toiles de son père, écrivit *REMBRANDT, D'AMSTERDAM*, désigna sur ses doigts le chiffre 7 et sur le mur montra une Vierge peinte, tel un exemple. Imiter au crayon les œuvres de son père représentait pour elle une douleur pure. L'homme comprit et promit de faire rechercher les voleurs. Il les conduisit vers une charmille où un serviteur leur offrit des fruits du pays, figues, prunes et raisins secs. Cornélia et Mamechleen ne purent rien absorber. Soudain la jeune fille poussa un cri, elle avait l'impression de tomber dans un trou profond. La vieille femme tenta de la soutenir ; mais ses joues creuses et son regard perçant accentuèrent le désespoir de Cornélia. Elles quittèrent le château.

« Je voudrais être l'oiseau le plus rapide et posséder des yeux de lynx pour poursuivre ces bandits. Ils m'ont volé ma famille. Je voudrais retrouver mes sept peintures… Mamechleen, comment allons-nous faire maintenant ?

— Nous allons marcher, ma douce colombe. Il nous faudra peut-être un mois mais nous arriverons à Florence.

Dans ma poche, j'avais gardé deux pièces d'or. Nous aurons de quoi survivre. Ne restons pas ici, car je crains pour notre vie. Prenons la route immédiatement.

— J'étouffe... Je me sens déshonorée. Je n'ai pas su protéger les plus belles œuvres de mon père. Je voudrais mourir.

— Non ! Ma Lia, nous irons à pied et nous réussirons. Tu raconteras nos mésaventures à Cosme de Médicis. Qui dit que tu ne retrouveras pas les tableaux ?

— Mais que lui offrirai-je ?

— Ta présence ! Allez, courage, partons loin de cette cité scélérate. Maintenant je suis certaine que le vin contenait une drogue. J'avais très mal à la tête en me couchant. Pourquoi t'ai-je laissée le boire ? Pourquoi ma curiosité a-t-elle été la plus forte ?

— On a tailladé mon corps, on a cisaillé mes membres, même les mots se sont éteints... Mamechleen, que nous reste-t-il ?

— Une de tes robes, deux bonnets, mon châle, un gilet et le contenu de nos poches.

— Notre bourse et mes perles sont perdues ?

— Oui ! Mais ne pleure pas, je t'en supplie. Nous marcherons et resterons fidèles à notre but, ma fille aimée...

— Mamechleen, ce sont les voleurs d'Amsterdam qui nous ont suivies, ce garçon silencieux nous espionnait. Tu as raison, il était de mèche avec l'aubergiste qui nous a profondément endormies. Rappelle-toi comme Juan d'Avallon nous avait déjà sauvées ! Que dirai-je à Jan Six ?

— La vérité ! À Florence, tu vas découvrir des merveilles. Nous réussirons, je te le promets et c'est cela qui compte ! »

Tout en se lamentant, elles quittèrent la ville sans la voir et se retrouvèrent sur une route de corniche fréquentée par des attelages. La mer s'étendait à perte de vue comme un miroir cuivré, mais ce spectacle insultait les deux femmes. Le dos courbé, les mains vides, elles avançaient le plus vite possible.

« Père, je t'en supplie, pardonne-moi, comment ai-je pu laisser dérober tes œuvres ? Je suis indigne de toi ! »

Ne pouvant pas communiquer et étant effrayées, toutes deux avaient envie de s'éloigner du monde. Elles se reprochèrent de ne pas avoir suivi cette règle plus tôt. Dès qu'elles virent un sentier qui serpentait à travers les champs, elles l'empruntèrent et pénétrèrent dans un bois. Cornélia et sa nourrice marchèrent longtemps et croisèrent des bûcherons qui les observèrent à la dérobée, mais ils paraissaient aussi harassés qu'elles et poursuivirent leur chemin. Elles s'arrêtèrent devant une masure étroite au toit de chaume. Sur le côté il y avait une pierre sculptée qui se dressait jusqu'au toit. Elles firent une halte, inspectèrent cette minuscule habitation aux volets clos ; Mamechleen s'éloigna dans la forêt, revint, tourna autour de la maisonnette, disant qu'elle lui rappelait celles de sa province. Puis elles repartirent l'estomac noué. Cornélia pestait contre elle-même. Soudain elle s'écria :

« Mamechleen, je ne vois plus, devant mes yeux il n'y a plus que des traits noirs serrés. »

Elle pencha la tête sur l'épaule de la vieille femme et murmura :

« Je suis aveugle, je suis devenue aveugle… »

Celle-ci la fit asseoir sur le rebord du fossé. Déchirant son carré de toile blanche, elle ramassa quelques herbes, les mouilla et déposa sur ses yeux des compresses humides. Afin de les tenir, elle noua une bande de toile autour de la tête de Cornélia, lui jurant que ce mal allait passer. C'était l'accumulation de contrariétés qui avait provoqué ce malaise. Elles retourneraient à la masure inoccupée et là elles essaieraient de s'y reposer toute la nuit.

Mamechleen guidait l'aveugle et la menait jusqu'à la pierre dressée. Elle rôda, inspecta, cogna. Portes et volets résistaient. À l'arrière il y avait un auvent et une porte-fenêtre. Avec une force démesurée, elle la secoua et, à son grand étonnement, un battant s'ouvrit. À l'intérieur, un lit haut recouvert d'un édredon confortable accueillit Cornélia qui s'écroula en sanglotant. Ses yeux la brûlaient et, les pansements ôtés, un voile sombre l'empêchait de voir. Sa nourrice lui promettait qu'après un long repos mérité, ses yeux percevraient la fleur la plus élégante, la toile d'araignée la plus fine, l'insecte aux pattes comme des fils.

« Laisse-moi te soigner et caresser ton visage… »

Veillée, bercée, elle s'apaisa. Mamechleen se mit à prier. Elle suppliait Dieu de rendre la vue à sa filleule. Puis, elle l'interrogeait :

« Devons-nous retourner voir un apothicaire dans la ville de tous nos malheurs ? Ou devons-nous avancer vers notre but ? Que signifie ce nouveau tourment ? Quand Cornélia retrouvera-t-elle son regard perçant ? Pauvre petite, sur elle s'accumulent trop de douleurs. Elle n'a pas pu supporter ce dernier affront ! »

Mamechleen se tut et à son tour s'assoupit.

Bientôt Cornélia se redressa et constata que sa vue n'était que traits noirs. Elle se leva et tâtonna dans l'obscurité. Sous ses doigts elle sentit la pierre du mur d'où glissaient de petits paquets de sable. Elle avança, cherchant sa direction. Soudain la lumière du matin lui brûla les yeux. Elle les cacha de ses mains et se baissa. Au sol, elle respira l'odeur d'humus et de terre humide. Devant elle, une grille sombre obscurcissait son regard. Toi, fille de peintre, comment pourras-tu vivre ainsi ? Si ce voile persiste, tu te tueras. Dans l'atelier tu te souviens des bruns sombres, des pourpres lumineux, des coulées mordorées, de la chair satinée de Bethsabée… Tu voudrais encore pouvoir contempler tes tableaux. Mais on te les a volés comme on a volé tes yeux ! Tu ne pourras plus voir les plis pierreux des monts. Il y a deux jours, sur le chemin, tu contemplais des crosses de fougères vert tendre et, dans la vallée, deux arbres pommelés qui projetaient leur ombre ronde sur un parterre d'iris bleus… Cornélia se lamenta longtemps, elle ramassa un caillou rond qu'elle réchauffa entre ses doigts comme une minuscule existence… Non, une banale pierre qu'elle retrouverait un jour au fond de sa poche. En tâtonnant, elle rejoignit le lit, se glissa sous l'édredon et revécut le vol du chariot.

Plus tard, lorsqu'elle bougea, elle constata que les traits noirs s'étaient un peu espacés. Mais c'était encore pire ! Une lumière forte se glissait et, entre ce blanc et ce noir, elle était incapable de distinguer le moindre objet. Cependant, craignant qu'on vînt les surprendre dans cette maison, elle supplia sa nourrice de partir en direction de Florence. Mamechleen serra un bandeau sur ses yeux et, la guidant, elles reprirent leur marche. *Le chemin s'avance vers nous comme une corde de pendu*, ruminait la vieille femme, effrayée elle-même par cette pensée. *Mais je dois conduire ma gamine. Pourquoi ce n'est pas moi qui ai perdu la vue ? De quelle faute Cornélia est-elle punie, elle qui ne veut faire que le bien ?*

La route montait. Elles entendirent le bruit régulier des sabots d'un cheval. Elles coururent vers le bois et s'y cachèrent. Le cavalier passa. L'écho du galop diminua et elles reprirent leur ascension. Vers le soir, elles découvrirent une cabane et s'y dissimulèrent pour y passer la nuit. Le matin suivant, Cornélia s'exclama :

« Ça va mieux, je vois ! Je n'ai plus qu'un zigzag de traits qui clignotent dans le coin des yeux. Oui, je distingue les couleurs… Les lignes, les formes, ton visage… Plusieurs petits croissants noirs suivent tout ce que je regarde, mais je suis presque guérie. »

Sa nourrice la suppliait de se reposer encore, allongée sur un lit de mousse, près de la cabane. Elle allait s'enfoncer dans le bois en quête de quelque nourriture, toutes leurs provisions leur ayant été dérobées avec le chariot. Elle la priait de se cacher si elle entendait le moindre bruit, la moindre voix.

Une petite heure et elle revenait, son châle rempli de carottes et de concombres ; dans un potager elle avait volé leurs futurs repas ; elle avait aussi cueilli framboises et fraises des bois.

Elles déjeunèrent et reprirent leur marche le long de massifs de rhododendrons en fleur. Mais bientôt le chemin se rétrécit et tourna en spirale à travers la montagne. Le paysage se métamorphosa. Durant un temps qui leur parut interminable, elles gravirent un escalier naturel aux marches de pierres usées, entouré de précipices. Toute végétation avait disparu. Puis le sentier s'enroula sur lui-même tout en s'élevant. Elles le montèrent lentement. À bout de souffle, elles se reposèrent sous un unique pin maritime. Et reprirent la traversée d'une lande faite de caillasse. Accablées, bientôt elles arpentaient le flanc escarpé d'une montagne.

Tu vas, et des jambes étrangères te portent. Des poutres, des poteaux, des pieux, qui progressent alternativement, mécaniquement mais efficacement. Pauvre de toi, aux pieds endoloris, à la chair à vif. Oubliés les fins souliers, les chaussons perlés, tes bottes de cuir sont couvertes de boue séchée ; leurs épaisses semelles pèsent lourd. À chaque pas, des piqûres douloureuses surgissent, points et élancements mêlés… En revanche, tes yeux ont recouvré une vue parfaite !

Maintenant tu avances vide de toute pensée. Tu montes avec une obstination qui doit appartenir à quelqu'un d'autre, tu vas t'oubliant toi-même. Tu aspires à un coin de nuage qui te transporterait. Mais hélas, tu dois continuer d'avancer.

À un moment, tu te retournes et tu vois Mamechleen pliée en deux. Lorsqu'elle relève son visage livide, elle tente un sourire qui devient grimace et ses traits se contractent. Tu cries :

« Et si nous nous arrêtions ? »

Elle tourne et retourne la tête d'un air égaré. À l'écart, tu repères un arbrisseau entouré d'herbe sèche, tu vas t'y asseoir et tu l'encourages à te rejoindre. Au bout d'un long moment, elle s'affale à tes côtés. Calée contre toi, son essoufflement perdure. Elle ne peut plus parler. Et toi rompue, tes yeux se ferment, tu crains de t'endormir tant tu es lasse.

Dans son sommeil, comme elle est lourde, ma Cornélia. Je me croyais incapable d'atteindre ce sommet. D'où m'est venue la force de grimper ? Avec lenteur, à un rythme de femme âgée. Oui, vaille que vaille, pousse que pousse, avançant sans rechigner, elle a triomphé, la Mamechleen. Cœur cognant, jambes coupées, tissu usé jusqu'à la trame… Le dernier brin a tenu mais les autres fils sont tout cassés. Un corps épuisé. Une juste avant la mort. Pourquoi je revois ce cimetière à la sortie de la ville, illuminé de petites lampes bleues et rouges ? Bougies aux flammes dansantes dans la nuit, un spectacle digne des défilés aux flambeaux de mon enfance. Je me sauvais pour les suivre. Je voulais danser encore, accompagnée de ces lumières filantes, de ces chants, de ces masques et de ces visages grotesques. C'était la fête mais, lorsque je rentrais, le père me frappait. Mon dos rougissait sous les coups du ceinturon. Aussi absente qu'à cette époque ! Aujourd'hui je suis vieille et libre ? Tu veux rire, libre ou perdue dans ces montagnes ? Enfant j'étais prisonnière de celui qui avait comme seul langage les coups. Mais ma Lia bouge et se lève. Totalement ankylosée, je tente de me déplier, elle me tend la main. Elle m'offre son bras et son sourire. J'obéis, je lui obéis, je dois la suivre…

XV

Des jours, elles marchèrent, mangèrent des graines, des feuilles, quelques fruits, sucèrent des racines et burent aux ruisseaux. Elles se couchaient où elles pouvaient et souvent au milieu de la journée s'endormaient d'épuisement. Néanmoins le noir de la nuit et la lumière du jour rythmaient leur existence. Chaque matin, Cornélia s'étonnait qu'elles eussent encore la force d'avancer, mais n'en soufflait mot à Mamechleen qui demeurait très silencieuse. Au lever du soleil, la jeune fille tentait de faire le point. Elle voulait s'assurer qu'elles se dirigeaient toujours en direction de Florence…

Le soleil au zénith, elles atteignirent un plateau couvert d'herbe jaunie ; des milliers d'insectes, au corps noir et aux ailes rayées de rouge, bondissaient sous leurs pieds. Ils s'envolaient et retombaient. Cornélia en avant, Mamechleen la suivant, toutes deux se pressaient le long du chemin, importunant à chaque pas ces bestioles habituées à la solitude.

À la lisière de la plate-forme, elles furent étonnées d'apercevoir au loin une masse d'eau tranquille, un lac bleu sombre. Tout trait noir avait disparu des yeux de Cornélia. La joie de voir et la fatigue lui avaient presque fait oublier le vol du chariot. Elles approchèrent et observèrent les lieux ;

la jeune fille interrogeait sa nourrice, elle voulait savoir si Rembrandt aurait apprécié ce paysage surprenant. Mamechleen se sentait trop fatiguée pour lui répondre.

Longtemps, au bord du lac, elles se reposèrent. Soudain la vieille femme proposa une pêche au mouchoir. Déchaussées, jupe et pantalon retroussés, tenant chacune les deux bouts d'un carré de toile – un caillou au centre faisant cuvette – elles promenaient le tissu dans l'eau et tentaient d'attraper un poisson. Une petite carpe passa et, d'un geste vif, elles remontèrent le linge. Le poisson se trouva pris. Dans l'air, il frétilla. Elles le posèrent sur l'herbe et continuèrent. Dans l'épaisseur du silence, elles avançaient prudemment et discrètement. Après avoir attrapé un second poisson, Cornélia chercha du petit bois, Mamechleen, des pierres à frotter pour faire des étincelles. Bientôt des flammes s'élevaient. Elles firent cuire les poissons et se régalèrent, dévorant à belles dents les filets, tout en surveillant les arêtes. Face à elles, sur l'autre rive, elles aperçurent l'entrée d'une caverne. Elles la rejoignirent. À l'intérieur la propreté régnait, d'autres habitués de la montagne ayant dû s'y abriter, des matelas de mousse sèche semblaient les attendre.

Lorsqu'elles ressortirent, le lac virait dans des dégradés de vert, couronne émeraude sur les bords, plaque de bronze au centre. Un vol d'oiseaux inconnus passa. Les deux femmes se lavèrent dans l'eau revigorante. L'orange du soleil couchant cernait le pourtour des monts. Des pans d'ombre se posaient sur les montagnes, un instant encore éclairées. Profitant de ce calme bienfaisant, elles entrèrent dans la grotte, se couchèrent et s'endormirent.

À l'aube, la jeune fille courut vers le sommet d'un petit mont où un gros orme au tronc noir chantait. Des oiseaux cachés y lançaient d'interminables trilles. Au-dessus du lac aux vibrations marines, un unique nuage, gros chat allongé, flottait dans le ciel. Cornélia écouta les pépiements, le murmure des feuilles et les gémissements du vent. Mamechleen ne perdait pas de vue sa filleule et pensait : *Quelle chance d'être ici, quel havre de paix, pourvu que j'aie la force… Ma gamine, comme elle va chercher loin les choses, elle accède là où les autres hésitent, trébuchent, font demi-tour. Toujours, elle insiste, et son corps se plie à son cœur.*

Face à cette couronne de monts, Cornélia se sentait ragaillardie et prête à affronter la suite de l'expédition. Son père lui avait raconté la légende de la déesse Harmonie qui essaimait la beauté. Autour d'elle, encerclant cette vallée, la ligne de crête s'inclinait parfois et donnait naissance à un col couvert d'un velours roux ; sur les pans, des forêts en croix et des chemins comme des étoiles filantes… Au loin, des chiens aboyaient.

Tout près d'elle un loriot jaune se posa, tête agile, pupilles noires, regard aigu, il semblait aux aguets. Cornélia n'osa plus bouger. L'oiseau tressaillit, sautilla, s'envola et disparut. Soudain une brume mauve avança à vive allure. Elle rejoignit sa nourrice qui veillait à avoir toujours leur gourde remplie d'eau et, si possible, quelques provisions pour la prochaine étape. Toutes deux se mirent en route car, maintenant, le vent tourbillonnait et le ciel se couvrait de nuages. Serrant un maigre baluchon, puisque même l'épée de Cornélia leur avait été dérobée, elles avançaient fuyant la tempête, qui déjà les cernait.

Sur le chemin de crête, elles luttaient pour rester droites. Près d'elles des figuiers se tordaient, des cyprès s'inclinaient et un vent démoniaque, subitement levé, les pourchassait. Une bourrasque d'enfer. Les nuages filaient comme une fumée furieuse et l'air projetait de la cendre grise. Bientôt des éclairs zébrèrent le ciel noirâtre. Le tonnerre gronda violemment, et il se mit à pleuvoir à verse. Très vite d'énormes ruissellements d'eau recouvraient le sol comme un jour de déluge. Il tonnait toujours. Dans les Provinces-Unies, en hiver il neigeait, le sol et les canaux gelaient, la mer inondait la terre. Mais rien à voir avec cette tornade de vent et d'eau, avec cette fureur de tonnerre et d'éclairs. Les deux femmes n'avaient jamais marché seules dans une nature si hostile où tous les éléments se déchaînaient en même temps. Pourquoi s'étaient-elles éloignées de la grotte ? En ce moment précis, elles rêvaient d'un abri, y courir, s'y cacher, n'en plus bouger… Elles imaginaient une pauvre auberge où elles trouveraient une petite chambre, un galetas. Mais seules, égarées, sous une pluie diluvienne, elles ne pouvaient que se battre pour progresser faiblement.

Brusquement, comme l'orage était survenu lorsqu'elles quittaient le lac, la tempête cessa et bientôt un timide soleil fit son apparition. Trempées ! Mais encore une fois sauvées !

Sur le sentier pentu, elles devaient se méfier des cailloux qui déboulaient. Des pierres roulaient dans les flaques et les éclaboussaient. L'eau glacée imprégnait leurs vêtements et une odeur fade montait des ravines. Cornélia grelottait. Mamechleen serrait les dents, surveillait avec attention le sol et un juron lui échappait de temps à autre. Sans se l'avouer, toutes deux craignaient de s'être perdues. Allaient-elles errer longtemps dans cette nature inhospitalière ? Qu'allait-il leur arriver encore ? Au lieu de passer par la route de la mer fréquentée par les attelages, Mamechleen avait choisi d'emprunter les chemins intérieurs ; le soleil les avait guidées, mais elles avaient peur de s'être fourvoyées dans cette chaîne de montagnes sauvages.

Elles ne savaient plus depuis combien de jours elles allaient ainsi. C'est alors qu'elles entendirent le son lointain d'une flûte et marchèrent dans cette direction. Elles débouchèrent face à une longue vallée. Des prairies, des ruisselets, des buissons de fleurs aux clochettes violettes, de nombreux moutons et des granges aux toits de pierre. Cornélia courut, saisit un agnelet, l'embrassa. Le chien du berger, sans aboyer, s'approcha d'elle. Mamechleen le caressa tant il avait l'air soumis. D'une butte, un homme surveillait le troupeau. Agile, il descendit. Mamechleen lui parla en flamand, le berger leva les bras au ciel, saisit son instrument de musique et joua. Elles l'écoutèrent ; lorsqu'il s'arrêta, elles battirent des mains. L'homme, d'un certain âge, fixa son regard brillant sur la jeune fille. Elle s'en aperçut et rougit. Puis elle enchaîna des mots de latin qu'elle connaissait. L'homme parut comprendre ce sabir. D'un geste, il affirma que le chemin de Florence passait par ce val. Il énuméra *Aulla, Sante Marcello, Pistoia, é a sinistro Prato, é Firenze, Firenze tutto dritto*... Son bras désignait le sentier qui courait au fond de la vallée. Puis il sortit pain et jambon de sa sacoche et, montrant la grange, leur fit signe d'y entrer. Après le repas, qui leur redonna force et courage, Cornélia pria sa nourrice de repartir au plus vite car elle n'avait aucune confiance dans ce berger. Elles le remercièrent et se mirent immédiatement en route à travers l'immensité. Le son de la flûte les accompagna longtemps.

Exténuée, Mamechleen n'approuvait pas ce départ. Elle blâma Cornélia. Croyait-elle qu'il était aisé de la suivre ? Elle se fiait uniquement à ses impressions ; quand prendrait-elle en considération son âge et sa fatigue ? Elle ne pensait pas aux autres, commandait comme son père et comme lui agissait sans jugeote. Dans sa province, on disait : « Qui ne peut arrêter son commandement ne mérite pas la terre… »

Peut-être Cornélia s'était-elle trompée ? Mais elle supplia sa nourrice de ne pas médire au sujet de son père. Plus tôt elles seraient en pays civilisé, mieux cela vaudrait ! Elle avait toujours détesté passer devant des hommes assis qui buvaient et la dévisageaient. Elle haïssait les rires et les regards concupiscents, avait en horreur les infirmes qui l'inspectaient de haut en bas et les femmes pliées en deux qui les accompagnaient et étaient toujours prêtes à la toucher.

Ces vieilles avaient son âge et les mendiants les martyrisaient ! répondit Mamechleen. Étonnée, Cornélia lui assura qu'elle ne ressemblait en rien à ces gueuses mal famées. Comment était-elle restée si vaillante ? C'était sa volonté, ses luttes, le travail et la famille qui l'avaient sauvée. Lorsqu'elle serait usée et rabougrie, alors elle lui demanderait de la mener vers son sommeil définitif…

Cornélia rétorquait : sa tendre nourrice devait être persuadée qu'à tous moments elle l'empêchait de paniquer. Sa seule présence la réconfortait. Comment aurait-elle fait sans elle ? Quand elle ne la voyait plus, elle retombait en enfance. Quelle bonté de l'accompagner, elle qui avait tant peiné ! Mamechleen avouait que jamais de sa vie elle n'aurait cru voir la Méditerranée et bientôt « Firenze ». Maintenant leur querelle était close, elles devaient se taire et marcher, marcher encore…

À ce moment précis, Cornélia regretta de s'être embarquée dans une aventure semblable mais n'en dit mot. Elles longeaient des murailles naturelles chapeautées d'anneaux géants. Un monde minéral bordé d'épineux, de haies de cactus et de touffes de chardons. Parfois, au fond d'une combe, comme au bout du monde, elles apercevaient un village. Mais quand arriveraient-elles ? Quand traversaient-elles les monts Albano que Jan Six lui avait montrés sur une carte ? Étaient-ce ces forteresses hostiles qui les entouraient ?

Elles aperçurent une nouvelle bergerie mais elle semblait abandonnée. Elles croisèrent un paysan sur son mulet qui les salua. Dans un panier, il transportait des fromages. Elles lui en achetèrent six et crurent comprendre qu'elles allaient en direction de Prato, une ville peu éloignée de Florence. Un aigle aux larges ailes planait, piquait, remontait haut dans le ciel, volait et semblait les suivre.

Le soir, elles entrèrent dans un village perché. Mamechleen avançait la première le long de figuiers épais au parfum sucré ; au milieu du chemin un chat blanc dormait, fourrure étalée aux derniers rayons du soleil. Puis elles longèrent des maisons fleuries, certaines possédaient un fronton de marbre blanc sculpté qui indiquait, sans doute, la profession du propriétaire : une roue pour le charron, une pile de bois pour le bûcheron et quelques pains chez le boulanger… Elles allaient à travers un labyrinthe de ruelles, s'arrêtèrent devant un enclos de chevrettes et débouchèrent sur la place où un marchand rangeait son étal. Elles se précipitèrent et, avec leurs dernières pièces, lui achetèrent une grosse miche de pain. Des enfants s'approchèrent ; Cornélia tenta de leur parler, ils se moquèrent d'elle. Sa nourrice emplit la gourde à la fontaine et elles se faufilèrent à travers la montagne pour se reposer loin des humains. Elles franchirent des champs d'orge, des terrasses délimitées par des murets de pierre, là des ânes broutaient une herbe rare, ici des brebis et leurs agneaux bêlaient. Elles entendaient la voix des paysans chantant en chœur. Une cloche sonna huit coups. Elles se glissèrent dans une bergerie à l'écart des habitations. Sans parler, la vieille femme massait ses jambes enflées. Cornélia n'osait ôter ses brodequins tant ses pieds étaient blessés. Elle réussit enfin et, sur les plaies, sa nourrice passa un linge imbibé d'eau fraîche. Elles se régalèrent de pain et de fromage. La jeune fille regardait fixement le ciel, elle y compta sept étoiles, sept peintures perdues…

Et Mamechleen priait afin que cette errance se terminât au plus vite…

Au matin, les deux femmes souffrirent en enfilant leurs souliers ; Cornélia s'emporta et jura. Mamechleen, qui avait l'art de choisir les raccourcis, retrouva vite le bon chemin. Elle laissait sa filleule en tête ; sauf lorsqu'elle jugeait qu'un tournant ou qu'un croisement pouvait être dangereux, malgré sa fatigue elle passait alors la première. À présent une voie allait au-devant d'elles entre des murs de pierres sèches. Derrière il y avait des rangées de cyprès alignées, quenouilles vertes dressées.

« Je ne peux plus compter ces arbres, il y en a trop », disait Cornélia en se baissant parce qu'un lézard venait de chuter d'une pierre. Elle voulut l'attraper mais le reptile lui échappa, pénétra dans une fente, devint invisible.

Puis elles marchèrent sous une charmille, désordre de branches et de feuillages qui ombrait le sol aux dalles de pierre. Au creux d'une rigole, l'eau fraîche coulait et semblait les suivre. En contrebas, dans les jardins, des palmiers se mêlaient aux oliviers et aux arbres fruitiers. Quittant ce lieu champêtre, elles passaient sur un pont enjambant une rivière. Elles écoutèrent un concert de *incrou, incroa, incru…*

« C'est la langue des grenouilles florentines », chuchota la jeune fille.

Elles se reposèrent alors un moment sur la rive. Une locuste aux longues antennes sauta dans la main de Cornélia et la chatouilla. Sans bouger, elle l'examina attentivement, pensant à un bijou vert tendre. Mais, d'un bond, l'insecte aux gros yeux noirs la quitta.

C'est Mamechleen qui se remit en route et Cornélia la suivit. En contrebas s'étendait un long val couvert de cyprès, serrés les uns contre les autres. Elles n'avaient jamais vu autant de ces arbres fins et ne purent s'empêcher de s'arrêter devant la majesté de ce rassemblement.

Beaucoup plus loin, le chemin longeait des buissons de jasmin et des glycines aux senteurs enivrantes. On apercevait des toitures. Un bourg s'annonçait. Était-ce Prato ?

Enfin elles avancèrent le long d'une rue dallée, bordée de riches maisons. Des colonnes de marbre soutenaient les auvents. Des mosaïques représentant poissons et sirènes décoraient les sols, des portraits peints ornaient les murs. Abordaient-elles ce Sud où elles venaient chercher la reconnaissance de Rembrandt ? Atteindraient-elles enfin leur but ? Elles croisèrent des passants qui détournèrent la tête ou leur lancèrent des regards hostiles. Avaient-elles l'air si misérable ? La peur les envahit et elles préférèrent fuir cette agglomération. Elles empruntèrent une piste qui grimpait. Elles avançaient d'un pas lourd, assommées par la chaleur poisseuse. Seul le chant des cigales les accompagnait. Elles perdaient courage sans savoir qu'elles étaient sur le point d'atteindre leur destination.

Soudain, au sommet, elles virent face à elles la cité. Nichée dans une large vallée, brillante de soleil, cernée de murailles laiteuses, pointée de clochers, de tours, de coupoles et coupée littéralement par un fleuve que deux ponts enjambaient, Florence s'étendait telle une irréalité. De loin, la ville si longtemps rêvée les stupéfia. De ce sommet aux senteurs de menthe et d'herbe sèche, elles observèrent longuement « Firenze ». Un porcher passa à cheval suivi de truies et de gorets, puis l'homme et les animaux s'éloignèrent. Au centre des monts, la ville resplendissait. Elles échangèrent un regard, se virent cheveux en bataille, habits sales et déchirés, souliers crottés. Alors Cornélia enfila son unique robe et, tournoyant, elle partit d'un rire incontrôlable qui la secouait. Elle riait, tournait, se courbait, se relevait et riait encore. Soudain elle s'arrêta, sur ses joues des larmes coulaient. Silencieuse et pâle, Mamechleen les essuya par de petites caresses. Au loin, une église à la façade de marbre blanc attira leur regard. Elles allèrent jusqu'au parvis, où elles découvrirent une mosaïque dorée.

Exténuée, la vieille femme s'assit sur un banc face à des parterres de cistes roses. Elles partagèrent leur dernier morceau de pain et un vol d'étourneaux s'approcha, quelques oiseaux picorèrent les miettes.

Une heure plus tard, Cornélia courait sur le chemin qui s'élargissait à l'approche de la ville. Mamechleen ne pouvait pas la suivre et, à son rythme lent, elle parcourait la distance qui la séparait de Florence.

Le long de la muraille, Cornélia l'attendait, impatiente mais timide, tant elle se jugeait sale, mal coiffée et pauvrement vêtue par rapport aux Florentins et Florentines qui passaient. La joie se mêlait à la honte. Observant sa nourrice le dos voûté, les joues creusées et le teint aussi gris que sa vieille robe, elle s'inquiéta.

Réunies devant la porte de Miniato, la jeune fille tendit la lettre de Jan Six. Le garde la lui rendit et l'accueillit d'une phrase qu'elle ne comprit pas. Elle questionna : « *Il Palazzo Medici, per favore ?* » Il lui désigna une longue rue, elle imagina que c'était tout droit.

Main dans la main, elles avancèrent lentement dans une artère encombrée, effrayées par l'animation et les bruits. Elles débouchèrent devant une immense église, tout près s'élevait un campanile. Là, Cornélia demanda son chemin. Un seigneur lui indiqua la direction du palais des Médicis. Enfin les deux femmes atteignirent une gigantesque place, décorée de statues comme elles n'en avaient jamais vues. Face à elles, le palais s'élevait, puissant et protecteur.

XVI

Cornélia entraîna Mamechleen vers l'entrée et montra sa lettre d'introduction qui passa de main en main. Un page arriva, prit la missive, disparut. Elles avaient honte de se présenter ainsi et sans tableaux. Heureusement le jeune page revint, leur posa des questions qu'elles ne comprirent pas et repartit. L'attente leur parut interminable. Enfin un traducteur se présenta. La jeune fille put décliner son identité, parler du but de leur voyage et du vol des tableaux. Invitées à entrer dans le palais, elles attendirent encore, puis furent conduites chacune dans une chambre aussi grande qu'une église. À bout de forces, elles s'allongèrent sur l'immense lit à baldaquin, incapables de prendre conscience qu'elles étaient enfin arrivées.

Quelques heures plus tard, des servantes entraient, installaient une baignoire, la remplissaient d'eau, d'huiles et d'herbes aromatiques. Puis, dans chaque chambre, la même cérémonie se répétait : on les lavait, les séchait, les poudrait. Elles enfilèrent les robes neuves qu'on leur tendait. Le traducteur revint. Cornélia le remercia d'autant plus que deux pages leur servaient un copieux repas composé de mets nouveaux et savoureux et accompagné de vin blanc ; Mamechleen refusa d'y goûter, en revanche la jeune fille trouva cette boisson exquise. L'homme parlant leur langue se disait peintre. Durant leur séjour il serait leur cicérone. Il avait l'honneur de leur annoncer que le duc Cosme III de Médicis les recevrait le lendemain en début d'après-midi.

Dans la douceur de draps de soie mais sous une couverture de laine, Mamechleen tremblait. Elle ne réussissait pas à se réchauffer malgré l'été florentin, sec et brûlant.

Fière d'être arrivée et si bien reçue, Cornélia admira la chambre digne d'un prince ou d'une princesse et s'endormit au centre de son vaste lit. Mais elle rêva qu'elle devait traverser une curieuse pièce toute décorée d'objets de verre. Sur des étagères basses se serraient des flûtes légères, des gobelets à pied couverts de dorure, des corbeilles aux bouquets de fleurs transparentes, des coupes tout en verre soufflé. Au sol, des amphores translucides, des pots hyalins, des vases cristallins. Un minuscule chemin était dessiné au centre. Sans rien casser, Cornélia devait le parcourir. Mais, à chaque pas, les objets de verre se mettaient à vibrer, à bouger, à danser. Cependant elle se sentait obligée d'avancer. Une lourde menace pesait sur elle et sa vie dépendait de cette traversée. Elle faisait un pas, deux pas, tout chavirait ; un troisième, tout explosait. De nombreux éclats de verre se fichaient dans son visage et sur son corps. Ensanglantée, les yeux touchés… Elle se réveilla.

Cornélia caressa ses paupières, ses joues, ses bras et constata que ce n'était qu'un cauchemar ; elle tenta de se souvenir de l'aspect étonnant de cette présentation tout en transparence et reflets miroitants mais à nouveau l'angoisse l'envahit.

Au loin les cloches sonnèrent cinq coups. Un page frappa et déposa dans la chambre sucreries et fruits parfumés. Le rêve s'effaça.

Malgré la perte des peintures, malgré l'effroyable périple, dans ce palais Cornélia se sentait protégée et elle rejoignit sa nourrice. Sans se rendre compte de son épuisement, elle lui montra un lavabo de pierre dissimulé dans un placard ainsi qu'une porte qui cachait un cabinet d'aisances.

De son lit, Mamechleen faisait des efforts pour se redresser. Essoufflée, elle regardait autour d'elle et s'étonnait de tout. Elle se rappelait le cabanon, dans la cour à Rozengracht.

« Avec toi, fille entêtée et risque-tout, ma vieillesse verra l'incroyable », chuchotait-elle d'une voix à peine audible.

Le lendemain, Bombo et Guido, les deux pages attribués à Cornélia et à Mamechleen, conduisaient la jeune fille à travers une suite de salons vers la pièce de réception du duc Cosme III. Van Amperten, le traducteur, les accompagnait. Affaiblie, la vieille femme avait refusé de participer à cette visite.

Cosme III vint à la rencontre de Cornélia, la salua et déposa un baiser sur son front. Puis il lui désigna deux peintures de Rembrandt qui trônaient sur des chevalets. Elle sentit le vertige l'envahir, s'appuya sur le bras d'un fauteuil et tremblante regarda l'autoportrait de son père ; il lui faisait face, à côté de Titus enfant, son cher frère ici présent. Elle ne put que chuchoter : « Je suis confuse… »

Le duc la priait de s'asseoir et souhaitait la rassurer en lui disant que ces tableaux lui appartenaient. Ses officiers n'avaient pu saisir que deux toiles, mais ils espéraient retrouver l'ensemble de ses biens dérobés. Cosme III souhaitait savoir avec précision ce qui lui avait été enlevé à Gênes.

Elle lui répondit que sept des plus belles peintures de son père et quatorze dessins et gravures avaient été volés. Elle avait honte de s'être laissé dépouiller ainsi. Elle transportait cinq toiles qu'elle souhaitait lui offrir ainsi que des œuvres mineures mais remarquables. Elle les avait choisies avec attention et, à l'exception du portrait de son frère qui symbolisait son porte-bonheur, toutes lui étaient destinées. Il y avait des portraits de sa mère, de sa grand-mère, d'un vieil homme, de Bethsabée, et un paysage.

Il répliqua qu'il tenait à lui rendre ces deux œuvres. La jeune fille refusa, le priant d'accepter le dernier autoportrait de son père. À son tour, Cosme III la remercia et décida que ce chef-d'œuvre jouxterait les deux autoportraits qu'elle aurait le plaisir de voir à la tribune des Offices. Elle allait visiter son musée, dans lequel elle pourrait admirer un *Rabbin*, un premier autoportrait de Rembrandt jeune et un second daté de 1755, deux peintures achetées à son père. Se souvenait-elle de Lorenzo Magalotti ? Son accompagnateur lors de son dernier voyage à travers les Provinces-Unies. Il était venu la saluer. Bien que très jeune, elle l'avait aimablement reçu dans leur maison amstellodamoise. Lors de ses visites d'ateliers en Europe du Nord, il avait apprécié la peinture flamande, acquis deux Rembrandt, un Lucas de Leyde et un Jan Van der Heyden. Ses ancêtres avaient collectionné les autoportraits, ils faisaient l'objet d'une exposition particulière. Des peintres de tous les pays en envoyaient.

Elle se rappelait parfaitement le jour de leur visite. Plusieurs mois après la mort de son père, Jan Six, collectionneur et savant, l'avait invitée à entendre la lecture de son *Voyage en Italie*. Elle se devait de lui raconter que ce soir-là avait germé en elle l'idée de venir à Florence. Elle voulait savoir si Rembrandt – quelque peu délaissé à Amsterdam – y était encore apprécié par le duc lui-même ainsi que par d'autres amateurs d'art.

Les Médicis étaient des mécènes éminents, disait-il. Les Florentins vénéraient les peintres flamands. Une preuve vivante : Van Amperten, son traducteur et compatriote, s'était installé dans la cité il y avait plus de six années. Tous les citadins étaient fiers de l'arrivée de Cornélia Rembrandt. Il souhaita savoir si elle peignait également. Non ! Elle n'était que la fille de Rembrandt et, face à son talent, elle n'avait jamais pu…

Il l'assura que la visite de toutes les collections se ferait prochainement et lui offrit de nombreux cadeaux ainsi qu'un objet pour sa préceptrice. Deux bourses les dédommageraient de ces odieux vols et il espérait qu'elle participerait avec joie aux fêtes florentines ; elle y figurerait parmi les invités d'honneur. Il la félicita encore, conscient de sa persévérance et de son courage. À son tour Cornélia s'inclina et sortit les bras chargés de présents.

Mamechleen dut s'asseoir dans son lit pour admirer tous les cadeaux. Mais qu'avait-elle ? Son visage était devenu blanc comme du marbre et elle respirait avec difficulté. Cornélia glissait un coussin sous sa tête et l'encourageait à dormir. Elle respirait de plus en plus difficilement. Mais la jeune fille, pensant la réconforter, ne pouvait s'empêcher de lui dire comme elle était heureuse que les portraits de Titus et de son père fussent retrouvés.

Prenant sa main glacée, tout bas, elle ajoutait :

« Repose-toi. Que le temps passé dans ce palais te redonne force et santé… Je sais combien tu as souffert, ma tendre nourrice. Je connais ta vie de petite fille mal aimée. Tu m'as conté ta reconnaissance envers Saskia, qui t'a amenée à nous. Plus tard c'est toi qui as sauvé ma mère, avec qui tu es devenue amie. Je sais les séparations que tu as vécues. Toutes ces vies inachevées. Mon père t'a longtemps considérée comme une servante, mais il avait de l'estime pour toi et, à la fin de sa vie, il m'a confiée à toi. Tu te rappelles comme les derniers jours il nous confondait l'une et l'autre… Je crois que j'ai deviné ton secret. Je suis contente que tu te reposes. Tu comprends trop de choses, chère Mamechleen. Lorsque, cachée, j'ai observé la naissance de Simon, je t'ai soupçonnée d'avoir mis, toi aussi, un enfant au monde. Tu savais trop bien t'y prendre, tu avais les gestes exacts, mesurés, parfaits, tu étais si près de Camille et de son bébé. Ton émotion n'avait-elle pas à voir avec un moment vécu ? Ton instinct de mère ne s'est-il pas révélé à moi qui suis innocente en la matière ? Tu as soigné le petit Simon avec une telle tendresse, un tel amour. Lorsque tu te réveilleras, nous en parlerons – si tu le veux et si j'ai raison, bien sûr ! Mamechleen, ma protectrice, j'écoute ton souffle rare. Par pitié, reprends des couleurs… Ton cœur semble battre plus sagement. Sache que Cosme III m'a parlé en termes affectueux de mon père et qu'il nous accueille comme des invitées d'honneur. Imagine, *Titus enfant* et le dernier autoportrait de Rembrandt sont revenus vers nous. Le portrait de mon frère auquel je tiens plus qu'à ma propre vie. J'ai confiance dans les informateurs du palais, ils recherchent les tableaux, et les voleurs seront punis, m'a-t-on assuré.

« Tu ouvres les yeux, je te montre ton cadeau : un coquillage, une conque irisée montée sur deux pieds galbés et nacrés… Moi j'ai reçu cette statuette d'or et ce pendentif cerné d'un ruisseau de perles. Repose-toi encore, je tiens ta main.

— Parle-moi, petite, tu es le gage de mon repos. Parle… »

Cornélia reprit sa mélopée jusqu'à l'endormissement complet de sa nourrice.

C'est alors qu'à la porte de la chambre le peintre flamand Van Amperten frappait. Répondant à l'ordre de Cosme III, il venait chercher Cornélia afin qu'elle visitât la ville.

Elle hésitait. Mais il demanda qu'une servante veillât sa gouvernante, ainsi tous deux pourraient s'échapper.

Cornélia n'osa pas refuser.

Cet homme d'âge mûr, au long visage couvert d'une barbe blonde, aux yeux noirs et brillants d'autorité, à la voix aiguë, ne lui plaisait guère ; mais il était le seul à parler flamand. D'un pas rapide, bien qu'il claudiquât légèrement, il l'entraîna hors du palais. Pas un regard pour les statues géantes symbolisant dieux et déesses antiques ; pas un coup d'œil pour la belle fontaine de pierre sculptée. Il coupa à travers la foule sur la place de la Seigneurie, salua un cavalier et se dirigea vers la cathédrale. Le long du chemin, il criait.

« Tu dois savoir que l'ancêtre des Médicis, Cosme Ier… Mais connais-tu l'origine de ce mot ? Bien sûr que non ! Médicis vient de "médecin", *medicus* en latin, car Jean di Bicci, leur très lointain aïeul, vendait des plantes médicinales. Fermons la parenthèse et revenons à Cosme Ier, dit l'Ancien : il était né en 1389 et mort en 1464. Souviens-toi de ces deux dates ! Entre, il a créé Florence. Il a rassemblé auprès de lui les meilleurs artistes de son siècle, le Quattrocento. Il leur a passé commande. Astucieux comme Machiavel, il dirigea la République florentine. Cosme Ier développa le commerce de la laine. Il ouvrit fabriques et banques dans toute l'Europe. Mais, esthète, il aimait l'architecture, la sculpture et la peinture. Il fonda la première Académie. »

Timidement, Cornélia lui répondait qu'elle était au courant – Jan Six lui en avait parlé –, qu'elle aurait aimé la visiter. Hum ! C'était impossible, parce qu'elle était une fille et bien trop jeune en plus !

À son ton cassant, Cornélia comprit qu'elle ne pourrait jamais influencer son guide. Il reprit :

« Depuis le XVe siècle tous les Médicis ont encouragé et soutenu les artistes.

— Vous aussi ? osa-t-elle demander.

— Oui ! C'est une des raisons pour lesquelles je me suis établi définitivement à Florence, chère demoiselle. »

Il poursuivait avec ces phrases répétées par Cosme Ier et devenues légendaires :

Riches et puissants, entourez-vous d'artistes, de philosophes et de poètes.

Eux ne vous jalouseront pas et resteront toujours vos amis.

Et si vous avez su les choisir, vous traverserez les siècles.

Ils arrivèrent face à une imposante église à la façade de marbre blanc. Cornélia s'étonnait des décorations et des nombreux saints de pierre qui se dressaient dans des niches de marbre. Lorsqu'ils eurent franchi la porte, la jeune fille demeura stupéfiée par l'immensité. Aucune des églises d'Amsterdam ne possédait de telles dimensions. Tout paraissait gigantesque. Elle se sentit soudain petite, très petite. Mais déjà Van Amperten désignait un vitrail rond de Donatello.

« C'est le plus grand sculpteur du Quattrocento. Aussi illustre que Michel-Ange. Admire donc *Le Couronnement de la Vierge*. Tu dois savoir que Santa Maria del Fiore est la cathédrale vouée à la Madone. Au-dessous, la première horloge publique. Maintenant, contemple les anges vernissés, tout en ronde bosse. Une œuvre d'une famille de faïenciers célèbres, les Della Robia. Tu remarqueras que ces céramiques, très souvent blanc et bleu, égaient la ville entière. Trois générations se sont succédé et ont essaimé ces œuvres d'art dans tout Florence. »

Van Amperten s'arrêta devant une fresque.

« Ici Paolo Uccello a peint le condottiere Giovanni Acuto. Aux rondeurs de la croupe de son cheval s'oppose sa lance droite. Paolo Uccello : la variation entre courbes et verticales. Paolo Uccello, la forme arquée et l'élan ascensionnel. Tu t'en souviendras ? »

Au pas cadencé, les deux visiteurs se dirigèrent vers le chœur.

« Contemple la coupole peinte, la plus haute du monde. Elle mesure quarante-cinq mètres de diamètre. Tu imagines ? Observant l'antique, Brunelleschi n'a pas utilisé l'arc-boutant, mais a inventé d'emboîter l'une dans l'autre deux coupoles. Totale réussite ! »

Ils quittèrent alors l'église et s'arrêtèrent face au Campanile.

« Cette haute tour abrite les cloches. Comme Santa Maria del Fiore, observe la marqueterie de marbre blanc, de serpentine verte et de paésine rouge. Connais-tu Giotto ? »

Elle répondait qu'il avait couvert de fresques tous les murs d'une chapelle à Padoue…

« Très bien, mademoiselle. On voit que tu es fille de peintre ! Chargé de la construction du Campanile, Giotto mourut avant de l'avoir terminé. Maintenant, allons visiter le baptistère. »

Déroutée, Cornélia détaillait la coupole du dôme couverte de mosaïques dorées, essayant de distinguer la Genèse, le Déluge, le Paradis, l'Enfer… C'était surprenant, mais elle souffrait de douleurs dans le dos. Bientôt elle dirigea son regard vers les statues de Michel-Ange qui représentaient des personnages à peine nés de la pierre. À la sortie, son traducteur lui désigna une immense porte couverte de panneaux de bronze illustrant la Genèse.

« Vingt-sept années de travail ! Des sculpteurs, des orfèvres, des bronziers, dirigés par Lorenzo Ghiberti, décorèrent les quatre portes du baptistère. Chacune est orientée vers un des points cardinaux. Tu regarderas attentivement la finesse des visages, les proportions des corps, les perspectives et les fonds. Chaque bas-relief symbolise un tableau de la Bible. Allons nous reposer à l'auberge et je te raconterai la suite. »

Cornélia voulait rentrer au palais, mais son guide ne la laissait pas parler. Après s'être désaltéré de vin léger, il décida de visiter encore la chapelle et de voir *Le Cortège des Mages*.

Bien que fatiguée, Cornélia étouffa un petit cri devant ces immenses fresques colorées qui recouvraient tous les murs. Un défilé grandiose, des personnages à la présence réelle, à l'élégance raffinée, un jeune seigneur à cheval menant le convoi suivi de mages et de dignitaires... Au loin, dans une nature familière, des scènes de chasse... Gozzoli avait peint ces fresques qui représentaient les Médicis au temps de Laurent le Magnifique. Sur l'autel, une jeune Madone serrant son enfant attira le regard de Cornélia.

« Cette Vierge est de Filippo Lippi. Jeune fille, que penses-tu de ce tableau?

— L'enfant apparaît comme un trésor pour sa mère, une source de bonheur. J'aime leurs joues qui se touchent. »

Pour la première fois, Cornélia ne vit que cet amour partagé qui lui communiqua l'envie de posséder un nourrisson qui lui appartînt. Mais ce fut l'image de sa mère qui apparut devant ses yeux.

Pendant ce temps, Van Amperten retournait le tableau et lui demandait d'observer la tête de saint Jérôme dessiné derrière la Vierge. Étonnée, elle pensa à un dessin de Rembrandt. Mais, promptement, son guide reposait la Vierge.

Dans la rue aux étals colorés, le Flamand déversait des paroles à un rythme précipité.

« Tu ne connais pas la curieuse vie de Filippo Lippi? Un enfant trouvé. Élevé par des prostituées. Puis il devint moine, histoire de se protéger. Il eut une vie totalement dissolue. Frère Filippo se roulait dans la fange des bordels. Il adorait, peignait et sanctifiait les ribaudes. Il tomba amoureux d'une nonne qu'il représenta en Vierge Marie. Il l'engrossa. Elle quitta le couvent et il l'épousa. Ils eurent le petit Filippino. Il se fit peintre comme son père. Filippo Lippi et Masaccio décorèrent la chapelle à Santa Maria del Carmine. Nous la visiterons. Lippi peignait comme il respirait. Il a inventé un style que Cosme l'Ancien appréciait. Ses personnages peints s'élèvent, dansent. Il a eu comme élève le grand Botticelli. Cosme Ier le protégea tout au long de sa scandaleuse vie. Tu es perdue bien sûr ? »

Cornélia répondait qu'elle le suivait sans s'égarer.

Alors il continuait :

« Empoisonné, le Filippo Lippi ! Oui, par un mari jaloux ! Botticelli devint alors le maître de son fils. Allons voir l'église San Lorenzo. Encore une réussite de Brunelleschi ! »

S'inquiétant au sujet de Mamechleen, elle souhaitait rentrer au Palazzo le plus vite possible. Mais, devant le ton impérieux de Van Amperten, elle se taisait.

« Voilà une *Annonciation* de Filippo Lippi, tout comme la Vierge du palais… »

Cornélia osa alors dire qu'elle se croyait devant un dessin de son père, celui sur lequel Marie ressemble à une enfant si effarée qu'elle se cache sous l'aile de l'ange.

« Assez de Rembrandt ! Rappelle-toi que tu es en Italie ! Admire ce mouvement : la Vierge et l'ange n'ont pas le droit de se toucher. Un étrange carafon transparent symbolise leur séparation. Ici, la fleur de lys, elle évoque la pureté. Ton père ne peignait pas des scènes aussi subtiles ! Observe la manière dont Marie se penche tout en refusant d'avancer. Observe sa main gracieuse. À distance et à genoux, l'ange souffle les mots qui annoncent. Ouvre les yeux ma fille ! Religieuse, la peinture de Lippi possède aussi un petit air flamand. Ça, je te l'accorde ! Au fur et à mesure que grandissait son amour pour l'ancienne nonne Lucrezia Buti, son pinceau s'affirmait. Il quittait l'influence de ses deux maîtres, Fra Angelico et Masaccio. Frère Lippi se libérait, inventait, innovait. Au sculpteur Donatello, il empruntait la souplesse du mouvement… »

Cornélia chuchotait que Lippi est un peintre qui égrène la douceur. Timidement elle questionna son mentor, ayant remarqué sa passion et sa voix plus chaude lorsqu'il parlait de peinture.

« Et vous, que peignez-vous ? »

Il affirmait :

« Des portraits, des portraits uniquement, comme les vieux Flamands. »

Se retournant, Van Amperten saisit le menton de la jeune fille, observa son visage tout en proclamant qu'elle pourrait poser pour lui. Cornélia la Flamande !

Elle déclarait que la fille de Rembrandt ne posait jamais. Son père l'avait peinte une seule fois. Elle détestait être modèle et le priait de l'excuser.

Elle ferait comme elle voudrait. Mais elle devait venir visiter son atelier, face au pont Santa Trinita. S'en souviendrait-elle ? Il lui montrerait ses œuvres.

Tout en le remerciant, elle insista pour rentrer au Palazzo vers sa nourrice malade. Il accepta de l'y reconduire.

Toujours diaphane, Mamechleen dormait. Cornélia s'allongea près d'elle et tenta de réchauffer ses mains glacées. Elle se sentait irritée contre Van Amperten. Il semblait la mépriser, la considérait comme une enfant et se fâchait dès qu'elle prononçait le nom de son père. Pensait-il qu'elle n'avait aucune connaissance, aucun jugement ? Elle savait désormais qu'il lui serait impossible d'amadouer la seule personne avec qui elle pouvait parler. La solution n'était-elle pas d'apprendre des bribes de la langue de Toscane ? Demain elle demanderait à Cosme III de prendre des leçons. Elle se voyait déjà capable de pouvoir deviser et, sur cette impression, elle s'assoupit.

Lorsqu'elle se réveilla elle crut vivre un cauchemar. À ses côtés Mamechleen était livide, glacée et sans connaissance. Elle courut vers le page et réclama la visite d'un médecin. Elle ne réussit pas à se faire comprendre alors que sa nourrice se mourait, elle en était certaine. Chaque interlocuteur la renvoyait. Désespérée, elle franchit le seuil de la bibliothèque où un vieux moine l'écouta enfin. Dans son sabir latin, elle tenta de lui expliquer la situation et le tira par la main jusqu'à la chambre. Le moine observa la vieille femme au teint cireux, lui prit le pouls et sortit.

Étaient-elles à nouveau délaissées ? Non ! Un homme vêtu de noir entra, suivi du moine. C'était un médecin. Il se pencha sur la malade, l'ausculta avec attention, mit son oreille contre sa poitrine et se redressa. À ce moment, la malade ouvrit les yeux et, à la vue de la jeune fille, une ébauche de sourire s'inscrivit sur son visage. Le médecin les quitta sans rien dire. Allait-elle mourir sans aucun soin ? s'interrogeait Cornélia. Mais Guido apporta une tisane que Mamechleen devait boire. Aidée par le moine, Cornélia réussit à lui faire avaler le liquide. La malade saisit sa main. Dans un souffle, elle murmura : « Ma fille… »

Le moine leur sourit, prononça une prière et les laissa.

Après ce temps d'angoisse, Cornélia ne quittait plus sa nourrice qui n'avait pas la force de parler. Toutes les trois heures, Bombo ou Guido apportaient des boissons médicinales et des fruits délicieux. Cornélia faisait boire la malade et essayait en vain de la nourrir.

Les journées se déroulaient dans la solitude. Mais ce repos forcé, à des degrés différents, améliorait peu à peu la santé de Mamechleen et effaçait toute trace de fatigue chez la jeune fille. Elle eut l'audace de parcourir la cité et d'acheter les vêtements nécessaires afin de reconstituer une garde-robe pour sa nourrice et pour elle-même.

Au Palazzo, elle retourna à la bibliothèque aux murs de bois chantourné et au beau plafond peint. Elle y rencontra le moine, qu'elle désignait déjà comme son ami. Penché sur un incunable, il lui montra une miniature sur fond d'azur, un saint marchant le long d'un chemin guilloché d'or, entouré de fleurs et de grappes de fruits. Il se leva, revint et lui tendit un manuscrit qu'elle feuilleta. Plus que les miniatures, réels tableaux, elle apprécia les majuscules enluminées. Elle analysa le dessin en relief d'un *V*, le jeu de courbes d'un *O* ou la géométrie d'un *H*. Elle pensa qu'elle pourrait les recopier ; elle n'avait qu'à s'acheter parchemin, plumes et encre. Et si, à propos de ce voyage à Florence, elle écrivait ses découvertes dans un cahier, à leur retour elle pourrait l'offrir à Jan Six. C'était l'affreux Van Amperten qui avait provoqué sa colère, lorsqu'il s'était moqué des peintres – ou de leur fille – qui débarquaient à Florence juste pour dire : « J'ai fait le voyage en Italie ! Et je vais rédiger quelques souvenirs… » Elle s'était retenue de le contredire mais il l'avait inspirée. Se vengeant de ses propos, elle décrirait la Toscane, ses paysages, Florence ville unique, l'art qu'elle découvrait, l'hospitalité courtoise des Médicis…

Alors le moine lui fit signe de le suivre dans un long corridor. Il glissa une clé ouvragée dans la serrure d'une porte au fronton de marbre. Ils entrèrent. Face à elle, un immense globe, monté sur quatre pieds de fer forgé, représentait la planète. Et tous les murs de cette pièce étaient couverts de cartes de géographie. Elle put lire MOSCOVIA, ARMENIA, ARABIA, PERSIA ; sur l'autre mur, elle vit FRANCIA, ITALIA, PRUSSIA, découvrit enfin FLANDRIA. Au cœur des Provinces-Unies, son nouvel ami lui désigna Amsterdam puis Anvers. Cornélia tenta de lui faire comprendre son enthousiasme pour le Cabinet des cartes. Avec générosité, le moine lui en confia la clé et cette vaste pièce devint son lieu favori.

Elle aimait cette retraite à l'écart où elle imaginait des voyages autour du monde. Elle se répétait les noms des lointains pays et, à l'opposé de son père, elle pouvait rêver à de futurs périples. Ce lieu ne l'influencerait-il pas un jour ?

XVII

Le page Bombo avait prévenu les deux femmes que le duc leur présenterait les œuvres de la galerie des Offices le jour suivant. Cornélia attendait avec impatience cette visite.

En début d'après-midi, un coup violent résonna contre la porte de sa chambre, Cornélia courut ouvrir et tomba dans les bras de Van Amperten. Elle fit un bond en arrière, le salua et ne put s'empêcher de rire. Il venait l'avertir que Cosme III s'apprêtait à présenter ses collections aux ambassadeurs et à quelques invités dont elle faisait partie. Sous le regard ironique du peintre flamand, elle glissa à son cou le cadeau du Médicis et recouvrit ses épaules d'un châle de dentelle, un de ses achats florentins. Elle prévint Mamechleen qui se reposait, encore très affaiblie. Cornélia suivit son traducteur qui marchait d'un pas de soldat à travers des couloirs couverts de peintures. Dans le vaste bureau ducal, deux ambassadeurs attendaient. Entrèrent Cosme III et sa fille vêtue d'une robe toute brodée de perles. L'enfant lui offrit une rose et en serra une sur son cœur.

À ses invités le duc décrivit Florence, cité qui s'enorgueillissait de plus de cent palais, de cinquante places et de cent huit églises. Ses murailles la protégeaient mais l'étouffaient en même temps. Il racontait la construction des demeures faites de pierres bosselées, la *pietra serena*, et leurs fenêtres géminées, entourées de marbre blanc. Au dernier étage le grand inventeur Brunelleschi avait créé des rangées de fenestrons ronds, qu'il avait nommés « œils-de-bœuf ».

Il poursuivit :

« Mes ancêtres ont toujours soutenu les arts : au début du XVe siècle, Cosme Ier a promu le sculpteur Donatello. Voyez cette stèle de la Vierge à l'Enfant, tout en harmonie. C'est Cosme Ier qui a fait édifier le couvent de San Marco décoré par Fra Angelico. Il protégea et défendit l'impertinent peintre Filippo Lippi. Si la gloire va aux ducs et aux princes, les artistes nous honorent et nous obligent… Ils représentent le meilleur de nous-mêmes. Le passage sur terre de mes ancêtres a été marqué par les œuvres que vous allez bientôt découvrir ; quant à moi, je poursuis avec ardeur leur tâche. Comme l'avait écrit jadis le poète Ficin, je conclurai :

Aimer les arts c'est aimer la beauté
Aimer Florence c'est la partager
Soyez Florentin et vous serez récompensé. »

Le cortège démarrait. Une promenade à travers le Palazzo débouchait sur un large corridor de plus d'un kilomètre de long qui menait à la galerie des Offices construite par l'artiste grandissime Vasari, le premier qui avait écrit des chroniques sur la vie des peintres.

Van Amperten soufflait à l'oreille de Cornélia :

« Vois-tu, tout le long, les petites fenêtres qui s'ouvrent sur l'Arno ? Sur le Ponte Vecchio et au-dessus des ruelles ? C'est de là que Cosme Ier de Médicis pouvait épier ses concitoyens ! Il écoutait les rumeurs qui se propageaient. Ainsi il déjouait intrigues et complots, toujours possibles à Florence. Ainsi, dit la légende, il échappa plusieurs fois à ceux qui voulaient le tuer. »

Bientôt le groupe s'arrêtait devant *L'Adoration des mages* du peintre Botticelli, une présentation de la famille Médicis. Cornélia contempla l'ancêtre à genoux, Laurent à gauche et son frère Julien à droite, à l'extrémité le peintre boudait en se dissimulant presque. La petite Anna-Maria-Louisa s'inclina dans une révérence gracieuse devant ses célèbres aïeux. Succédèrent des portraits de Cosme Ier, de son épouse Éléonore de Tolède et de leur fils, François, peints par Bronzino. Puis une nouvelle halte devant Laurent le Magnifique. Enfin Cosme III se dit fier de montrer à la voyageuse venue d'Amsterdam François de Médicis, dans une œuvre du peintre du Nord Van Douven.

L'assemblée pénétra dans la galerie des Offices. Des seigneurs venaient saluer le duc et ses visiteurs. Comme Anna-Maria-Louisa, Cornélia, qui s'ennuyait un peu, joua à ébaucher une révérence. Des statues semblaient les attendre tout le long d'un immense hall.

Alors ils entrèrent dans une première salle où l'un des nouveaux visiteurs présenta une *Annonciation* de Simone Martini. Cornélia n'avait jamais vu, sur un fond d'or, un ange si gracieux tendre une branche de lys à une Vierge fragile.

« Ce peintre de la fin du XIIIe siècle accompagna le pape jusqu'en Avignon et devint le chef de file de la peinture de cette cité française », lui murmurait Van Amperten.

Cornélia se rappela alors la halte du bateau face aux murailles. Elle eut soudain l'impression d'avoir incroyablement vieilli depuis cette descente du Rhône qui datait d'il y a deux mois à peine ! Puis tous les invités se regroupèrent devant une Vierge bleue peinte par Taddeo Gaddi.

« Un nom que tu dois retenir ! », lui susurra son guide. Il l'agaçait et lui désignait une *Adoration des mages* couverte d'or et de pierres précieuses. Elle devait se rappeler que le commanditaire imposait au peintre ses souhaits de rubis, d'opales et de lapis-lazulis, mais il payait en conséquence. Cette toile lui déplut par sa magnificence même.

La jeune Anna-Maria-Louisa prit Cornélia par la main, la tira, lui désignant une minuscule peinture où une jeune Vierge chatouillait son nourrisson qui riait. « Un tableau de Masaccio », comprenait-elle. Cette multitude de Vierges l'étourdissait. Mais n'avait-elle pas changé de pays et de religion ?

Le cortège se reformait et Cosme III prenait la parole devant *La Bataille de San Romano* ; il disait que les trois combats peints par Paolo Uccello vers 1456 avaient décoré la chambre de Laurent de Médicis tout au long de sa vie. Dans un infernal mouvement, les lourds chevaux s'opposaient ou étaient victimes des jets de lances. « Une bataille entre rondeurs et lignes droites, un jeu entre orange, blanc et gris », ne pouvait s'empêcher de lui répéter Van Amperten.

Avec Anna-Maria-Louisa, Cornélia se glissait à l'écart du groupe et contemplait deux portraits de Raphaël. Élisabeth Gonzago au jeune visage fier, un scorpion d'or lui barrant le front.

« Son mari, Guidobaldo da Montefeltro, duc d'Urbino, descendait des Médicis », articulait la petite fille.

Cornélia observait le duc au regard impénétrable ; il se tenait droit devant un paysage figurant les collines de Toscane qu'elle reconnaissait. *Ces époux paraissaient chacun enfermés dans leur énigmatique secret*, pensa Cornélia. Elle se souvenait de l'admiration sans égale de son père pour ce peintre italien. N'était-ce pas de lui, ce fameux portrait de Baltasar Castiglione qu'il n'avait pu acheter ? Comme son rêve avait échoué, il avait barbouillé un Raphaël-Rembrandt et, à Amsterdam, elle avait la chance de le posséder.

Tous entraient dans une immense salle où étaient exposées des peintures de Botticelli. Dans un silence palpable, chacun admirait ces jeunes filles fleuries qui surprenaient par leur charme, leur douceur, leur fluidité. *La Naissance de Vénus* ou *Le Printemps* ainsi qu'une *Nativité* étonnaient Cornélia par un style aux antipodes de celui de Rembrandt. Soudain elle ne savait pas si elle aimait et avait l'impression de ne pas être capable d'assimiler des courants si différents. Pour la première fois, elle entrevoyait la multiplicité des époques et des écoles.

Van Amperten exigeait qu'elle remarquât les lignes de Botticelli, ondoyantes, juvéniles, musicales ; par le dessin il décrivait, par la légèreté des couleurs il atteignait la perfection ; il voulait qu'elle contemplât le ciel et la mer semés de fleurs roses…

Elle tentait d'avancer seule et se laissait surprendre à la vue d'une nouvelle *Annonciation*. Dans une verrière, une jeune Vierge restait interdite, main levée devant l'ange qui la suppliait de l'écouter. Cornélia se passionna pour ce tableau signé Lorenzo Credi. Elle ne connaissait pas l'exécutant, mais entre l'ange et la Vierge circulait une étrange intimité. Au centre du tableau, l'allée d'un parc semblait unir, tout en les séparant, les deux personnages.

Cornélia souhaitait s'arrêter quelques minutes, mais Anna-Maria-Louisa prononçait le nom de Giorgione ; la jeune fille se revoyait à la soirée chez Jean Six. Éblouie par tous ces styles, elle décidait de prendre son temps devant *Les Trois Âges de l'homme* de cet artiste vénitien. Un élégant trio : au centre, un jeune garçon à l'expression encore enfantine, et son maître qui lui enseignait la musique. Seul le vieil homme fatigué regardait les visiteurs ; devinait-il sa mort prochaine ? Soudain, elle pensa à Mamechleen qu'elle avait laissée seule.

Cosme III avait disparu. Van Amperten rejoignit Anna-Maria-Louisa et Cornélia qui lui demanda la permission de rentrer au Palazzo.

« Fille stupide, c'est maintenant que tu vas voir des tableaux de Rembrandt !

— Alors je reste ! »

Le groupe s'était resserré devant *La Vénus d'Urbino* de Titien. Cornélia, qui ne connaissait que les nus de son père, demeurait étonnée devant cette femme alanguie, belle et nue. Un contraste saisissant entre la sensualité du corps au premier plan et la scène simple et familière entre deux petits personnages au fond de la toile.

« Une grâce maîtrisée, la splendeur de l'art ! », ajoutait le Flamand.

Le duc revint, tous le suivirent. Il ouvrit une double porte et dans cette salle quatre peintures de Rembrandt leur firent face. Un autoportrait du peintre jeune, à ses côtés *Le Rabbin*, suivi d'un autre autoportrait daté de 1655 et d'une *Sainte Famille*. Le cœur de Cornélia battit si fort qu'elle en eut mal. Cependant elle examina l'autoportrait de Rembrandt jeune, elle y reconnut Titus, son visage doux et fier. Le peintre, âgé d'à peine vingt-cinq ans, portait des habits de cour et une pièce de velours recouvrait son épaule droite. Cosme III dit avoir voulu mettre en valeur ces trois portraits de Rembrandt. Cornélia pensa que *Le Rabbin* ressemblait à l'un des hommes âgés peints par son père, et l'image de Salomon surgit devant elle. Visage pâle et barbe blanche, mains noueuses croisées, vivantes grâce à un rayon de lumière, habit sombre ; le taleth aux fils rouges et le bras du fauteuil se perdaient dans l'obscurité brune du fond. Cornélia inspecta longtemps la *Sainte Famille*, la même que celle qui avait été offerte à Mamechleen par son père, accrochée dans la cuisine de Rozengracht. Elle en déduisit que celle-ci devait être une œuvre d'un élève mais n'en souffla mot. Cosme III proclama sa fierté de posséder ces chefs-d'œuvre qui, bientôt, pourraient côtoyer un nouvel autoportrait, tout aussi magnifique, offert par Cornélia Rembrandt, ici présente.

Devant ces toiles, elle ne bougeait plus. Absente, comme pétrifiée.

Le duc s'approcha d'elle et la complimenta encore. Elle s'efforça de l'écouter mais pensa qu'elle ne réussirait pas à tout comprendre. Plus tard, elle se rappela avec précision chacun de ses mots.

Alors, lentement, elle sentit une impression douce, un sentiment de légèreté, comme une aspiration vers l'envol. À cet instant, Anna-Maria-Louisa saisit sa main et voulut l'entraîner. Elle eut le temps d'apercevoir le visage de Rembrandt qui se mêlait à celui du portrait.

La visite se terminait. Cornélia s'inclina et remercia Cosme III ainsi que sa nouvelle amie qui lui demanda de la revoir. Par cette découverte, elle se sentait récompensée et avait hâte d'annoncer à sa nourrice son face-à-face avec son père.

Assise dans un fauteuil au bord de la fenêtre, Mamechleen, les paupières baissées, respirait doucement. Sur sa robe, ses mains usées étaient posées, abandonnées. Lorsqu'elle ouvrit les yeux, elle aperçut au loin le clocher du Campanile. Face à elle, un médaillon de faïence blanche en relief et vernissée. Il représentait une Madone et son enfant sur un fond aussi bleu que le ciel d'août.

Cornélia entra et toutes deux admirèrent cette majolique où la Vierge se penchait vers le bambin couché dans un nid d'herbe verte. L'enfant tendait gentiment sa main. Deux lys blancs embellissaient encore le fond bleu et le soleil couchant faisait briller les couleurs. Mamechleen apprécia le cadre de fruits et de fleurs qui entourait la scène. Cornélia lui apprit que trois générations de céramistes avaient créé ces terres cuites colorées ; ils s'appelaient Andrea, Luca et Giovanni Della Robbia.

Elle répétait à sa nourrice les propos de Cosme III : « Il était bon que les puissants et les riches s'entourassent d'artistes », et il avait cité son père. Quatre toiles de Rembrandt – et peut-être plus si les peintures volées étaient retrouvées – trônaient dans une salle unique. Et la petite princesse qui la suivait partout... Toutes deux étaient payées de leur peine. Sa nourrice avait gagné un repos mérité. « Rembrandt était un génie », avait déclaré par deux fois le duc. Il fallait se le dire et se le redire. Et elle était sa fille.

Mamechleen se reposait. Cornélia se glissa dans la bibliothèque. Un jeune garçon et son précepteur y étudiaient. Le silence feutré l'entoura et elle rejoignit son ami.

Le moine, qui lui dit s'appeler Fra Almero, lui montra un manuscrit écrit en batave et en latin. S'inspirant de ce texte et de ses illustrations, il lui écrivit la traduction en toscan. Elle la répétait doucement, essayant de prononcer de son mieux. Chaque jour, elle apprenait une dizaine de mots et quelques phrases. Son désir était exaucé.

Maintenant elle attendait qu'il lui arrivât une aventure dans cette ville où elle était reçue avec tant d'amabilité et de générosité, où la beauté et l'art l'entouraient ; elle la souhaitait depuis que le talent de Rembrandt était enfin reconnu.

Un après-midi, Fra Almero l'entraîna vers la chapelle d'Éléonore de Tolède qui datait du XVIe siècle. Il ouvrit une porte sculptée. Face à eux un Christ s'imposait. Autour, sur un mur peint, on pouvait voir un seigneur qui avançait vers une châtelaine accompagnée de son enfant. Sur un autre, une servante apportait une amphore, un prince buvait et d'autres personnages se reposaient dans un jardin… Cornélia aurait voulu posséder une telle chapelle et, devant cette scène, elle en oubliait son père.

Un autre soir, Fra Almero la conduisit par un escalier dérobé et étroit jusqu'à l'Albergueria, la plus petite pièce tout en haut du clocher du Palazzo. Essoufflés, ils arrivèrent et purent contempler les coupoles aux reflets d'or, les clochers et leur croix, les tours gigantesques, et les vagues infinies de tuiles orangées. De cette vue panoramique, elle dit à Fra Almero :

« Nous sommes sous le regard du ciel…

— Ne serait-ce pas le regard généreux de Dieu ? répondit le moine. »

Grâce à cet ami, elle allait découvrir les lieux secrets du palais.

Mais Cornélia commençait à s'ennuyer. Depuis plus d'une semaine, elle n'avait reçu aucune invitation et Van Amperten n'était pas venu la voir. Mamechleen n'avait pas encore la force de sortir. Elle hésita et décida de rendre visite à son traducteur.

Altière, elle longea l'Arno. De jeunes lavandières chantaient et tapaient linges et draps contre des planches de bois. Sous une chaleur accablante, des odeurs nauséabondes montaient du fleuve, et elle étouffait dans cet air poisseux. Face au pont laissant voir ses briques usées, elle entra dans un patio ; une glycine grimpait jusqu'au premier étage, son parfum contrastait avec les remugles de la cour. À un jeune garçon, elle demanda l'adresse du signore Van Amperten. Il la guida, lui fit traverser un vaste capharnaüm de statues, d'encadrements et de meubles poussiéreux. Derrière un drap blanc se trouvait l'atelier du maître. Il se leva souriant et l'invita au cœur de son antre. Sur les murs, des croquis, des esquisses, des épures de visages très différents. Il donna des ordres et le jeune garçon revint avec un plateau, deux verres et une carafe de *vino rosso*. Cornélia regrettait déjà d'être venue. Elle n'appréciait pas les portraits peints sur les chevalets : vieillard au regard triste, femme trop réelle, visage d'enfant grimaçant, des œuvres sans âme.

Van Amperten avança un fauteuil et lui offrit un verre de vin rouge et pétillant. Ils trinquèrent. Assoiffée, elle but.

« Permets-moi de faire ton portrait, belle jeune fille.

— Je vous remercie. Peut-être un peu plus tard, lorsque nous nous connaîtrons mieux.

— Tu as raison, apprenons à nous connaître ! »

Durant un long silence, le Flamand commença à croquer son visage. Elle ne bougea pas. Il posa crayon et papier et lui tendit la main. Elle ne répondit nullement à son geste. Alors il s'avança, la serra dans ses bras, la souleva et la déposa sur un lit. Cornélia se débattit et tenta de fuir ; mais Van Amperten, tout en lui susurrant des mots aimables, la plaquait de toute sa force d'homme. Elle se mit à crier. Il l'en empêcha, appliquant la main sur sa bouche. Elle se débattit sans succès. Il releva ses jupes et palpa ses cuisses. Elle se démena et s'égosilla. Il ne réussit pas à la dompter, mais elle sentit son corps puissant qui l'écrasait. Son regard l'effraya. À un moment, l'agresseur poursuivant ses caresses, elle put hurler de toutes ses forces : « Au secours ! au secours ! » Le jeune garçon se glissa sous le rideau et approcha. Le peintre se releva :

« Tu n'es qu'une peste ! Une guenon ! »

Cornélia se sauva. Sur le quai elle rajusta sa robe, aplatit ses cheveux, se rendit compte qu'elle avait laissé son châle de dentelle, mais qu'importait ! Elle tenta d'arrêter les battements de son cœur et, dès qu'elle retrouva ses forces, courut vers le Palazzo. Dans la via Larga, elle se retourna de peur que Van Amperten ne la suivît ; ne le voyant pas, elle fut soulagée.

En haut de l'escalier qui la menait vers Mamechleen, elle prit la décision de taire cette offense. La honte l'étouffait et l'empêchait de parler. Elle se sentait salie. Si encore cet affront lui était arrivé avec un inconnu dans une ruelle, mais c'était un de ses compatriotes qui avait voulu abuser d'elle ! Après une courte visite à sa nourrice, elle s'enferma dans sa chambre en ressassant son écœurement.

Le jour suivant, Mamechleen la rejoignit ; pour la première fois elle avait envie de quitter le Palazzo. Cornélia, sans rien lui avouer, la conduisit à Santa Maria del Fiore. À l'intérieur de la cathédrale, la vieille femme resta stupéfiée par les proportions si vastes et si éloignées de l'humain. Dans une chapelle, elle souhaita se reposer. Pendant ce temps, Cornélia courut jusqu'au Dôme, qu'elle avait mal vu avec Van Amperten. Elle y admira une longue fresque d'enfants sculptés dans le marbre, une suite de chérubins aux visages expressifs. Certains jouaient d'un instrument, d'autres chantaient. La pierre blanche et lisse semblait vibrer. Elle crut entendre les violons et les mandolines qui s'accordaient… Sa mère jouait… Pour la consoler, un ange musicien aux joues rondes soufflait des notes…

Elle se dépêcha de rejoindre Mamechleen afin qu'elle admirât ces sculptures. Mais celle-ci resta interdite devant une Marie-Madeleine en bois, enveloppée dans sa longue chevelure, le corps décharné, le visage creusé, les yeux enfoncés dans les orbites. Sa nourrice détesta cette statue trop réelle du sculpteur Donatello. Cornélia la conduisit devant le *David* de Michel-Ange, jeune homme nu, musclé, aux proportions parfaites. Comme c'était un marbre taillé et poli, sa force virile n'effraya pas la jeune fille alors qu'elle choqua la vieille femme. Elles rentrèrent et longèrent la *Loggia del Pesce,* elles découvrirent les étals de poissons qui sentaient fort, mais les odeurs leur évoquèrent Amsterdam. Des mères bavardes s'en retournaient, portant de lourds paniers, suivies de leur joueuse progéniture.

Cornélia montra à Mamechleen les tabernacles, ces niches aux angles des rues. Elles y découvrirent une Vierge de faïence, un saint de bois peint, un christ en bronze. Là, des passants s'arrêtaient, se signaient, s'agenouillaient et murmuraient une prière. La vieille femme était interloquée devant ce catholicisme si démonstratif. Cornélia lui expliqua que les Toscans priaient avec les yeux et les oreilles. L'art religieux les entourait. Mais elle devait aussi écouter les cloches qui annonçaient les heures, les messes, les vêpres, mais encore le tocsin qui signalait un incendie, et parfois le glas ou le bourdon qui se répercutait semant la panique de ruelle en ruelle.

Elles se promenèrent jusqu'à la place des artisans. Là, chaudronniers, bronziers, orfèvres réunis discutaient âprement. S'entretenaient-ils au sujet des prix ? La jeune fille aurait aimé comprendre leurs échanges vifs, mais ses leçons ne lui permettaient pas de donner un sens aux phrases prononcées. Elle serra le bras de Mamechleen, le vent souleva son voile. Jupe retroussée, une jeune beauté traversa la place. Des cavaliers s'éloignèrent au galop. À cet instant, Cornélia se sentait méprisable et laide.

Elle mena alors sa nourrice vers un de ses cloîtres préférés. Toutes deux parcoururent la galerie aux voûtes arquées et aux murs couverts de scènes bibliques. Au centre, un énorme oranger entouré d'un massif d'iris bleus. Des sœurs passaient, la vieille femme les saluait, elles lui répondaient humblement. Alors toutes deux se dirigèrent vers le jardin du couvent. Mamechleen chantonnait comme si elle voulait la consoler. Elle s'arrêta et s'assit ; la jeune fille s'agenouilla devant elle dans l'herbe sèche. La vieille femme caressa ses cheveux. Cornélia devina qu'elle avait ressenti sa détresse et qu'elle la plaignait. Derrière les mots, en un lieu vague, il y avait toute sa tendresse qui se déversait sur elle. Du fond de cet être fragile, dans le précipité de son cœur affolé, Mamechleen lui donnait une part d'elle-même, un réconfort après cette offense. Toute frémissante, elle le recevait, oubliait ces instants violents, la honte et le chagrin qui l'avaient submergée. À ce moment, elle sentit que dans le silence sa nourrice la protégeait et, plus que jamais, elle tenait à elle.

Sur le chemin du retour, Mamechleen s'exclama :

« Quelle ville incroyable par sa richesse et son luxe ! Pourtant je préfère notre cité, plus pauvre mais vraie. »

Apaisée, Cornélia l'approuva mais ajouta :

« Tu as raison, mais ici les peintures de Rembrandt sont exposées et admirées. Ici son génie est reconnu. Nous sommes enfin récompensées de toutes nos épreuves ! »

XVIII

Cosme III avait invité Cornélia dans sa demeure de Careggi. Par curiosité, elle avait accepté de se rendre à l'extérieur de Florence. Mais, dans la calèche, elle se retrouva à côté de Van Amperten. Dès leur arrivée, elle dut visiter avec lui les salles décorées des plus belles peintures de la Renaissance. Elle se vit obligée d'entendre ses ordres. Elle devait saluer ce groupe, admirer cette sculpture, emprunter ce chemin à ses côtés, en un mot lui obéir au doigt levé. Si elle n'acceptait pas ce qu'il lui proposait, elle serait immédiatement mal jugée, osait-il lui dire. S'il lui prodiguait des conseils, c'était pour son bien ! Alors un sentiment de révolte mêlé d'abandon l'envahissait. Cependant, sa colère reprenait le dessus. Elle détestait cet homme. Étrangère, fille de peintre, parlant mal le toscan, elle avait compris qu'il aurait toujours le dernier mot. Elle préférait se taire. Une boule grossissait à l'intérieur d'elle-même, attisée par l'impuissance à agir, elle se sentait au bord des larmes.

Et lui revenait à l'assaut. Il fallait reprendre cette calèche qui les mènerait vers le jardin de Careggi. Alors elle pourrait complimenter Cosme III et serait appelée « Belle demoiselle ». C'était totalement ridicule. Le duc la nommait très souvent ainsi.

Devant une fontaine, il dut s'absenter, et elle réussit à lui fausser compagnie. Cornélia se cacha sous un auvent de plantes grimpantes très serrées qui ne laissaient filtrer que quelques maigres rayons de lumière. Bientôt, sans être vue, elle s'éloigna et marcha le long d'un sentier bordé de rosiers qui la mena jusqu'à une vigne aux raisins naissants. Elle la traversa, les ceps lui rappelèrent l'époque du petit Simon, elle se retrouva bientôt face à une allée de tilleuls qu'elle emprunta.

De chaque côté, les arbres étaient taillés en haies géantes, pourtant des branches se rejoignaient, formant un encorbellement au-dessus du large chemin d'herbe brûlée. Dans cette allée propice aux rêves, Cornélia ne put s'empêcher d'imaginer que son père la suivait. À Amsterdam, toujours il la précédait. Même à la fin de sa vie, il allait courbé, s'appuyant sur une canne avec laquelle il tapait le sol, mais il marchait devant. Ici, sous la brise ensoleillée de Toscane, elle aurait aimé qu'il mît sa main sur son épaule comme à Rozengracht, les derniers jours de sa vie.

« Père, je te suis reconnaissante d'être auprès de moi.

— Mais, ma fille, pendant ce séjour en Italie et avec cet homme qui te poursuit, je me dois de te protéger.

— Père, sache que tu me manques. J'ai presque accompli ma mission et j'ai beaucoup appris.

— Ma fille, n'oublie pas : il doit toujours y avoir un "presque". On est presque un artiste, presque un époux, presque un père, presque un vivant. Presque une fille aimante…

— Père… »

Dans l'allée silencieuse, elle s'assit sur un banc de pierre et soupira. Seul un oiseau chantait obstinément. Tout en se moquant d'elle-même, elle fit demi-tour ; ses pas froissaient l'herbe sèche. Elle se faufila sous l'auvent, entendit la voix d'Anna-Maria-Louisa et se précipita vers elle qui l'accueillit comme une grande sœur.

Elle décida de ne plus la quitter. Cette fin de journée à Careggi se passa dans le parc, aux côtés de Cosme et de sa fille qui riait des paroles de Cornélia et semblait l'apprécier plus que jamais. Elle aperçut Van Amperten parmi un groupe de jeunes femmes auprès desquelles il paradait.

Une semaine plus tard, des tentes de lin blanc étaient dressées dans une large prairie qui s'ouvrait sur le fleuve. Cosme III fêtait avec son peuple le temps des moissons. Tout le long des rues, des tables couvertes de mets attendaient les villageois. Aux carrefours, des serviteurs du Palazzo entourés de tonneaux de vin devaient abreuver les passants. Sur le parterre, près de l'Arno, un orchestre jouait.

La procession avançait. Cosme III et la duchesse, Anna-Maria-Louisa et son cousin menaient la marche. Derrière allaient princes, princesses, cousins, cousines… Taffetas et satins rutilaient, pierres et perles brillaient, les visages poudrés souriaient et saluaient. Dans ce long défilé, Cornélia faisait partie des invités d'honneur, avant les artistes et les artisans.

La suite traversa un jardin d'orangers et de cédratiers. Puis atteignit le bord du fleuve. Cosme III monta sur l'estrade toute tapissée de soieries qui ondulaient au vent. Il prononça un discours devant plus de cinq cents Florentins. Cornélia n'en saisit guère le sens mais en apprécia le ton et elle reconnut son nom au passage. Van Amperten, qui l'avait rejointe, traduisit : « Combien Cosme était fier de recevoir la fille du célèbre peintre Rembrandt… » et il partit d'un grand éclat de rire.

Les derniers mots du duc furent suivis de nombreux applaudissements. La nuit tombait, et les fusées d'un feu d'artifice, lancées à partir de plusieurs bateaux sur l'Arno, explosèrent. Les chapelets de lumière illuminaient le Ponte Vecchio et se reflétaient en jeux de couleurs dans l'eau. Les *Grandi* comme le peuple s'extasiaient. L'enthousiasme croissait durant les explosions de bouquets colorés. Des fils de lumière rouge montaient vers le ciel, se répandaient et redescendaient en crépitant à la surface du fleuve. Tout étonnait Cornélia. À Amsterdam, il y avait des défilés mais aucune fête n'avait la magnificence de celle-ci.

Lorsque la nuit revint sur les rives, toutes les rangées de flambeaux s'allumèrent et la musique résonna. Le cortège se reforma et les habitants du Palazzo se glissèrent sous la première tente. Les familles nobles, les religieux, les artistes, les artisans, les marchands, se regroupèrent sous les autres. Un dîner fut servi au son des luths et des mandolines.

Cornélia fuyait Van Amperten. Le jeune prince Lorenzo assis face à elle lui adressa la parole. Mêlant latin et toscan fraîchement appris, elle osa lui répondre parce qu'il semblait aimablement disposé à son égard. Il poursuivit la conversation, cherchant à se faire entendre. Mais le traducteur intervint et coupa tout élan à la jeune fille. Néanmoins Lorenzo, toujours accueillant, continua de lui parler.

Puis les poètes se lancèrent dans une joute. « Ici on cultive la poésie comme un enchantement… », soufflait

Lorenzo à Cornélia qui écouta attentivement, regrettant de ne pas tout comprendre.

Bientôt les invités remontèrent vers une placette où sur un parquet ciré les danses commencèrent. Le prince invita la jeune fille. Heureuse, Cornélia se rapprocha de lui. Van Amperten les suivait. Mais un seigneur vint parler à l'oreille de Lorenzo et celui-ci s'enfuit avec lui.

Le bal se poursuivit. Elle ne put qu'admirer les jeunes femmes, leur tenue brodée, et leur grâce à la contre-danse. Cornélia revit les toiles de Botticelli et se sentit étrangère. Elle attendit longtemps Lorenzo mais il ne revint pas. La liesse régnait. La *bassa danza*, sorte de pavane, l'intrigua; elle fut suivie de sautillements disgracieux qui l'ennuyèrent.

Personne ne l'invitait, et elle chercha Van Amperten. Prétextant un fort mal de tête, elle lui demanda la permission de rentrer au Palazzo. Elle se dirigea vers Cosme III, lui fit une révérence, lui exprima toute sa gratitude et se retira. Sans échanger un mot, le traducteur la raccompagna.

De sa chambre, la nuit durant, elle entendit des bribes de musique, la foule vociférant et les cris des passants qui fêtaient l'été florentin, chacun à sa manière.

Maintenant Cornélia ne savait que faire. Un de ses plaisirs consistait à descendre le plus vite possible l'escalier de pierre et à laisser glisser sa main le long de la rampe de marbre, ronde et froide, aux dimensions exactes de sa paume. À chaque passage, elle éprouvait une sensation de brûlure qui la soulageait. Près de la fontaine, chaque jour, elle souriait à un enfant difforme et triste : une grosse tête et un corps estropié qui, lorsqu'il se tenait debout, semblait désarticulé. Sur le sol il alignait des bûchettes de bois, alors elle se promit de lui acheter un jouet et de le lui offrir. Ce jour-là, dans le cortile, la jeune fille aperçut Lorenzo. Visage gracieux, regard avenant, aussi eut-elle l'audace de lui demander de visiter ensemble le couvent San Marco. Il hésita, sourit timidement et la quitta sans lui donner de réponse précise. Avait-il compris le sens de sa requête ? Lasse, elle rejoignit Fra Almero et auprès de lui se mit à étudier le toscan. À ses côtés, elle retrouva tout son calme alors qu'elle le perdait devant Lorenzo.

Trois jours passèrent. Le page lui apporta une missive écrite dans sa langue. Lorenzo l'invitait à être prête à 16 heures.

Elle mit un long moment à se préparer. Le miroir de sa table de toilette lui renvoya une image qu'elle n'appréciait guère. Elle changea de tenue et de coiffure. Elle se hâta, s'énerva, se para une dernière fois. On frappa. Une calèche les attendait. Ils voyagèrent en silence, mais Cornélia fixait dans sa mémoire cette traversée de Florence. Devant le couvent San Marco, imposante construction blanche aux fenêtres étroites, Lorenzo descendit et tendit la main à la jeune fille. Tous deux furent accueillis par un père dominicain qui les salua et les conduisit dans le cloître. Ils s'arrêtèrent face à une immense peinture de saint Dominique adorant le Christ. Sur cette crucifixion, le saint agenouillé serrait la croix, et un filet de sang coulait jusqu'au sol. Cornélia n'apprécia pas ce premier

Fra Angelico. Tous trois pénétrèrent dans une chapelle. Face à eux, un retable. Sur un trône d'or, une Vierge telle une enfant tenait Jésus portant le monde. À leurs pieds un tapis coloré, aux motifs géométriques, contrastait avec l'alignement d'auréoles dorées des anges. Un rideau semblait marquer la séparation entre sacré et réel, elle reconnut là une manière de faire de son père.

Ils montèrent l'escalier qui menait vers les cellules des moines. Au premier étage, elle demeura sidérée devant la grande *Annonciation* qui leur fit face. Longtemps elle la regarda. Sous un auvent décoré de colonnes corinthiennes et doriques, la Vierge était assise bras croisés. Face à elle, l'ange aux ailes colorées s'inclinait et lançait les mots : *Salve Mater*... Dans le jardin lointain s'envolait l'écho de ses paroles. Sa mission accomplie, l'ange demeurait penché devant la femme au visage si pur et au regard si grave. À son tour, Cornélia eut envie de s'incliner devant cette œuvre.

« Cette *Annonciation* nous élève... », lui murmura Lorenzo.

« Entre 1441 et 1445, Giovanni da Fiesole dit Fra Angelico a décoré salles, cloître et cellules. En quatre années, il a peint tout le couvent », expliquait le frère qui leur permettait de visiter une des cellules vides.

Ils y entrèrent et virent les murs couverts de fresques. Face à eux, un jardin fleuri où se dressaient palmiers et cyprès ; de l'autre côté, Marie-Madeleine, enfantine et suppliante, était agenouillée à la porte d'une grotte et le Christ jardinier passait face à elle. Son corps, à la marche aérienne, flottait dans une robe blanche... Aux pieds, les stigmates. Le geste d'offrande de Marie-Madeleine vers Jésus impressionna Cornélia...

« Élan immatériel dans un jardin, approche du divin dans la pureté de la Renaissance… », chuchotait Lorenzo.

Ils contemplèrent à nouveau l'*Annonciation* et la jeune fille lui confia que, pour la première fois, elle rencontrait un peintre italien avec lequel elle était en parfait accord. Elle discernait la quiétude de ses personnages, leur rayonnement intérieur et l'élan de tendresse qui circulait… Peu lui importait que Lorenzo ne comprît pas ses paroles !

Elle se sentait bouleversée en quittant le couvent. La calèche ne venant pas, ils traversèrent un parc. Cornélia saisit la main de Lorenzo et la serra. Le jeune homme la retira brusquement et s'éloigna d'elle. Sur son visage elle vit passer une expression, comme de la répulsion. Elle saisit qu'elle ne devait plus jamais avoir la moindre familiarité avec le prince. Cornélia s'interrogea : ce geste l'avait-il vécu, lui, comme elle celui de Van Amperten ? Comment pouvait-elle comparer ? Pourtant elle l'avait senti effrayé. Quant à elle, rejetée telle une banale visiteuse, elle voulait rentrer et pour la première fois elle pensa à quitter Florence. La calèche arriva. Dans la cour du palais, ils se séparèrent avec froideur. Sur son lit, elle pleura longtemps. Mamechleen vit ses yeux rouges et comprit. Sa nourrice sortait peu mais, au cours de ses promenades dans le Palazzo, elle remarquait les attirances cachées, les échanges furtifs… Cornélia lui avait vanté les qualités de Lorenzo, ses yeux noisette, ses cheveux bouclés, son sourire, son élégance, sa prévenance, et il avait le même âge qu'elle !

Van Amperten, Lorenzo, c'est trop pour elle ! Mais Cornélia ne voit pas comme elle est coquette, provocante même. Belle et dans la fleur du désir. Avec le Flamand j'ai pu parler et il m'a promis de la respecter.

Avec Lorenzo, c'est plus compliqué. Face à lui, je suis sûre que mon enjôleuse joue de sa fossette et de son rire cristallin. Efforts inutiles ! Mais seul un jeune prince de son âge pouvait l'attirer. Il faut avouer : quelle beauté, ce Lorenzo ! Visage aimable et charmeur... Comment lui résister ? Mais il n'est pas pour toi, ma fleur ! Ni de ton monde ni touché par ton sexe. Attiré par les jeunes gens seulement. Gamine encore, tu ne connais rien ! Cela semble une tradition au Palazzo. Moi, je les ai vus, j'ai observé leurs minauderies. Une vieille, et étrangère de surcroît, personne ne fait attention à elle. Assise, Mamechleen observe tout. Elle enregistre, sauf les mots, qu'elle ne comprend pas ; mais la voilà encore plus curieuse ! Lorenzo, deux pages partagent son amour. Il vient près d'eux, minaude et les caresse. Toi, innocente, tu rêves... C'est ton éternel défaut. Moi, jeune j'ai côtoyé les débauchés, j'ai entendu des paroles vicieuses, j'ai vu des femmes et des hommes se vendre. Oui ! Dans notre cité bien-pensante ! Oublie Lorenzo, ma fille, rentrons à la maison, tu perdras tes manières trop coquettes qui ne te correspondent pas. Ce Palazzo, ce duc et ces duchesses, ces princes et ces princesses, tout te tourne la tête. Il est temps que tu retrouves ta ville, ses mœurs austères, et que tu fréquentes Jan Six qui a su te donner confiance en toi. Tu as triomphé, tu as obtenu ce que tu voulais. Ici Rembrandt est un peintre reconnu et tu sauras le dire haut et fort à Amsterdam. Maintenant tu dois être satisfaite ! Il faut absolument que nous quittions ce luxe tapageur qui te rend malheureuse. Ma colombe, je vais dans ta chambre te consoler pendant que j'en ai encore la force.

Pour Cornélia tout allait à contresens. Elle croisa Lorenzo dans le cortile mais il la salua à peine et s'éloigna vite. Elle l'espionna et découvrit les élans d'un page et l'ardeur avec laquelle il y répondait. Leurs gestes tout en coquetterie la choquèrent. Elle en fut si triste qu'elle se sentit malade. Et il n'y avait plus aucune nouvelle des peintures volées. Plus personne ne lui en parlait. Cosme III était parti pour Rome. Elle ne voyait plus Anna-Maria-Louisa. Qu'attendait-elle donc ? Les journées semblaient interminables et sans but. Mamechleen demeurait très faible. Quand se remettrait-elle de cette aventure où elle l'avait entraînée et qui avait ruiné sa santé ? Elle pensait avoir tout vu de la cité et refusait toute nouvelle visite avec son traducteur, qui semblait la fuir également.

Sur les conseils de Fra Almero, elle alla seule à l'église Santa Maria del Carmine. Dans la chapelle Brancacci, elle comprit que l'artiste que son père aurait aimé, avec Fra Angelico, était Masaccio. Un peintre de caractère qui, sur toutes ses fresques, mettait les personnages au centre du monde par leur corps colossal et leur visage expressif. Des silhouettes grandioses, épaisses par lesquelles la force, la fougue, la démesure disaient le drame, tels Adam et Ève expulsés du paradis. Cris de femme souffrant ; athlète cachant de ses mains son visage afin de dissimuler sa douleur. Cornélia ne suivait guère les scènes, mais ses regards allaient aux figures qui parlaient d'humanité comme chez Rembrandt. Visage endormi dans un sourire, mère digne et majestueuse tenant son enfant, jeunes seigneurs mystérieux. Le souvenir de Titus surgissait. Elle le repoussait, refusant de mêler à qui que ce fût l'image de son frère. Ces jeunes gens ressemblaient plutôt à Lorenzo et à ses pages. Elle voyait encore des moines gras, des vieillards au visage usé, des hommes au regard rusé… Sur les murs les couleurs pastel triomphaient, rose, bleu mat, gris fragile, chairs apaisées, un vert vif rehaussait le tout. Fra Almero lui avait dit que ce peintre avait été tué dans une ruelle à vingt-sept ans et que ses œuvres symbolisaient des scènes religieuses ainsi que les gens du peuple et leurs sentiments.

Cornélia rentrait vers le Palazzo en réfléchissant à ces personnages qui lui avaient montré la cité du passé. Ces êtres peints, saints ou Florentins, la rapprochaient de ceux qu'elle croisait dans le palais ou dans la rue. Elle s'interrogeait : Masaccio, tout comme mon père, n'avait-il pas changé l'idée même de la peinture ?

Mais la chaleur étouffante l'accablait dès qu'elle sortait. Elle descendait jusqu'au cortile, offrait un jouet de faïence au petit garçon qui l'attrapait et le serrait contre sa poitrine. Puis il le cachait sous sa chemise sale. Elle lui caressait les cheveux et il s'enfuyait.

Elle écoutait le bruit de la fontaine, jetait un regard vers le carré de ciel trop bleu puis errait sous les arcades aux murs peints. Cornélia rencontrait quelques visages connus, mais personne ne lui adressait la parole. Alors elle rejoignait la bibliothèque. Souvent, après sa leçon, elle s'enfermait dans le Cabinet des cartes et, tranquille, écrivait les noms des pays lointains qui l'entouraient.

Un soir, elle questionna Fra Almero sur les réelles richesses de Florence. Celui-ci lui répondit que la cité avait perdu tout son lustre. Cosme III avait dû vendre les banques qu'il possédait à l'étranger et ses fabriques marchaient au ralenti. Plus d'or, plus de diamants, juste la grandeur du passé. Peut-être le duc espérait-il retrouver les peintures de Rembrandt pour enrichir ses collections ! Et pis, des familles de notables luttaient sournoisement pour le remplacer. Florence était une ville malade. Sous un luxe apparent, il existait des dettes et beaucoup de misère. Le peuple souffrait comme jamais. Autrefois les pauvres possédaient leurs fermettes. Avec les guerres entre les cités, ils les avaient perdues et vivaient dans des cabanes le long du fleuve où les épidémies faisaient les pires ravages. Il allait secourir les habitants de ces quartiers pauvres et il acceptait qu'elle l'accompagnât. Mais jamais elle ne devait s'y aventurer seule.

Quelques jours plus tard, tous deux marchaient le long de l'Arno en partie asséché par l'été, ils allaient en direction de la Sardigna. Des odeurs fétides les assaillaient. Devant les cahutes de bois appartenant à des teinturiers, quelques enfants nus jouaient dans des trous d'eau sale. D'autres, montés sur une butte, le visage couvert de mouches, se lançaient de la terre pour les chasser. À l'entrée d'une masure écroulée, un gamin aux yeux blancs ne s'arrêtait pas de tousser. Des femmes maigres lavaient les laines teintes dans des chaudrons. Les mendiants tendaient leur moignon ; dans la sébile le moine jetait des pièces, à son tour elle l'imitait. Le duc ne lui avait-il pas offert des bourses de florins à elle, une dépossédée ? Mais bientôt un groupe d'hommes au regard hostile les entourait. Fra Almero prononçait un discours et distribuait quelques écus à celui qui semblait le chef. Puis, prenant Cornélia par la main, il ouvrait une brèche et tous deux s'éloignaient. Ils traversaient une zone où les auberges aux volets clos étaient des lieux de mauvaise réputation ; on les nommait *postribole*, déclarait horrifié Fra Almero. Sur le chemin du retour, il concluait que l'apparente richesse de Florence n'empêchait nullement cette insultante misère.

Elle rentrait, rendait visite à Mamechleen, de nouveau alitée, et lui racontait son incursion dans ces quartiers déshérités. Sa nourrice lui rétorquait :

« Ma Lia, rappelle-toi que toute ville possède toujours ses pauvres et ses pauvresses... »

Cornélia s'enfermait dans sa chambre. Lorsqu'elle en sortait, elle se sentait désemparée. Si elle regardait l'Arno, elle pensait aussitôt à la mer du Nord.

Où est-il, mon doux pays d'eau ? Que fais-je dans cette cité trop éclatante de soleil ? À Florence je m'ennuie. Ici tout brille, étincelle, mais brûle et empuantit. À Florence j'ai rencontré la luxuriance mais aussi la faim, les mères épuisées, les enfants malades !

Elle se confiait alors à son ami Almero qui lui répondait :

« Ici tu découvres un pays et une langue, tu fréquentes les arts, les livres, les chapelles, les couvents, la foi... Aie confiance !

— Chez moi, maisons et monuments paraissent plus discrets. La brillance et l'apparat ne sont pas les vertus de mon pays. Tout y est en demi-teinte. Les habitants fréquentent des églises dépouillées dans lesquelles la religion calviniste interdit toute représentation artistique. Mais chez nous, juifs, mennonites, calvinistes se côtoient et s'apprécient. Pourtant, savez-vous que mon père un jour a imité les peintres italiens ? Il a dessiné une Vierge à la tête penchée vers son enfant endormi et tous deux assis sur un nuage, dans un ciel éthéré. Et il l'a appelée sa petite Vierge catholique ! Fra Almero, à vos côtés, je me sens toujours en accord. Mais il faut que je quitte Florence afin d'en garder de beaux souvenirs. Vous avez raison, je dois cesser de me lamenter et partir prestement. »

C'est alors qu'elle fut invitée à une nouvelle fête par Anna-Maria-Louisa. Comme un oiseau, elle était entrée dans sa chambre, avait esquissé une révérence et, d'une voix légère, avec des mots qu'elle comprit à peine, l'enfant souhaitait venir la chercher le matin suivant. La lassitude de la jeune fille s'enfuyait devant la grâce joyeuse de la fillette.

Le lendemain, un cortège se forma. Cosme III et son épouse, grande femme silencieuse, venaient en tête, suivis d'Anna-Maria-Louisa et de Cornélia, puis de seigneurs inconnus. En calèche, ils longèrent l'Arno. Des passants les applaudissaient. Des rubans de brume flottaient sur le flanc des collines.

Ils pénétrèrent dans une demeure accueillante et furent reçus dans une salle éblouissante de tapisseries aux couleurs vives, de tableaux religieux aux ors rutilants et de chandeliers où les flammes des bougies dansaient en plein jour. Anna-Maria-Louisa entraîna la jeune fille sur un immense balcon face auquel le fleuve coulait avec lenteur, virait avec langueur.

Cosme III les rejoignit. Toujours aimable, il confiait à Cornélia son désir qu'elle fût heureuse auprès d'eux. Il souhaitait qu'elle appréciât l'art de la cité et que celui-ci l'enchantât tout autant que lui. Il ne voulait pas qu'elle s'ennuyât ou qu'elle regrettât sa lointaine Amsterdam et il espérait que toutes les toiles de son père lui seraient bientôt rendues. Cornélia souriait, inclinait la tête, n'osait dire que l'Arno, fleuve au faible courant, ne pouvait rivaliser avec les canaux de sa ville. Seule Venise peut-être… Cosme III enchaînait : il aurait aimé être peintre pour capter les rayons qui traversaient l'eau et les étoiles mordorées qui dansaient sur le flot. Mais il devait les quitter, tenu de répondre à d'autres sollicitations.

Anna-Maria-Louisa la pria de la suivre. Elles montèrent un escalier étroit qui donnait sur un sombre grenier. Elles le traversèrent et la petite fille désigna une porte basse. Cornélia l'ouvrit. Le jour jaillit. Face à elles les toits de Florence et leur infini désordre s'étendaient comme un immense drap ondulant. Une nouvelle ville entre des vagues de tuiles rondes et la voûte du ciel. Elles s'aventurèrent sur une petite plate-forme, mais le vide les entourait. Devant ces toits orangés, devant ces enchevêtrements de pentes et de terrasses, devant ces tours carrées et imposantes, ces clochers, ces coupoles rutilantes, leur tête tournait et elles se tenaient blotties l'une contre l'autre. Cornélia eut alors l'idée de s'asseoir à cheval sur des faîtières émaillées. Anna-Maria-Louisa se mit à fredonner. La jeune fille l'écouta tout en la serrant dans ses bras. Soudain, toutes les cloches sonnèrent en même temps. Affolés, les oiseaux, ailes déployées, s'envolèrent; ils tournoyèrent au-dessus d'elles. Anna-Maria-Louisa chanta de plus en plus fort. Alors la jeune fille entraîna la petite princesse vers la porte basse. Elles redescendirent et l'enfant demanda la permission de rentrer seule avec son amie. Toutes deux enlacées allèrent par la ville. Quand elles furent arrivées au palais, Cornélia la quitta pour rejoindre Mamechleen.

Après avoir encore une fois parcouru la galerie des Offices, après avoir revu longuement les peintures de Rembrandt, après avoir été étonnée par une toile qui ressemblait à une plaque d'émail couverte de poissons de Jan Van Kessel et admiré les petits violonistes très flamands de Jan Steen, dans le silence Van Amperten et elle longeaient la via Larga.

Presque timidement, le Flamand demanda à Cornélia :

« As-tu aimé cette cité ? Nos visites ?

— En arrivant, je ne connaissais qu'un peintre qui se nommait Rembrandt et quelques Flamands sans grande importance. Maintenant je sais que mon père fait partie des nombreux artistes reconnus. J'ai découvert qu'il existe d'autres époques et d'autres manières de peindre différentes et très éloignées des siennes. Je crois que je n'oublierai jamais Fra Angelico et Masaccio.

— Botticelli et les Lippi père et fils, qu'en penses-tu ? la questionnait Van Amperten.

— Ils m'ont d'abord étonnée et peu à peu j'ai appris à les apprécier. Mais vous, pourquoi restez-vous ici ?

— J'aime la distinction florentine. L'Arno et sa lumière… Dans mon atelier… »

À ce mot, elle se tourna vers lui et poursuivit :

« Pardon de vous parler encore de Rembrandt. Pour lui la lumière était intérieure.

— Il possédait sa façon de peindre !

— Ses façons, vous voulez dire ! Finesse et réalisme dans les années 1630-1640. Savez-vous qu'à cette époque il fut fait bourgeois de la ville d'Amsterdam et membre de la guilde de Saint-Luc, protecteur des peintres ? Après, il peignit comme il le souhaitait et se moquait des honneurs.

— Cornélia, un conseil : oublie ton père. Grandis, sois toi-même. Je te vois dessiner des lingères, des voituriers, des merciers…

— Certes ! Un jour peut-être. Un jour… À Amsterdam, je voudrais posséder un *studiolo* qui ferait fonction de bibliothèque et de salon d'exposition. Aujourd'hui, je me sens énergique, mais encore timide, parfois provocante et à côté de la bienséance, mais possédant des connaissances. Et j'ai l'impression de savoir mieux diriger ma vie.

— Je te vois comme une aurige flamande !

— Je ne comprends pas. Qu'est-ce qu'une aurige ? demandait Cornélia.

— Dans la Grèce antique, un aurige était celui qui menait son char et gagnait la course ! Tu dois observer la place de chacun et tu verras, il y a de nombreuses conditions. Tu trouveras la tienne. Aujourd'hui je te parle comme un père.

— La fille de Rembrandt vous répond : “Et vous, votre condition, où est-elle ?”

— Ici, dans la magnificence de la peinture et de la religion catholique. Ici dans les brumes de chaleur. Ici avec mon pinceau qui s'agite. Ici avec les intrigues florentines. Ici où je ne suis qu'un étranger qui épie les conflits politiques et surveille querelles ou trahisons. À Florence je vis à l'écart, dans les beaux paysages de Toscane, avec des femmes élégantes ! Je suis loin des idées fermées de notre pays, celles qui ont perdu ton père. Pars, explore… Réfléchis, tu te trouveras. Tu en as les capacités. Tu en as le courage.

— Merci. Malgré nos désaccords, j'ai souvent aimé comme vous me parliez de la peinture et j'ai beaucoup appris. »

Et brusquement, Cornélia le quitta. Elle marcha vite et longtemps. Le vent s'était levé ; son châle s'envola ; elle le rattrapa. Elle aurait voulu retrouver la solitude de son cloître préféré. Mais, devant la porte close, elle s'appuya contre une fontaine aux pierres usées ; pourquoi ne dessinerait-elle pas ce garçon puisant de l'eau ? Pour une fois, Van Amperten avait peut-être raison !

De grosses gouttes se mirent à tomber dru, rafraîchissantes. Néanmoins la chaleur montait des dalles. Sur la poussière du chemin, la pluie creusait de petits trous entourés d'un halo de poudre. L'angoisse du retour l'avait quittée. Van Amperten lui avait affirmé que Cosme III avait promis de fournir aux deux femmes un équipage qui les mènerait jusqu'à Gênes. Quelques jours de route et, de là, il leur offrait le voyage en bateau. Elles pourraient embarquer sur un trois-mâts et, au bout de deux mois, elles atteindraient Amsterdam.

Cornélia admirait le vert des feuillages après la pluie, l'orangé à l'horizon au-delà du fleuve, le bleu du ciel se reflétant indigo dans l'Arno. L'affront de Van Amperten était presque oublié ainsi que l'abandon de Lorenzo. Elle courut jusqu'à la place de la Seigneurie annoncer à Mamechleen leur départ imminent.

XIX

Le jour des adieux, Cosme III leur avait annoncé qu'un tableau de Rembrandt dont il ne connaissait pas le titre avait été retrouvé dans un lieu mal famé. Poussée par Mamechleen, Cornélia prétexta le passage de la caravelle à une date fixe pour partir comme il avait été convenu. À Cosme de Médicis, elle renouvela ses remerciements et réitéra le don de toutes les œuvres paternelles retrouvées.

Le lendemain, elles prenaient la route en direction de Gênes. La calèche ducale traversait des villages dans lesquels paysans et paysannes les acclamaient. À la fenêtre, la jeune fille souriait et saluait. Sa longue main oscillait comme une petite branche bercée par le vent. Mamechleen se dissimulait, elle maugréait en affirmant que ce voyage avait corrompu Cornélia. Quand retrouverait-elle sa simplicité ?

Après une halte, elles approchaient de Gênes par la route qu'elles avaient refusé d'emprunter à l'aller, celle qui dominait la Méditerranée. Leur accompagnateur, un homme de Cosme, serviable et connaissant des bribes de flamand, les installa dans une auberge princière, face à la mer. Mais ni l'une ni l'autre ne pouvait s'empêcher de repenser à leur épouvantable mésaventure dans cette ville.

À Gênes, Cornélia, d'humeur maussade, attendait la venue de l'embarcation. À l'intérieur de sa chambre, elle ouvrait régulièrement la malle de bois cerclée de cuivre, à l'écusson des Médicis. Le portrait de Titus y était enroulé, dissimulé parmi ses robes et ses châles; elle y jetait un regard et refermait à clé son bagage. Octobre déjà. Ciel gris, mer opale, lumière fragile et fugaces trouées de bleu. Lorsque Mamechleen se reposait, Cornélia lui abandonnait la malle ainsi que la sacoche contenant florins et bijoux. Pour son départ, Anna-Maria-Louisa lui avait offert un pendentif émaillé qui représentait une jeune déesse et évoquait un personnage de Botticelli. Ce cadeau lui avait particulièrement plu.

Un soir, sourire malicieux aux lèvres, Cornélia revint d'une de ses escapades. Mamechleen s'étonna. La jeune fille ne résista pas à l'envie de lui raconter:

« Figure-toi qu'à l'extrémité du port, sur la dernière jetée, là où les vagues cognent contre les rochers, un homme âgé faisait les cent pas. Cape de chez nous, il avançait courbé et parlait tout seul. Je m'approchais et entendais des mots de notre langue. Je faisais tout pour qu'il me remarquât. Sans succès! Alors, volontairement, je coupais sa route et nous nous heurtions.

— Tu es folle, ma Lia! soupira Mamachleen.

— Juste trouble-fête ou trouble-tête! puisqu'il se frotta le front tandis que ses yeux gris me regardaient avec colère. Il me sermonna: “Qu'est-ce que vous faites là toute seule, bousculant le pauvre monde?” Je lui répondis que, depuis la mort de mon père, personne n'avait osé me parler sur ce ton! Il m'avoua sa grande inquiétude: il attendait la caravelle qui, sans aucun doute, avait fait naufrage. Elle contenait toutes ses cargaisons de soieries, de tapis et d'épices. Aussi son anxiété augmentait-elle de jour en jour et d'heure en heure. Moi je lui parlais des objets que mon père aimait collectionner. Il me demanda d'où je venais et où j'allais. Sans lui répondre, je le questionnais sur la peinture. Mais l'art ne faisait pas partie de ses préoccupations. Le nom de Rembrandt évoquait pour lui un vieux peintre oublié ! Je lui assenais que mon père savait, mieux que personne, représenter avec originalité la Bible ainsi que notables et peuple flamands. Il s'en étonnait. Tu te rends compte Mamechleen, on rencontre de curieuses personnes ! Je lui disais alors qui nous sommes et l'encourageais à entreprendre un pèlerinage à Florence. Il s'adoucit quand je lui parlai de ma joie de revoir Amsterdam. Il comprit alors que nous allions voyager ensemble. Encore fallait-il que la caravelle ne fût pas perdue en mer ou n'eût pas été victime de pirates, ajoutait-il. Nous nous sommes quittés dans la grande salle de l'auberge.

— Comment peux-tu provoquer ainsi n'importe quel homme ? Tu me fais peur !

— Je te présenterai ce Marteen Van Crousen, enfant d'Amsterdam devenu négociant, riche et comme il faut. Il te plaira, Mamechleen.

— Ma fille, tu me promets d'être prudente ? Les hommes font leurs lois, elles s'opposent avec cruauté aux jeunes filles et aux femmes. Méfie-toi d'eux tous ! Surtout de ceux que tu ne connais pas. Méfie-toi de leurs paroles et de leurs promesses. Tu m'entends ?

— Mamechleen, celui-là n'a rien de dangereux. Il a réussi à m'éloigner de l'ennui et m'a forcée à réfléchir. J'ai repensé à Florence et à toutes les peintures que nous avions vues. Je viens de prendre une décision importante : dans le bateau, j'écrirai le journal de notre voyage et je l'offrirai à Jan Six. »

Deux jours plus tard, le trois-mâts jeta l'ancre le long du débarcadère. Dûment installées par leur accompagnateur, Mamechleen et Cornélia y prirent place. Sur le château, le capitaine leur attribua une cabine : des lits superposés, une écritoire, un coffre et une banquette ; un fenestron pour le jour, des chandeliers pour la nuit. Elles rangèrent leurs bagages et montèrent sur le premier pont. Leurs bourses et leurs bijoux reposaient entre leurs seins, des pièces y jacassaient lorsqu'elles bougeaient. Sans regret aucun, elles lancèrent un dernier regard à la cité de Gênes. Des gabiers escaladaient les haubans et dépliaient les voiles contre les vergues en longs rubans blancs. Aux cris des marins, une lente virée du bateau le mit à proximité de rochers bruns, de pointes découpées comme des pics, de côtes sauvages percées de grottes.

Marteen Van Crousen apparut. Petit, trapu, la tête dans les épaules. Il salua Mamechleen, qui apprécia la familiarité de leur langue commune. Ses rides profondes la rassurèrent ; elles striaient ses joues, montrant l'expérience et l'usure. Son front se plissait, ses yeux se rétrécissaient, l'homme semblait aller obstinément à la recherche de quelque chose qu'il tentait de cerner.

Au loin, les rives embrumées s'effaçaient et, face à Cornélia, la Méditerranée s'étendait, sans limite. *Un instant de plus se suspend à mon collier d'aventures,* pensait-elle, appuyée au bastingage. Mamechleen, perdue dans le temps, ne s'était même pas souvenue que sa filleule venait d'avoir seize ans. Avoir seize ans, voguer sur la Méditerranée et dans deux mois revoir Amsterdam ! Elle pourrait enfin crier à tous les amateurs d'art que son père était un peintre fêté à Florence. Les *Grandi* le reconnaissaient. Et elle avait vu Rembrandt exposé parmi les artistes les plus célèbres d'Italie.

Mais le trois-mâts tanguait, des paquets d'eau jaillissaient sur le pont dans un bruit mat et méchant. Cornélia fuyait. Elle ne réussissait plus à se tenir en équilibre et avait hâte d'atteindre la cabine où Mamechleen l'attendait. Elle se réfugia dans cet abri tandis que les vagues battaient le fenestron dans un vacarme d'enfer. Imperturbable, sa nourrice priait, sans ressentir le moindre malaise. Cornélia, toute retournée, se sentait malade, dans l'incapacité de maîtriser estomac et intestins. Tout au long de la tempête – et des suivantes – Mamechleen ne connut aucun dérangement alors que la jeune fille ne pouvait ni se lever ni avaler boisson ou nourriture tant elle souffrait du mal de mer.

Bientôt revinrent des temps de navigation tranquille sur une mer calme et lisse ; parfois le soleil perçait à travers les nuages et ses rayons se reflétaient en brisures argentées à la surface de l'eau.

À Florence, Cornélia avait eu la prudence d'acheter une tenue masculine qu'elle venait de revêtir. Sur le pont, quel ne fut pas l'étonnement de Marteen lorsqu'il vit venir vers lui un jeune homme en pourpoint et hauts-de-chausses qui lui sourit. Grâce à la rousseur de ses cheveux et à sa fossette sur l'aile du nez, il la reconnut. Elle lui vanta les avantages de son costume, évoqua les jours où elle chevauchait avec Juan d'Avallon et lui confia son apprentissage du maniement de l'épée. Puis elle lui raconta le rapt du chariot contenant les tableaux. Il marchait auprès d'elle dans le vent marin et semblait à peine l'écouter.

Peu à peu, il se révéla que Marteen préférait venir dans la cabine et évoquer ses voyages. Mamechleen avait l'art de le questionner et il semblait aimer lui répondre. Cornélia eut l'impression qu'entre sa nourrice – qui avait retrouvé un semblant de force – et cet homme une complicité s'était établie. Elle se jugeait exclue mais s'en moquait, ou croyait s'en moquer ! Elle les quittait et allait vers le beaupré, voir cette voile qui flottait à l'horizontale. Elle examinait la mer gris-vert, de la couleur des veines des mains de son père. Elle recherchait l'odeur oubliée de l'atelier, remplacée aujourd'hui par les embruns salés.

Cornélia s'était prise pour une femme de la mer. Accompagnant Titus ou son père au port, elle avait assisté à des tempêtes hivernales. Les digues sautaient, le peuple s'acharnait à lutter, et il triomphait de la masse d'eau en furie.

Cependant ici, lorsque la mer se déchaînait, elle vivait l'instabilité et des nausées insupportables. Dès que le trois-mâts voguait dans la douceur d'une journée apaisée, elle voyait ses forces renaître et examinait l'infini, plat comme son pays, mais constitué d'une matière mouvante et si changeante.

« Prends ton mal en patience », assenait la sentencieuse Mamechleen durant les tempêtes. Que faire d'autre ? Sa nourrice n'aurait pas supporté un retour semblable à l'aller et elle ne pouvait mettre en doute le confort de leur traitement ! Mais elle gardait une préférence pour la diligence ou, comme avec Juan d'Avallon, le cheval.

Leur compagnon de voyage, Van Crousen, assurait qu'à l'automne la Méditerranée était modestement agitée, mais on verrait l'Atlantique se déchaîner et la mer du Nord attaquer avec fureur le navire. Ses malaises deviendraient-ils alors insoutenables ? Souvent, elle avait hâte que ce voyage se terminât. Mais elle refusait d'en parler et fuyait les rendez-vous de Mamechleen et de Marteen. Chaque après-midi, le négociant rejoignait sa nourrice dans la cabine et lui contait ses voyages sur mer ou sur terre. Il disait sa dernière chevauchée à travers les monts du Taurus, ses haltes dans les caravansérails perdus sur des routes désertes. Cité-auberge, lieu de commerce et de brigandage, misère et excès mêlés, y trouver sa place n'était pas toujours aisé. Il parlait aussi de sa jeunesse, lorsque mousse il débarquait en Malaisie. À Malaxa, comptoir hollandais, mais quartier de pauvreté, il avait été pris d'effroi. Hors le petit groupe flamand, une hostilité manifeste régnait vis-à-vis des nouveaux arrivants. Il craignait pour sa vie et ne fut rassuré que de l'autre côté de la mer, à Batavia. Il se plut dans ce port tropical aux maisons-pagodes et aux stupas, pyramides de pierre qui enfermaient des reliques. À peine adulte, il se lança dans le commerce de l'indigo. À Macassar on extrayait la substance des feuilles d'arbrisseaux nommés indigotiers, elle servait à teindre les toiles écrues dans un bleu sombre aux reflets violets. Son commerce prospéra. Il prit alors l'habitude de naviguer de la froidure du Nord aux moussons équatoriales. Maintenant, il ne pouvait se passer de ces longues traversées.

L'amabilité de Marteen à l'égard de sa nourrice irritait quelque peu Cornélia. Elle sortait, bavardait avec un vieux marin sympathique, se méfiait des plus jeunes, ne sachant pas si sa tenue la protégeait efficacement. Elle revenait, mais les deux amis l'empêchaient de penser et de mener à bien ce qu'elle avait commencé : écrire le périple et ses péripéties, ainsi que leur séjour dans la ville des arts.

Elle voulait relater les raisons obscures de l'épopée qu'elle venait de vivre – sa propre extravagance ne l'avait-elle pas entraînée vers cette cité ? Elle en avait triomphé puisque Rembrandt apparaissait comme un peintre doublement important, par la reconnaissance des Médicis et parce que ses tableaux avaient suscité un trafic illicite à travers plusieurs pays. Mais, à cette heure nocturne, elle se cognait aux mots, raturait, reprenait, réfléchissait, biffait encore et demeurait dans l'insatisfaction.

Les jours de mer calme, pendant que sa nourrice et Marteen papotaient, elle se promenait sur le pont, observant l'équipage surchargé de tâches. Des matelots grimpaient vers le grand mât de hune, leur agilité et la vitesse avec laquelle ils se déplaçaient l'étonnaient. Seule près des écoutilles, tout en surveillant l'agitation sur le bateau, elle tentait de construire des phrases qu'elle rejetait afin de mieux les recommencer.

Une nuit dans la cabine, quelques mots surgirent. « L'air froid du soir dicta ma voie… » Ils lui semblèrent si évidents qu'elle alluma une chandelle et les écrivit sur son carnet.

Chaque soir de quiétude, lorsque Mamechleen dormait, elle prit l'habitude de rédiger son journal. Farouches, les mots pouvaient couler dans sa langue comme un torrent qui dévale. Mais souvent elle butait. Dans l'épreuve qu'elle traversait, elle sentait que les règles avaient bougé, mais elle ne réussissait pas encore à en dévider le bon fil.

L'après-midi, tandis que les deux amis étaient réunis, elle se promenait le long du bastingage ou rejoignait un couple de marchands originaire de Leyde. Dans leur enfance, ils avaient connu le moulin familial. Mais, dès leur mariage, ils avaient quitté les Provinces-Unies pour la grande île de Zeilan[1]. À Galle, ils avaient réussi dans le commerce des épices et de la cannelle. Ils racontaient que chaque dimanche ils se réunissaient entre pays et payses dans l'église réformée de Groote Kerk. Sous les tropiques, ils retrouvaient leurs habitudes. Riches, ils revenaient s'établir à Leyde.

Puis elle rentrait dans la cabine et se laissait bercer par les propos de Marteen. Lorsque le trois-mâts gîtait ou tanguait comme un pendule, elle restait couchée. Dans sa tête, les mots s'enchevêtraient, formaient une pelote emmêlée, un cauchemar ne tardait pas à la conduire vers un récit répétitif et au-delà du sens.

Livide et amaigrie, elle inquiétait sa nourrice. Dans ses hauts-de-chausses, elle semblait avoir fondu tant se nourrir lui était devenu difficile les jours de tourmente. Elle s'en moquait, car la fougue la métamorphosait lorsqu'elle réussissait à écrire son épopée.

Ils longeaient des côtes inconnues, la mer retrouvait sa beauté de l'été. Plaine bleue, ciel rosé, roches ocrées. Ce décor lui inspirait un tableau sur lequel tombaient des filaments de lumière comme des paroles sacrées. Son père ne s'était-il pas servi de l'alphabet hébreu lorsqu'il peignait *Moïse montrant les Tables de la Loi*?

Bientôt son ami marin lui affirma que le trois-mâts allait quitter la Méditerranée pour aborder l'Atlantique.

---

1. L'île de Ceylan, actuel Sri Lanka.

Il lui montra Algésiras et au loin le mont Ida. Puis ils arrivèrent entre Gibraltar et Ceuta. Si Dieu le voulait, dans une quarantaine de jours, ils accosteraient au port d'Amsterdam.

Un après-midi, Cornélia observait le maître d'équipage et appréciait la brise soufflant avec régularité dans la grand-voile. Près du gaillard d'avant, elle rencontra Marteen qui la cherchait. En homme habitué aux négociations, il l'interrogea sur ce qu'elle comptait faire à son retour. En personne qui y avait réfléchi, elle lui répondit qu'en priorité elle irait rendre visite à sa nièce Titia, l'enfant de son frère décédé. Puis comme pour les dessins, une nouvelle fois, elle classerait les peintures. Elle voulait aussi rechercher les tableaux que collectionnaient des connaissances de son père, elle pensait que sieur Jan Six pourrait l'aider. Enfin elle devait étudier les immenses commandes officielles réalisées par Rembrandt et décorant encore les bâtiments publics d'Amsterdam. Elle n'avait pas eu le temps de s'en occuper. Elle rentrait avec l'audace d'une héritière, convaincue et prête à prouver le talent de son père. Mais, pour l'apprécier, elle savait qu'il fallait une sensibilité artistique alliée à un certain détachement des valeurs matérielles. Rembrandt exigeait que l'on fût à sa hauteur. Oui, il fallait le mériter ! Il faisait partie des penseurs, aimait se dire savant, mais bonté et compassion l'emportaient chez lui. Elle aimerait le faire savoir.

Marteen lui répondait qu'elle appartenait au groupe de ceux qui ne cédaient pas. Mamechleen lui avait tout raconté. Il pouvait l'aider. Que souhaitait-elle ? Avait-elle besoin de recommandations, d'aide matérielle, d'une maison plus vaste ?

La jeune fille le coupait en le remerciant. Les œuvres de son père lui suffisaient. Dans un léger soupir, les joues de Cornélia se gonflaient et sa fossette dessinait sur l'aile du nez un *j* gracieux. Marteen la dévisageait en silence. Un étrange silence, sous une pluie d'eau salée.

Elle l'abandonna et fila vers la proue. Au gré des vents, les voiles viraient. Tantôt on longeait le littoral, dunes, falaises grises, cités perchées, tantôt on s'éloignait de la terre. Parfois la brume emprisonnait l'embarcation, une muraille de fumée blanche la cernait, elle devenait un bateau fantôme égaré dans le brouillard.

Puis à nouveau le trois-mâts voguait sous l'emprise d'un coup de chien, le capitaine hurlait : « Serrez au vent, serrez ! » Les vagues montaient, se creusaient, escaladaient les ponts. Tous les marins s'agitaient. S'éloignant vite de la fureur des flots, Cornélia se réfugiait dans sa cabine.

La nuit, lorsque la mer se calmait, elle s'acharnait. Elle brassait ses souvenirs, mais souvent se heurtait à l'effacement. Certaines sensations lui semblaient volatiles, elle errait à leur recherche avec obstination. Un jour, une impression incroyable avait surgi : longtemps après le vol du chariot, longtemps après avoir recouvré la vue, un sentiment de liberté totale l'avait saisie comme une joie perverse qui la poussait à rejeter son père et sa peinture. Elle se souvenait de s'être sentie libérée, soudain libre et légère… Sans devoirs et sans famille. Cette sensation l'avait bouleversée. Les larmes l'avaient alors envahie. Comment cette longue marche pouvait-elle encore la surprendre et lui apparaître pleine d'enseignements aujourd'hui ? Une sélection d'images s'opérait, le passé bonifiait, le souvenir embellissait. Elle se rappelait l'odeur acidulée des orangers, le vol d'un bourdon qui se posait sur le bulbe crémeux d'une fleur. Elle revoyait l'assemblée de cyprès qu'un jour elle aimerait dessiner.

Oubliés les efforts inhumains, oublié le désarroi, oubliées les méchantes pensées, ne demeuraient que les temps les plus lumineux. Vivre, n'était-ce pas fixer ce jadis, sa bienveillance, ses moments de sérénité ? Une seule ombre : l'absence des aimés.

Mais le bateau tangua violemment. Elle éteignit la bougie et s'accrocha au souvenir du village fleuri d'Agapi et à sa vallée semée d'arbres, de rochers et de lauriers-roses. Tout en luttant contre roulis et tangage, Cornélia cherchait à savoir comment son corps se remémorait. Caresses d'enfant, courses sur la glace, étouffements de chagrin, sa main lissant un dessin ou brandissant l'épée, ses bras luttant pour désencadrer une peinture, son acharnement, bandant ses muscles afin de tirer le chariot, l'offense faite à la jeune fille par un compatriote ; à l'opposé les voix, les rires, la gaieté de la mère, les offrandes du père…

À l'entrée de la mer du Nord, la tempête se déchaîna. Luttant contre le tangage, Cornélia rejoignit la cabine. Mamechleen y conversait tranquillement avec Marteen. Elle se coucha et s'endormit.

Soudain elle se réveilla et écouta sa nourrice qui se confiait à son ami :

« Pieter marcha vers… Yo-gy-a-karta… est-ce ainsi qu'on dit ? Il vit le volcan en fureur qui lançait en direction du ciel sa lave rouge, elle retombait et coulait sur les flancs de la montagne. Pieter se sauva mais en ressentit l'extrême chaleur et fut brûlé aux pieds et aux jambes. Moi, je préférais quand il racontait le palais du sultan. Il me décrivait aussi les rizières, la montagne couverte de plantations de thé comme un épais tapis et les temples bouddhistes décorés de fleurs.

— Nous aurions pu nous rencontrer ! », affirma Marteen.

Un silence suivit. Mamechleen l'appela. Elle ne répondit pas, mais sa nourrice cessa de parler du fameux Pieter. Qui était-il ? D'où venait-il ? Quand l'avait-elle connu ? Un jour elle la questionnerait.

Pendant ce temps, des caisses d'armes, destinées à lutter contre d'éventuels pirates, se détachèrent sous la brutalité du tangage ; elles traversèrent le pont et écrasèrent le torse et le bassin d'un mousse. Il hurla de douleur sans être entendu au milieu des vagues qui giclaient. Le médecin de bord ne put le sauver.

Quelques jours plus tard, Cornélia apprit sa mort par son ami marin. Affligée par les brutalités que subissait l'équipage, elle avait hâte que ce voyage se terminât.

XX

Lorsque nous aperçûmes la tour de Montelbaan, le port d'Amsterdam venant à nous, je sus qu'un nouveau chapitre, de ciel et d'eau, de peinture et de fièvre, allait s'ouvrir. Je reconnus bientôt le quai animé par des garçons déguenillés chargés de ballots. Les marins débarquaient et une population de tous les pays se croisait. J'étais émue. Mais, grâce à Marteen, une voiture nous emporta loin des visages qui évoquaient la mer. Je retrouvais Rozengracht, pierre après pierre. Sur l'étroit canal aux quais boueux, notre demeure, royaume du vide et de la poussière, nous attendait. Salomon se réjouit de notre retour; il nous caressait sans cesse pour mieux apprécier notre présence. Mais les pluies d'automne avaient transpercé le toit. Redevenue maîtresse des lieux, Mamechleen voulait rendre son lustre à notre modeste habitation. Pour l'aider, j'engageai une servante. Maria, une jeune paysanne fraîchement arrivée chez nos voisins, entra à notre service. Bientôt dans la cuisine nous mangions le pot-au-feu; ma nourrice et moi, nous nous serrions contre la cheminée où ronflait un feu d'enfer et nous retrouvions le goût du bon *hutspot* de chez nous, légumes mêlés à la viande bouillie. Quel bien-être! Revoir ma chambre et le souvenir présent de Rembrandt me fit mieux comprendre combien j'étais heureuse d'être revenue à Amsterdam. Je n'oubliais pas la pièce peinte du Palazzo où je me couchais nue sous un drap de soie. Aujourd'hui, dans l'alcôve, j'appréciais mon lit stable et mes gros édredons. Nous n'avions pas vu passer l'automne. Nous avions bondi de l'été méridional à l'hiver nordique, et nos corps en étaient tout ébaudis.

Obligée d'abandonner mes robes florentines, je gardais bijoux et pointes de dentelle. Calfeutrée dans ma cape la plus chaude et sous une grêle tenace, j'allais le long des canaux qui commençaient à geler. On ne draguait plus leur fond, on ne déchargeait plus les péniches, les lavandières avaient cessé leurs lessives. Un vent glacé soufflait. Les cours d'eau se métamorphosaient et devenaient l'empire des patineurs. Nous avions retrouvé les Provinces-Unies.

Je découvris à nouveau le Singelgracht lors d'une visite à Titia et aux Van Loo. Une petite fille aux boucles blondes – l'ovale gracieux de son père et la finesse des traits de sa mère – ne voulut ni me regarder ni me saluer. Elle se cacha et à aucun moment ne montra le moindre attrait pour cette grande tante inconnue. Un jour, cette enfant, qui vit parmi les peintures de Van Loo, découvrira celles de son autre grand-père. Sera-t-elle enthousiaste ou s'en moquera-t-elle ? Son jugement et son emballement seront-ils semblables aux miens ? Adulte devenue, défendra-t-elle ces œuvres et prendra-t-elle ma succession ? Vaste question qui demeurait sans réponse ! Je la quittai rassurée sur sa santé et en accord avec ses grands-parents au sujet des ventes éventuelles de tableaux.

Quelle hâte de rendre visite à tous mes amis ! Je courais chez Jan Six qui ne cachait pas sa joie de me revoir.

Il avait apprécié les lettres envoyées de Florence, mais il m'affirmait que pouvoir me serrer dans ses bras lui offrait des satisfactions toutes paternelles. Lui et son épouse ne cessaient de me féliciter et jugeaient mon voyage très fécond. Ils me complimentaient pour ma ténacité, heureux de me voir récompensée. Je leur affirmais ma joie de les revoir et combien je souhaitais persévérer dans cette voie.

Avec fierté je passai chez Hans Van Hermand qui ne me reconnut pas immédiatement. Bientôt je riais de ses compliments qu'il prodiguait de ses lèvres épaisses et tout humides. Il comprit vite qu'il avait face à lui une nouvelle Cornélia. Point décidée à s'en laisser conter mais prête à plaisanter. Pendant mon absence, il avait épousé une sympathique héritière qu'il me présenta. Et, fait étonnant, au fil des mois nous devînmes tous les trois de vrais amis. Je rendis une visite polie à M. Lavaden. Dans son magasin, je ne pus m'empêcher de laisser couler entre mes doigts les pigments rouges de cinabre venu du Frioul ou de caresser les gemmes en lapis-lazuli, blocs aux découpes géométriques. La boutique me rappelait mon ancien apprentissage. Ce temps m'apparaissait comme celui d'une époque éloignée. Me venait un grand désir de m'entretenir avec Isaac Boudouch afin qu'il me contât à nouveau le passé paternel. Dans mon journal, je ne réussissais pas à décrire Rembrandt en jeune peintre. Maintenant je me sentais capable d'entendre et de démêler les propos de ce vieux compagnon de mon père. Mais personne ne pouvait me donner de ses nouvelles.

L'église de Wester, où mes pas m'avaient conduite, me sembla minuscule, triste et glacée. Les tombes n'étaient que pierres solitaires. J'étais vite ressortie. Un dégoût pour l'austérité protestante m'avait envahie. Dans la rue, je vis venir vers moi Jan Six. Je lui avouais combien je regrettais les décors flamboyants du catholicisme, les Vierges à l'Enfant, les Annonciations si bouleversantes, le luxe de l'art, toutes les œuvres éclatantes qui ornaient les églises, les chapelles, les couvents, les cloîtres florentins. Je m'octroyais la liberté de penser ainsi et n'en avais nulle honte. Ce voyage m'avait appris à observer et à réfléchir. Il semblait comprendre ma manière de voir mais m'assurait que cela s'effacerait. Il évoqua son retour d'Italie, ses souvenirs et la nécessité toute calviniste de revenir vers la simplicité. Je répondis que j'avais aimé le faste de Florence et la surabondance des motifs artistiques de cette cité. La peinture de mon père n'en exprimait-elle pas une légère ressemblance ? Souriant et confiant, il ne le nia pas, m'adressa cependant une leçon de sagesse et me quitta.

Huit jours étaient déjà passés depuis notre retour !

À chacune de mes sorties je revoyais la cité exactement comme je l'avais quittée. Modeste et simple. Sur les murs je caressais les mêmes craquelures, les mêmes grains de brique à hauteur de ma main. Mon enfance était attachée à Amsterdam. Ma jeunesse voulait comprendre la ville et son passé, tout en semblant s'en éloigner.

Je savais que le vaste monde existait, entouré de cette mer, infernale sorcière, qui se transformait selon ses caprices en furie ou en douce prairie. J'avais parcouru la Méditerranée qui menait vers des pays inconnus, aperçus lors des éclaircies. Avec ses embellies ou ses rages, l'océan pouvait tromper, briser, effacer, anéantir ou s'étendre fier et apaisé, face à des îles offertes. Je savais désormais que notre port conduisait vers d'autres continents. Les vaisseaux emportaient des mappemondes, des sextants, des astrolabes et des pacotilles; ils revenaient chargés de baumes, de diamants, d'or, de soieries, de porcelaines de Chine et de femmes à la peau brune. J'avais appris à voir l'humain, qui n'était pas toujours bon comme on voulait nous le faire croire. Mais, tout au long des pays traversés, j'avais rencontré des êtres généreux, courageux, serviables pour chacun. L'art avait métamorphosé ma vie; je repensais à Fra Angelico, à son couvent, à la pureté et à la beauté sacrée qu'il avait su créer.

De notre voyage je revoyais des monts cascadant, habillés de bruyère et de cyprès, des rivières séparant de longues landes blondes et des collines dentelées de soleil. Maintenant, fière de ce périple mais l'esprit vacant, souvent déconcertée, je rejetais cette sensation de vide et m'inventais des projets. Je voulais reconstituer la demeure et l'atelier de Rembrandt. Je souhaitais les faire visiter. Je décidais aussi de suivre, décennie après décennie, ses peintures. En rassemblant les gravures, je pourrais rechercher les nombreux portraits peints par mon père. Entraîner Jan Six dans cette étude me paraissait indispensable. Il avait fréquenté Rembrandt dans les années qui avaient précédé ma naissance; bientôt, je m'enhardirai et tenterai de le convaincre. Ce soir-là, mes amis m'offraient un petit dîner. Je saluais Margaretha Tulp-Six. À ce moment-là on frappait à la porte. C'était Maria. Elle venait m'avertir que Mamechleen était tombée et demeurait sans connaissance. Salomon lui avait ordonné de venir me chercher.

Priant mes hôtes de me pardonner, je pris immédiatement congé. Le maître de maison mit son attelage à ma disposition. Très inquiète, je m'arrêtai quelques minutes chez le docteur Ephraïm Bueno, celui qui avait soigné mon père, et il eut la bonté de m'accompagner sur-le-champ. À la maison, il examina ma nourrice. Nous la retrouvâmes s'excusant et tentant de sourire. Après l'avoir longtemps auscultée, il me fit part de sa grande faiblesse qui l'obligeait à rester allongée. Il me promit de repasser. Je lui racontai brièvement notre épopée et l'épuisement qui l'avait envahie lors de notre arrivée dans le palais des Médicis.

Elle fut souffrante plusieurs jours et se plaignait de ne pas pouvoir s'occuper de la maison. De sa chambre elle commandait, Maria et moi obéissions. Je lui promettais la visite de Marteen. « Tout est dans l'ordre des choses, nous sommes revenus au temps de Saskia, disait-elle, mais c'est moi la malade et toi la causeuse qui me distrait. »

Les tableaux réintégrèrent notre domicile et décorèrent les murs où les glaces reflétaient la blancheur de la lumière hivernale. *Bethsabée* ainsi que le portrait de ma mère disparus furent remplacés par *Rebecca et Isaac* et *Titus en moine.* Le portrait de mon frère trôna dans la salle face à la cheminée. Les flammes dansantes jouaient sur son visage pensif, elles semblaient l'animer. Je fis encadrer des dessins chez M. Lavaden et les disposai dans l'atelier tel que je m'en souvenais. Venue du sol et des murs, l'odeur constante d'huile et de poussière m'entourait encore et me rassurait.

Très souvent, je m'asseyais aux côtés de Mamechleen. Elle me conseillait pour diriger la maison ; j'approuvais et laissais faire Maria qui s'en débrouillait fort bien. Moi, je n'en faisais qu'à ma tête. Elle me trouvait trop dépensière, alors je la tranquillisais de mon mieux. Nous possédions des trésors et ne devions pas nous inquiéter. Il fallait qu'elle guérît vite afin que j'entreprisse les travaux qui me restaient à faire.

Dès qu'elle dormait, je montais à l'atelier. Je voulais recenser tous les hommes et toutes les femmes portraiturés en dessin ou en gravure. Je m'étais toujours demandé comment Rembrandt imaginait ses personnages. Ces notables à l'évidente assurance, ces visages reflétant l'énigme de l'existence, ces héros au savoir ancestral… Un jour, mon père m'avait avoué qu'il cherchait à saisir leur manière de se tenir, leurs traits particuliers, leurs gestes familiers, leur caractère. Derrière l'apparence, comment capter l'âme profonde ? Par ses esquisses il étudiait la personne, cernait l'action, inventait le décor. Il voulait la surprise d'un costume, l'originalité d'une scène et se préparait à peindre. Lorsqu'il illustrait des passages de la Bible, il cherchait comment rendre surprenant le Texte. Dans la gravure *La Mort de la Vierge*, il créait un plan proche de la réalité, le médecin tâtant le pouls de Marie, et un plan religieux, l'envol des anges dans les nues. Pour lui, un tableau était un récit où gens du peuple et saints pouvaient se rencontrer. Livre sacré ou mythes entraient dans une action inventée, dans un monde surprenant, parfois près du quotidien, parfois venu d'un Orient rêvé peut-être rencontré à Leyde, ou à travers des images représentant de lointaines contrées. Ainsi naissait cette diversité des êtres peints par Rembrandt. Il avait portraituré des docteurs, des savants, des militaires, des religieux, de riches marchands et leur famille. Tous l'avaient célébré puis, du temps de Hendrickje, tous l'avaient méprisé, poussé à la faillite, et abandonné. Une vie ne me suffirait pas pour en comprendre les raisons. Bien que je tentasse de démêler le vrai du faux, aujourd'hui encore elles m'apparaissaient obscures. J'avais questionné Jan Six mais il ne souhaitait pas revenir vers cette époque ; je lui pardonnais car il m'avait vraiment aidée quand il le fallait et je ressentais toujours le désir de son amitié.

Néanmoins l'idée d'envoyer à Cosme III une étude sur l'œuvre de mon père m'obsédait. Comme l'avait fait Ferdinand Ier pour la collection d'autoportraits de peintres, l'actuel duc de Florence souhaitait enrichir sa bibliothèque de traités sur la peinture, telles les études de Vasari à propos de Léonard de Vinci et d'autres artistes célèbres. J'avais l'intention d'en parler à Jan Six, mon éternel bienfaiteur ; si ce projet pouvait lui plaire, ma satisfaction serait totale.

Dans l'atelier, je saisis un dossier inconnu. Il y en avait encore. Je l'ouvris et restai déconcertée par une eau-forte qui représentait *La femme qui pisse.* Accroupie devant un arbre, elle surveillait les environs d'un regard inquiet. Elle se tenait recroquevillée, tout en remontant jupes et jupons. J'étais choquée de voir son sexe et le jet puissant qui en jaillissait.

Je repensais à cette eau-forte du *Bon Samaritain*. J'avais été enthousiasmée par la belle allure d'une jeune fille qui se penchait à la margelle du puits et saisissait un seau d'eau, mais consternée par le chien au premier plan qui était en train de faire ses besoins. Quel père avais-je donc ? Qu'il peignît un chat aux poils hérissés à côté de la Vierge à l'Enfant, passons ! Mais qu'un serpent rampât jusqu'à la jupe de Marie, cela dépassait les convenances, affirmait Mamechleen.

Je me consolais devant deux eaux-fortes de Hendrickje aux seins nus ; ses courbes majestueuses et le flot des tissus s'opposaient aux lignes géométriques du poêle de faïence. Face à moi, les épreuves de ma mère, coiffée d'un bonnet, ou encore plus nue et plus belle parce que chevelure déployée. Un équilibre parfait. Puis j'examinais un *Persan* dans un costume extravagant. Hautes bottes, jupe courte, cape coupée à la taille, chapeau à plume ! Ne serait-ce pas un costume inventé par Rembrandt ? Il en était capable ! Puis surgissait une vieille femme, ratatinée dans ses vêtements d'hiver, mains jointes, pieds sur une chaufferette, pauvresse dans sa cuisine où elle semblait trembler de froid. Sur le mur ne pendait qu'une natte d'oignons. Un beau clair-obscur entre la cloison blanche et le personnage vêtu de sombre.

Soudain devant mes yeux apparaissait *L'homme qui pisse*. Il se dressait pieds écartés, jambes arquées, ventre bombé, légèrement penché en arrière. Beaucoup plus fier que la femme dans les mêmes circonstances. Il tenait son sexe d'où coulait un filet d'urine. *L'homme qui pisse* me déplut et je ne sus qu'en faire.

À l'opposé des peintres italiens emportés par la beauté, Rembrandt pouvait graver le laid ou dessiner des visages abîmés, des corps déformés, des élans immondes, des nécessités à cacher. Infatigable créateur, il pouvait être attiré par des réalités viles. Dernière du dossier, *La Liseuse*, douce gravure d'une jeune fille, penchée sur son livre, attentive, comme fascinée par la lecture. Elle me réconciliait avec mon père qui savait aussi capter l'être perdu dans la méditation ou concentré autour d'une passion.

À propos de passion : depuis notre retour, j'avais abandonné mon journal et j'en étais très mécontente. Je décidais de m'y atteler le soir à la chandelle. Même si je souffrais, même si j'hésitais, même si j'abordais les rives de souvenirs effacés, je savais que lorsque je réussirais à décrire une promenade au bord de l'Arno, lorsque je sentirais l'odeur de résine et d'herbe sèche, ainsi que les remugles des quais, un certain bonheur m'envahirait.

XXI

Quelques jours plus tard Cornélia se pressait. Elle devait rejoindre un ancien élève de son père avec qui elle avait rendez-vous devant la toile *La Compagnie du capitaine Frans Banning Cocq,* au Kloveniersdoelen. C'était Hans Van Hermand qui avait recherché ce Gerbrand Van den Eeckhout et, de fil en aiguille, il avait mis la main sur lui. Celui-ci habitait à deux pas, sur le Herengracht.

Elle entrait dans la salle. Face à elle, bien qu'assombrie, une immense œuvre, une troupe en marche, un groupe animé, une composition grandiose. Au centre, venant à la rencontre du visiteur, le fier capitaine Cocq vêtu de noir, poitrine cernée de rouge, accompagné de son lieutenant, tout en blanc, costume et chapeau. Conquérants, tous deux avançaient. À gauche, un soldat en habit rouge dressait son mousquet. Derrière lui, dans un désordre savant, la foule des arquebusiers s'éparpillait. Entre le capitaine et le soldat, Cornélia fut surprise de voir une petite femme, au visage avenant, qui semblait suivre la troupe. Une présence insolite parmi tous ces hommes.

Soudain la visiteuse découvrit Gerbrand Van den Eeckhout assis dans un coin de la salle. Elle s'approcha de lui.

« Pardonnez mon émotion, monsieur. C'est la première fois…, murmurait Cornélia.

— Mademoiselle, je viens de calculer : il y a vingt-huit ans que Rembrandt a peint ce chef-d'œuvre. Savez-vous que le capitaine Cocq voulait auréoler son prestige et celui de sa compagnie ? Il lui a passé commande d'un portrait de groupe ordonné, chacun sagement rangé ! Après avoir étudié cette milice, votre père a créé une peinture si originale qu'elle lui a valu bien des ennuis. Il y avait seize arquebusiers et chacun devait donner cent florins. Mais certains se jugèrent mal représentés. Regardez celui-ci, le visage dissimulé par un bras, cet autre presque caché. De ce fait, nombre d'entre eux rechignèrent pour régler leur dû et je me souviens de la colère de Rembrandt. À cette époque, j'étais son élève et je l'entends encore tonner : "Alors que je suis mal payé, je ne pourrais pas peindre comme je l'entends et livrer ce que je veux ? Être libre est ma devise !" Un autre souci pour lui : la toile était trop grande ; il fut donc obligé de la couper des deux côtés et cela reste visible. Regardez ! Cette peinture lui offrit une réputation d'artiste talentueux mais indiscipliné. Et cela a toujours été mal vu dans notre pays ! Rendez-vous compte : deux années de travail ! Pendant ce temps, un fils lui naissait mais son épouse se mourait. Une dure période pour lui, mademoiselle.

— Je sais, ma nourrice m'a raconté cette époque. Mais les couleurs ne se sont-elles pas assombries ?

— Oui. La fumée d'un incendie les a quelque peu noircies. On pourrait voir une *Ronde de nuit*… En 1642, la polychromie flattait l'œil. De vraies trouées de blanc, des rouges vibrants, et la lumière sur la jeune fille comme un appel plein de mystère. Votre père était un maître ! ajoutait Gerbrand Van den Eeckhout.

— Ce visage se retrouve régulièrement dans l'œuvre de Rembrandt, monsieur. Il ressemble à celui de Marie dans *L'Annonciation* ou à celui de *Suzanne et les Vieillards*... Ne serait-ce pas Saskia, sa femme aimée et malade ? Plus tard il a pris comme modèle ma mère. Mais le peintre avait des obsessions. Ce portrait est une image rémanente chez lui, enchaînait Cornélia.

— Il aimait surprendre, mademoiselle. Regardez là-haut, ce petit homme goguenard qui se cache, eh bien c'est lui ! J'ai été son disciple et il m'a beaucoup enseigné. Voyez-vous cette disposition savante des personnages ? Je l'ai reprise dans mes scènes religieuses qui ont toutes été appréciées. Je lui dois le succès. Observez : tout le tableau tient sur cette traîne de lumière qui part de la jeune personne et se répand jusqu'au sol. Son clair-obscur s'appuie sur cette femme vêtue de blanc et d'or clair, sur le lieutenant du premier plan, sur les visages qui sortent un à un de l'ombre et sur quelques fraises aussi...

— S'il vous plaît, parlez-moi de mon père à cette époque.

— Il pouvait tout peindre. C'était un génie, mais il refusait d'obéir à la moindre contrainte. Seul son art comptait.

— Monsieur, que pouvons-nous faire pour cette œuvre ?

— Rien, très gentille demoiselle. L'immense talent de Rembrandt figure là. Ce charivari de miliciens et de bannières comptera dans les époques futures, je vous le jure. Qu'il demeure sur ce mur. Ne vous en inquiétez plus. »

Cornélia accepta le conseil. Elle obtint de Gerbrand Van den Eeckhout qu'il acceptât de continuer avec elle la tournée des œuvres de Rembrandt dispersées dans la cité et qu'il les lui commentât en fonction de sa mémoire.

Elle rentrait et trouvait Mamechleen assise dans son lit. Sa main se précipitait dans la sienne. Cornélia la serrait, se penchait et murmurait :

« Mamech, je suis triste. Je ne sais si un jour mon père sera apprécié dans cette sévère Amsterdam ! En ce moment, aucun visiteur ne jette un coup d'œil à ses peintures, elles s'obscurcissent enfermées dans des salles condamnées au public. Je t'en prie, distrais-moi, raconte-moi l'histoire de Pieter !

— Cornélia, comment sais-tu son nom ?

— Je l'ai entendu sur le bateau.

— Pieter ? Un homme du large et des vents, les yeux de la couleur des cieux, bleu pur, une barbe des grands chemins, un rire contagieux, une voix qui enlace... Une marche chaloupée et sautillante. Au port, j'allais le chercher. Enlacés, nous revenions vers la maison. Ton père et lui buvaient des bières encore et encore. Saskia riait. Je n'ai pas vécu dans des demeures, moi ; je restais gênée de la mansarde noire de mon enfance. Pieter rapportait à ton père des graines géantes, des coquillages, des morceaux de coraux. Rembrandt l'emmenait dans son cabinet de curiosités et moi j'attendais le soir pour l'aimer.

— Tu n'as pas eu un enfant de lui ?

— Si. Un fils, un tout petit Pieter appelé comme son père. À deux mois il m'a quittée, comme les bébés de Saskia. C'est elle qui m'a aidée et accompagnée dans les pleurs. On a piétiné mon cœur quand on m'a pris mon enfant. Seul Titus nous restait. Tu comprends pourquoi je vous ai tant aimés ton frère et toi. J'étais contente que Rembrandt s'entendît avec Pieter. Jeune, je m'étonnais que ce marin et ce peintre se dissent frères. À l'époque ton père était si accueillant.

— Et après, Mamechleen ?
— Après la mort de Saskia, il s'enferma dans la solitude. Sa bonne humeur ne revint qu'avec Hendrickje, mais…
— Mais ?
— Mais mon très aimé avait disparu…
— Quand, Mamechleen ? Dis !
— Lors d'une traversée, une dispute, une bagarre, un coup… Je n'en sais pas plus. Longtemps je l'ai attendu au port. À force d'interroger les marins et de pleurer, j'ai appris qu'il était mort à la suite d'une rixe pour défendre l'un d'eux. C'est si loin, ma Lia, je ne pleure plus depuis longtemps. Je garde Pieter comme un souvenir presque irréel… Maintenant laisse-moi, j'ai besoin de me reposer… »

À travers la fenêtre, la lune ronde éclairait Cornélia. Elle s'interrogeait sur l'histoire de Pieter. Qu'est-ce qu'une vie ? Une perte, loin là-bas sur une rive désertique… Celle de Mamechleen, ne l'ai-je pas brisée ? Elle se décidait alors à écrire malgré le froid. Deux paysages s'opposant venaient à elle. Le premier fantomatique. Une chaumière où la cheminée fumait entourée de ruines d'où surgissaient des cris…. Dans le second, elle décrivait une forêt chapeautée de nuages. Un tapis de mousse absorbait les pas. Un soleil blanc perçait tel un diamant, des chants d'oiseaux s'élevaient.

Cornélia posait sa plume et revoyait les contrastes entre les peintres du Nord et ceux du Sud. Dans les Provinces-Unies, on peignait des scènes intimes, des intérieurs ordonnés et des scènes d'auberge, des paysages hivernaux et leurs patineurs, des églises vides, sans aucune décoration. À l'exception de Rembrandt qui, dans un apparat original, cherchait une représentation touchant le cœur de l'être. Rubens aussi, peut-être ? Elle ne savait pas…

Chez Masaccio, Lippi, Titien, Raphaël, le Caravage, les pigments éblouissaient. Tous ces peintres peignaient le flamboiement solaire, l'intensité des couleurs et la liberté des mouvements ou le charme magique de la femme. Seuls Giotto et Fra Angelico cherchaient dans l'intime la foi profonde. Au lever du jour, Cornélia abandonna ses élucubrations, repensa à Pieter et s'endormit.

Dans la matinée, leur servante avait ouvert à un jeune homme qui leur rendait visite de la part de M. Lavaden. Mais Maria hésitait. Elle ne voulait pas déranger sa vieille maîtresse malade et Cornélia dormait encore. Elle se demandait ce qu'elle devait faire ; d'autant qu'elle connaissait les histoires à propos des voleurs de tableaux.

Timidement, elle entra dans la chambre de la jeune fille, murmura son embarras, et celle-ci ouvrit les yeux. Intriguée et vite sur pied, elle s'habilla et descendit.

De dos, un homme regardait *Titus en moine*. Assez petit, épaules larges, cheveux longs, bouclés, en désordre. Étrange costume rudimentaire. Le visiteur ne l'avait pas entendue. Elle ne bougea pas. Lorsqu'il se retourna, surpris, il grimaça et dit d'une voix forte qu'il s'appelait Cornélis Troobst.

Elle se présenta :

« Cornélia Rembrandt Van Rijn. »

Ils rirent de ces prénoms jumeaux.

Artiste, il débarquait de Batavia. À Amsterdam, il avait été un court temps élève de Gerbrand Lavaden. Depuis sa boutique, l'encadreur lui avait suggéré de venir admirer les œuvres de Rembrandt. Il lui demandait si elle peignait. Non. Elle avait assez à faire ! Elle s'acharnait à défendre la réputation de son père, jusqu'en Italie…

Le vieux Lavaden lui avait raconté. Elle défiait la chronique : certains allaient jusqu'à s'interroger sur l'authenticité de ce voyage !

Cornélia se fâchait : après la traversée de plusieurs pays, après le vol des tableaux et de leur argent… Voulait-il savoir la suite ? Il répondait poliment qu'il l'écoutait. Furieuse de ce déni, elle enchaînait qu'un des moments les plus atroces avait été lorsque sa nourrice et elle-même s'étaient vues dépouillées de tout. Elles avaient vécu une marche héroïque, effrayante… Elle ne savait par quel miracle elles étaient enfin arrivées face à « Firenze ». Cosme III de Médicis l'avait accueillie comme sa fille et elle avait eu la joie de découvrir que Rembrandt était apprécié et exposé parmi les plus grands dans son musée. Elle restait émerveillée par l'architecture et l'art florentins. S'il était peintre, il se devait de faire ce voyage !

Les voyages, il connaissait. Batavia était son port d'attache. Là-bas, il se sentait le frère de la population indigène. Sa voix était devenue cassante. Cornélia l'examinait : un visage joufflu, un nez fin, des yeux étranges à l'iris vert émeraude pailleté d'or. On ne savait pas s'il vous regardait ou s'il observait quelque point au loin. Peu aimable, il osait lui demander ce qu'elle faisait de ces nombreux tableaux.

En ce moment, elle les classait, les rangeait, les répertoriait et elle visitait les bâtiments publics où dormaient des commandes officielles faites à son père. Pour quelle raison la questionnait-il ainsi ? Savait-il que Rembrandt, dans cette ville, avait été un artiste officiellement reconnu ? Mais lorsqu'il avait voulu sortir des sentiers battus, peindre tel qu'il l'entendait, il en avait été banni. Elle avait entrepris de montrer la continuité de son talent. Peut-être un jour des visiteurs enthousiastes surgiraient-ils. Il devait imaginer ce fils d'un modeste meunier…

Cornélia – permettait-elle qu'il l'appelât ainsi ? –, son grand-père aussi était meunier à Rhenen. Il n'y avait pas si longtemps qu'il était mort. Son propre père devait reprendre le moulin mais il avait disparu en mer. Six mois passés, sa sœur avait succombé à la peste. Dans ses lettres, sa mère l'avait supplié de revenir vers elle. C'est la raison pour laquelle il arrivait de l'Inde orientale où il souhaitait repartir le plus rapidement possible.

Pardon ! À quatorze ans, Rembrandt avait choisi le dessin contre les études où il réussissait brillamment.

Il répliquait que lui, à quatorze ans, s'était engagé comme mousse ! Sa famille avait toujours souhaité qu'il restât au pays. Mais il avait préféré l'aventure et le dessin. Maintenant, son port d'attache demeurait Batavia.

Rembrandt ne quitta jamais Amsterdam. Trop heureux de jeter les couleurs sur la toile, de métamorphoser le réel, d'inventer l'étrangeté et de surprendre. Comme les Italiens, il avait peint ses femmes en *Flore, Bethsabée, Suzanne, Marie, Proserpine, Danaë, Sophonisbe*…

Cornélis répondait qu'il appréciait les tableaux qui l'entouraient. Mais elle semblait triste ! Permettait-elle qu'il continuât sa visite ? Ce couple… Il faisait partie des plus belles peintures de son père. Ces personnages bibliques représentaient *Isaac et Rebecca*. Il les avait peints au couteau, grattés, polis, il souhaitait voir surgir des perles de lumière sur chaque costume. Très peu de gens avaient vu ce tableau que Rembrandt surnommait aussi *La Fiancée juive.* Pourtant des amateurs ayant du goût pourraient s'enthousiasmer pour la pâte, les couleurs et ses brillances. Elle lui avouait que souvent le découragement l'envahissait mais la colère suivait, elle avançait alors dans une tension extrême, désirant parfois tout briser sur son passage…

Il voyait là une grande œuvre. Peut-être lui fallait-il de la patience. Aujourd'hui, la République semblait pétrifiée devant les menaces de guerre avec l'Angleterre ; l'âge d'or et la période heureuse pour les artistes étaient terminés. Les habitants d'Amsterdam, habitués au confort, vivaient recroquevillés dans leurs principes, sans aucune vue sur l'avenir ou sur l'art. Seul l'argent les intéressait… Ils lui paraissaient petits, très petits !

Mais elle n'avait ni le goût ni le temps d'attendre ! Il était chez lui, il pouvait contempler à sa guise. S'il le désirait, elle lui montrerait une bonne centaine de dessins et d'eaux-fortes bien rangés. Cornélis inspecta les peintures en silence. Dans l'atelier, il commença à parler. Il y avait tant à voir ! Chaque esquisse, chaque gravure de Rembrandt l'intéressait. Il ne voulait pas la lasser et demandait la permission de venir copier certains portraits ou certains paysages. Puis, sans grande formalité, il la quitta. Elle restait intriguée par ce regard, par sa lenteur et une certaine fixité.

Le matin suivant, Cornélia passa chez M. Lavaden qui lui confirma que Cornélis était un ami ; il l'avait envoyé auprès d'elle afin qu'il pût admirer peintures et dessins de Rembrandt. La jeune fille le remercia et le quitta rassurée. Par ailleurs, Jan Six lui avait affirmé que plus aucun voleur de tableaux ne résidait actuellement dans les Provinces-Unies.

Cornélis revint. Mamechleen le fit appeler et bavarda avec lui. Elle le questionna et il lui conta sa dure vie de mousse, comment le capitaine le forçait à laver le pont trois fois par jour et comment les marins le battaient. Certaines nuits, tout roulait sur le bateau. Autour du cap de Bonne-Espérance, il avait vécu des tempêtes si terribles qu'il était sûr qu'il ne verrait pas l'aube, et pourtant… Il lui expliqua qu'il était reparti à Batavia et y avait réalisé des croquis des monuments, des habitants, des arbres géants. Puis il avait dessiné des planches sur lesquelles il mêlait les portraits d'une famille entière en sanguine ou en pierre noire. Là-bas, il vendait modestement sa production. Le dessin l'avait sauvé. Il souhaitait retrouver ce pays avec lequel il se sentait en harmonie. Puis il montait dans l'atelier, copiait une esquisse et parfois l'interprétait, ajoutant une fleur, un masque, un minuscule moulin.

Cornélia rentra. Après avoir rendu visite à sa nourrice elle le rejoignit et examina une vue de l'Amstel qu'en son absence il avait refaite et sur laquelle il avait osé ajouter un vol d'oiseaux. Elle s'étonna de cette nouvelle version. La critiqua et lui affirma que cette copie ne ressemblait nullement à un dessin de son père. Elle supposait que, parmi les petites œuvres de Rembrandt, quelques réalisations de ses disciples s'étaient glissées, surtout dans les années 1640-1650. Elle se souvenait de jeunes gens qui venaient encore apprendre avec son père lorsqu'elle était enfant. N'avait-il pas gardé certains dessins ? Elle ne réussissait pas à séparer le bon grain de l'ivraie !

Mais il la sentait contrariée. Était-ce à cause de son interprétation de l'Amstel ?

Non. Elle demeurait peinée par la longue conversation qu'elle avait eue avec Jan Six. Il avait définitivement refusé d'écrire une étude sur l'œuvre de Rembrandt. Bourgmestre de la cité, il ne pouvait envisager une telle entreprise qu'il jugeait prématurée. Déçue, elle s'était précipitée chez Hans Van Hermand qui avait fréquenté l'atelier paternel. Lorsqu'elle lui confia son projet, il répondit qu'elle devait laisser passer les années ou entreprendre elle-même ce récit.

Née trop tard, la propre fille de Rembrandt n'avait pas connu sa période de prospérité, mais seulement les années durant lesquelles sa réputation déclina. Douze mois seulement, elle avait vraiment vécu en sa compagnie d'artiste. Toute l'histoire familiale, elle pouvait la mettre en mots. Mais elle restait incapable de parler de sa jeunesse et de sa maturité picturales. Isaac Boudouch, un de ses compagnons de Leyde, avait commencé de lui décrire cette époque. Hélas, cet homme avait disparu.

Plus tard, laissant Cornélis, elle partit voir Abraham Francen, l'apothicaire. Comme le docteur Bueno, cet homme sympathique faisait partie des derniers amis fidèles à son père. Bougon et généreux, il lui répondit qu'elle demandait l'impossible. Seul le lettré Six en possédait les moyens, mais devant cette tâche gigantesque il avait refusé : cela ne l'étonnait nullement ! Il fallait qu'elle abandonnât ce projet. Découragée, elle quitta le cabinet de ce savant qui entassait les manuscrits et les étudiait avec fièvre.

Réfléchissant, elle se rappelait qu'à cette proposition Hans, avec son élégance coutumière, lui avait répondu que le temps n'était pas encore venu. Peut-être avait-il raison ?

À son retour, Cornélis était parti. Elle constata que la santé de Mamechleen ne s'améliorait guère. Sa nourrice quittait son lit pour s'asseoir une petite heure dans un fauteuil, près de la cheminée de la cuisine, où Maria entretenait le feu. De son côté, Salomon parlait de moins en moins. Qu'allait-elle devenir ? Elle en voulait à Jan Six. Lassé de ses exigences, pour la première fois, il la laissait seule face à ses projets.

Durant les absences de la jeune fille, Cornélis passait de longs moments auprès de Mamechleen. Un après-midi, elle eut la force de lui raconter une scène du passé. Il y a très longtemps, Rembrandt avait fait venir à la maison un demi-bœuf tout sanguinolent. Le boucher l'avait monté et accroché dans l'atelier. C'était vers les années 1650. Le peintre lui avait demandé de poser, mais elle avait refusé catégoriquement. Aussi l'avait-il peinte de mémoire ! Toute la maison était envahie de grosses mouches vertes qui tournaient et bourdonnaient. Une odeur de pourriture se répandait et elle avait peur des maladies, surtout pour Titus. Acharné et indifférent, Rembrandt travaillait. Hendrickje et elle le suppliaient de faire partir ce cadavre puant. Il obéissait, mais en commandait un autre et tout recommençait... Il avait décidé d'en réaliser plusieurs versions. Voilà jusqu'où menait la peinture !

Alors Cornélis riait ; laissait la vieille femme se reposer et montait vers l'atelier. Pour lui, cet artiste avait été une révélation. Il se sentait face au maître qu'il n'avait jamais eu, d'autant que les Lavaden, père et fils, n'avaient pas apprécié ses vues et portraits rapportés de Batavia. Il voulait apprendre toutes les finesses de Rembrandt. Pour l'instant, il s'acharnait à copier, mais parfois ne pouvait s'empêcher de compléter un de ses dessins comme une prise de possession plaisante.

XXII

Maussade, le jeune homme marchait le long du canal en pensant à Cornélia. Il allait embarquer prochainement pour Batavia et rêvait de l'emmener avec lui. Mais pouvait-il l'espérer ? Elle était si imprévisible ! Il aimait épier ses cheveux frisés défaits comme une fourrure rousse sur les épaules. Une robe de velours serrait sa taille et un médaillon mettait en valeur son décolleté. Sérieuse et sûre d'elle, quelque peu autoritaire et coléreuse, parfois mordante, mais attentive, et sensible. Elle pouvait se révéler fragile, alors sa passion à son égard grandissait encore. Il projetait de dessiner son portrait, il hésitait, n'osait pas, avait peur de lui déplaire.

C'était la raison pour laquelle il s'occupait de sa nourrice. Elle faisait partie de ces femmes sans âge, à l'expérience incontournable. Souvent à Batavia des vieilles l'avaient secouru et introduit dans leur famille. Il ne possédait rien et, pour demander la jeune fille en mariage, il espérait apprivoiser Mamechleen.

Un soir, Cornélia rentra de sa visite au Collège de médecine. Avec Gerbrand Van den Eeckhout, elle venait d'examiner les deux leçons d'anatomie peintes par son père. À Cornélis elle proclamait que vingt-quatre ans séparaient ces œuvres. La première avait été commandée par le professeur Tulp, celui qui avait pris ce nom en référence aux tulipes si à la mode à l'époque. Savait-il que ces fleurs célèbres, très coûteuses et cotées à la Bourse d'Amsterdam, l'avaient ruiné comme de nombreux autres notables lorsque leur valeur s'était effondrée ? La seconde leçon, une commande due à Jan Six, représentait le professeur Deyman et ses disciples. Ces deux toiles l'avaient impressionnée. Il se devait de les voir !

La première montrait une réunion dominée par le professeur au regard tendu vers le visiteur, et à ses côtés un groupe d'édiles aux yeux étonnés. Tous se tenaient attentifs autour d'un homme mort. À l'aide d'une pince, l'un des médecins montrait les filaments des tendons sanguinolents du bras. Une disposition étudiée, une œuvre peinte avec minutie et un hommage à l'étude du corps humain. « Le succès fut immédiat pour votre père ! », lui avait dit Gerbrand Van den Eeckhout.

Originale, la seconde représentait un cadavre éviscéré, étendu dans la verticale du tableau, les plantes des pieds au premier plan. L'ancien élève de Rembrandt assurait que son père s'était inspiré du *Christ mort* de Mantegna, le peintre de Mantoue, dont il aimait lui montrer un dessin qu'il chérissait. On apercevait à peine le professeur Deyman penché au-dessus du mort. À côté, son assistant Calckoen tenait la calotte crânienne. Cette étonnante leçon d'anatomie se révélait d'un dessin précis, d'une pâte vraie, mais donnait l'impression d'un toucher flou et en même temps naturel. Van den Eeckhout avait parlé de chef-d'œuvre. Il assurait que, par cette peinture, Rembrandt avait égalé Titien ; il y avait employé une technique qui pouvait rappeler le *sfumato*[1] de Léonard de Vinci. Pauvre père, sans avoir été en Italie, il s'était inspiré des peintres de ce pays !

Face à ces tableaux, qui n'attiraient plus aucun regard, Cornélia s'était sentie découragée. À la maison, Cornélis tenta de la consoler en lui montrant la copie de Titus, une fleur à la main, qu'il venait de terminer. La jeune fille observa le modèle : encre brune, lumière laiteuse, rehaut de blanc. Sur le nouveau dessin, Titus serrait la fleur qui éclairait son visage et guidait son regard. Le dessinateur l'avait rendu vivant, ses traits s'animaient et la lumière auréolait sa chevelure bouclée. Elle le complimentait, ajoutant que dans tous ses dessins les lignes tremblaient. Il répondait qu'il ne pouvait s'empêcher de créer des personnages en perpétuels mouvements. Elle l'arrêtait : demain il examinerait des eaux-fortes qu'elle avait mises spécialement de côté pour lui. Maintenant elle souhaitait l'emmener au chevet de Mamechleen.

Mais celle-ci dormait profondément et tous deux restèrent longtemps assis auprès d'elle sans parler. Ils échangeaient un regard, se penchant vers la malade, leurs doigts se frôlaient, ils écoutaient son souffle rare ou demeuraient enfermés dans leurs pensées.

Tard, la jeune fille accompagna Cornélis sur le pas de la porte. Puis, à ses côtés, elle marcha dans l'air glacé qui piquait les joues. Ils admirèrent la voûte céleste parsemée d'étoiles.

---

1. Technique de peinture mise au point par Léonard de Vinci, qui produit un effet vaporeux, obtenu par la superposition de plusieurs couches de peinture extrêmement délicates, donnant au sujet des contours imprécis.

« Un signe de bonheur ! », murmura le jeune homme avant de la quitter.

Le ciel bleu sombre pénétrait dans la chambre de Cornélia. Elle retrouvait sa belle humeur. Sa robe et ses jupons tombaient. Dans le miroir, la lumière des chandelles reflétait une peau blanche et laiteuse, des seins ronds, une taille menue. Elle secouait sa chevelure et chuchotait : « Sur la ligne de la vie… » Vite, elle glissait dans le flot des toiles du lit, se pelotonnait sous les courtepointes et s'endormait.

Cette nuit-là, Cornélis parcourut la ville indifférent aux rencontres dangereuses. Sur l'escalier menant au grand canal, il s'assit et s'endormit. Face à lui s'élevait une chaîne de montagnes. Il devait l'escalader, mais il n'y avait aucun chemin pour grimper. Les mains nues, il tentait de se hisser sur la roche. Les paumes en sang, il s'accrochait sans jamais voir le sommet… Au matin, il sortait de ce cauchemar et rentrait découragé chez les Lavaden.

Les jours suivants, la santé de Mamechleen inquiéta les habitants de Rozengracht. Elle parlait peu, mais une manie l'avait saisie : elle répétait sans cesse les noms de ceux qui avaient compté dans sa vie. Ils s'enchaînaient, défilaient, le prénom de Saskia revenant le plus souvent. Contre Rembrandt elle se fâchait, disait avoir nettoyé, lavé, puisé, lessivé, porté, torché, cuisiné, s'être épuisée à le servir… Ou elle préparait des *koeken*, les galettes que lui réclamaient ses enfants. Elle pleurait ses filles : Saskia,

Hendrickje, Cornélia. À sa presque mère, la jeune fille cachait ses larmes.

Bientôt elle cessa de parler. Comme une bougie usée, la vie semblait la quitter à petit feu. Tous constataient que ses dernières forces l'abandonnaient. Elle n'ouvrait plus les yeux et la nourrir était devenu impossible. Lorsque Cornélia s'asseyait à ses côtés, elle caressait sa main froide et lui parlait comme à une enfant. Le docteur Bueno ne lui laissait guère d'espoir.

XXIII

Exsangue, Mamechleeen paraissait dormir et de temps en temps Cornélia lui chuchotait quelques mots. Elle ne répondait plus. La jeune fille passait la nuit à son chevet. Au matin elle avait à peine entendu un hoquet et ne s'était aperçue de rien. Très tôt le docteur Bueno entra. Il l'avertit. La vie s'en était allée.

Mamechleen était morte.

Morte, elle avait retrouvé sa jeunesse.

Visage lisse et détendu, elle reposait dans ce cercueil décoré de tissu et de coussins. Même si cela n'était pas dans la tradition, Cornélia l'avait vu pratiquer à Florence et sa nourrice méritait ce surcroît de beauté. Froide et presque souriante, ses cheveux gris défaits, le beau châle brodé qu'elle aimait la parant et, à son poignet, sa filleule accrochait un bracelet de perles offert par Cosme III de Médicis.

Tendre Mamechleen, la tristesse me tenaille. Je garde mes pensées les plus douces pour toi, ma protectrice, ma confidente, ma conteuse d'histoires, philosophe à ta manière, toi qui ne savais pas écrire mais qui pouvais mettre un enfant au monde. Toi qui avais tant souffert pour nous. J'ai des remords de t'avoir désobéi. Lorsque ma mère s'en est allée, Titus m'a sauvée. Quand mon frère a été pris par la peste, Rembrandt s'occupa de moi. À sa mort j'avais grandi, mais c'est toi qui m'aidas et m'accompagnas jusqu'à en perdre la vie. Aujourd'hui, je crois avoir un nouvel ami en Cornélis ; je ne sais pourquoi, à ses côtés je me sens rassurée. Je suis persuadée que tu m'aurais encouragée à inventer quelque projet audacieux. Les Rembrandt, nous en sommes toujours capables !

Mamechleen, tu ne me quitteras pas, ton souvenir s'incrustera en moi, tu m'habiteras et je te demanderai souvent conseil. Nous avons trop vécu ensemble, à Amsterdam, à Gênes, à Florence... Maintenant à moi seule de t'emporter vers d'autres horizons. Peut-être mes efforts doivent-ils prendre une route différente ? Mais laquelle ? Tu me confieras tes desseins, n'est-ce pas ? Mais tu dois me croire : à cette heure un immense vide m'envahit, une peine insurmontable m'étreint.

Cachée sous sa cape, Cornélia guide Salomon. Ils suivent le cercueil de Mamechleen porté par quatre hommes. Elle revoit celui de son père que seize hommes soutenaient. Digne fille de Rembrandt, elle a refusé d'obéir à la loi qui interdit aux femmes d'accompagner les morts. Pour une servante, personne ne s'y est opposé. À ses côtés marche Jan Six. Derrière vont Gerrit Van Loo, Cornélis et Hans, les Lavaden, plus loin les voisins.

Mamechleen repose à l'église de Wester, tout près de Rembrandt. Cornélia est secouée de frissons, elle s'accroche au bras de Salomon qui murmure une prière comme une mélopée. Elle tremble. Le départ de celle qui l'a accompagnée sa vie durant creuse en son corps une béance, un manque inconsolable, une houle qui hurle et brûle.

À la fin de la cérémonie, Cornélis s'approche d'elle et lui souffle :

« Courage Cornélia, je suis auprès de toi. »

Pour toute réponse les larmes jaillissent, des sanglots l'envahissent, débordent et peut-être l'apaisent. Tous rentrent à Rozengracht pour la cérémonie de deuil. Imperturbable, en réalité auprès de Mamechleen, elle remercie.

Le soir, Cornélis lui demande la permission de rester dormir. Elle refuse, prétextant qu'elle n'est pas seule : Salomon et Maria veilleront sur elle. Dans l'atelier du fils Lavaden, toute la nuit il dessine.

Le lendemain matin, il court chez Cornélia. Elle est sortie très tôt et lui a laissé une courte lettre.

Cornélis,

Je passe à l'église de Wester dire bonjour à Mamechleen et j'essaie de visiter le local du syndicat des drapiers où sommeille un tableau de mon père. Je serai de retour à la nuit.

Cornélia

Après l'église, après avoir trouvé porte close au syndicat des drapiers, accablée de solitude, Cornélia eut l'idée de rendre visite à sa famille de Leyde. Comme d'habitude, elle monta et prit place au fond du bateau. Elle se recroquevilla dans le chagrin. Avec le départ de sa nourrice, l'absence de Rembrandt avait ressurgi et aiguisé sa peine.

Arrivée à Wittepoort, elle marcha dans le Wijdesteeg. Puis entra dans la maison. Elle vit son oncle, assis derrière la table de la cuisine, qui lui demanda la raison de sa venue.

« C'est le devoir familial qui m'amène ; je viens prendre de vos nouvelles, ainsi que de ma tante et de mes cousins.

— Le moulin tourne, les années passent, des petits-enfants naissent, nous nous sentons vieux, mon épouse s'occupe du dernier-né. Et toi ? »

Cornélia raconta brièvement le voyage en Italie, le succès de Rembrandt à Florence, la mort de Mamechleen et ses préoccupations actuelles autour des œuvres de son père.

« Tu te fatigues pour rien, ma pauvre fille !

— Mon père vaut que je m'épuise pour lui.

— Ha ! Tu lui ressembles ! Tu ne suis jamais mes conseils. Marie-toi, mets des enfants au monde, oublie Rembrandt et ses folies. »

Cornélia comprit qu'elle devait le laisser à ses diatribes. Dès qu'elle put, elle le quitta. Le coche attendait, les chevaux étaient prêts à le tirer. Elle monta à bord. Une lumière bleutée entourait l'embarcation. Pauvre Mamechleen, ne l'avait-elle pas poussée vers la mort ? Elle se sentait coupable. Pourtant, sous son chagrin, une satisfaction étale l'avait envahie. Elle se répétait que Rembrandt était admiré à Florence. Certes dans sa cité, à l'exception de quelques peintres et d'un ou deux collectionneurs dont Jan Six, plus personne ne s'intéressait à lui. Elle avait même entendu dire que ses tableaux n'étaient qu'extravagances, que sa peinture était pernicieuse et non conforme à la morale des Provinces-Unies. Pourquoi s'acharnait-elle à poursuivre cette tâche ingrate ? Les habitants d'Amsterdam avaient perdu toute sensibilité, lui disait Cornélis, et il avait raison. Pourrait-elle changer quelque peu leurs idées ? Elle sentait qu'au fond d'elle-même le feu vacillait, mais il ne s'éteignait point.

Par ailleurs Cornélia avait un souhait, elle voulait voir tous les dessins de son nouvel ami entreposés chez les Lavaden. Pourtant elle appréhendait ce moment. Si elle n'aimait pas son travail, comment le lui dirait-elle ?

Elle rentra à Rozengracht. À sa demande, Cornélis accepta de prendre un rendez-vous et de lui montrer ses travaux. Le lendemain, tous deux se rendirent dans la boutique de l'encadreur. M. Lavaden les reçut avec amabilité, complimenta la jeune fille, puis ils montèrent à l'atelier.

Lentement Cornélis sortit ses pierres noires et les posa sur une grande table devant Gerbrand Lavaden, qui avait été son seul maître, et devant quelques élèves venus les rejoindre.

La jeune fille examina une longue bâtisse basse aux murs de bois ; le toit se courbait et se redressait comme s'il faisait la révérence pour saluer les arrivants. Devant l'habitation se dressaient deux totems. À l'extrémité de chacun étaient repris à la sanguine un petit homme et une petite femme nus ; ces divinités protégeaient et accordaient la fécondité, précisait Cornélis. Alors il montrait un masque grimaçant, visage imposant aux séries de scarifications sombres. Puis il étalait une suite de portraits d'enfants aux grands yeux en amande. Deux gamins au corps maigre poussaient, d'un geste gracieux, de nombreux canards vers un étang. Des filles tissaient de fins roseaux. Une femme, vêtue d'un sari au drapé rehaussé de bleu, marchait sur un étroit sentier. Dans ces dessins une impression de vent semblait toujours présente. Il y avait encore une rizière, survolée d'oiseaux géants. Une pirogue à la figure de proue sculptée abordait le sommet d'une énorme vague. Tout un monde étrange pour Cornélia ; elle n'avait nulle envie de critiquer ces créations aux traits ondulants, qui évoquaient parfois celles du peintre Filippo Lippi bien qu'elles fussent si différentes. Modeste, Cornélis expliquait que lors de son prochain séjour il chercherait à améliorer son style. Sur l'île du bout du monde, les habitants l'inspiraient et eux, avec naïveté peut-être, appréciaient ses réalisations.

Cornélia revenait vers Rozengracht enthousiasmée par ces dessins qu'elle jugeait originaux. Il fallait que Cornélis crût en son talent. Il lui proposa alors d'aller au port et de dîner dans une taverne mais elle refusa. Auprès de Salomon et de Maria, ils mangèrent tout en bavardant de manière anodine. Puis le jeune homme l'entraîna dans l'atelier. Il lui montra une nouvelle copie de *Titus à la rose*. À ses côtés, il y avait un portrait de Cornélia. Elle apprécia cette réunion fraternelle. Alors Cornélis s'enhardit, avouant qu'il rêvait qu'elle découvrît Batavia à ses côtés. Elle répondit qu'elle irait demander à Mamechleen ce qu'elle en pensait…

« Non, c'est ta réponse que je veux !

— Auprès de toi, j'oublie mes chagrins. L'idée d'être un jour lointain l'épouse d'un peintre ne me déplaît pas. »

La regardant, il ne put s'empêcher de lui murmurer qu'il aimerait qu'ils se marient. C'était son vœu le plus cher. L'acceptait-elle ? Elle répondit qu'elle ne pouvait pas encore quitter Amsterdam.

Alors pourquoi ne se fianceraient-ils pas ? Il repartirait et organiserait sa venue. Qu'en pensait-elle ?

Elle répliquait que Salomon pouvait servir d'intermédiaire pour une cérémonie intime. Alors il fallait vite descendre le voir et lui demander qu'il les fiançât ? Il acquiesça.

Tous trois se rassemblèrent autour de la table. Maria servit de la bière. Cornélis fit à l'aveugle une demande très officielle de devenir le futur époux de Cornélia. Elle répondit que pour elle c'était un honneur d'être aujourd'hui sa promise.

Salomon tâtonna, chercha et saisit leurs deux mains qu'il rapprocha. Et, sous les yeux de Maria interloquée, ils s'enlacèrent.

XXIV

Le matin suivant, Cornélia reçut une lettre de Jan Six. Venus de Moscou, deux ambassadeurs souhaitaient visiter la collection de Rembrandt pour acheter des peintures. Il la priait de venir lui rendre visite.

Elle se précipita à son domicile et il fut entendu qu'elle les recevrait, leur parlerait de son voyage en Italie, leur montrerait comme son père y était apprécié et combien il y était coté. Le choix étant fait, Jan Six terminerait l'affaire. Elle aspirait à lui présenter Cornélis et ne put s'empêcher de lui dire son désir de se fiancer officiellement avec lui. Il allait bientôt repartir pour Batavia afin de préparer son arrivée dans une ou deux années. Elle ajouta qu'elle espérait qu'il fût en accord avec ce choix ; s'il en était ainsi, son bonheur serait parfait.

Comme d'habitude, elle le mettait devant le fait accompli. Il accepta néanmoins de recevoir le jeune homme.

Le lendemain, des seigneurs moscovites et un interprète se présentaient à Rozengracht. Avec simplicité Cornélia leur décrivit les peintures de Rembrandt exposées à Florence et l'enthousiasme de Cosme III de Médicis pour son père. Elle prit soin de leur dire que certains tableaux n'étaient pas à vendre. Elle les mena à l'atelier où ils examinèrent les dessins, en mirent plusieurs de côté dont une *Femme assise les mains jointes* (elle la regretterait), une étude de *Mendiants* (il lui en restait d'autres), *L'Adoration des bergers* et *L'Étoile des rois* (elle appréciait ces gravures, mais possédait d'autres épreuves sur le même sujet).

Puis, avec hardiesse, ils parcoururent la maison à la recherche des peintures qu'ils désiraient acquérir. À travers les yeux de ces étrangers, elle suivait l'œuvre de son père et y découvrait quelques détails jamais observés. Mais lorsque, dans sa chambre, ils s'arrêtèrent devant *Hendrickje se baignant dans une rivière*, Cornélia s'insurgea, déclarant que ce tableau ne serait jamais à vendre. (Elle souhaitait qu'il l'accompagnât jusqu'à Batavia où elle rêvait de l'exposer avec d'autres.)

Ils désignèrent un autoportrait de son père. Avec détermination, elle s'opposa à cet achat. Elle fut soulagée quand ils choisirent le portrait d'Agatha Bas accroché dans l'entrée, une bourgeoise bien-pensante dans des dentelles abondantes (une toile peinte en 1641, sans grande originalité).

Dans la salle, ils voulurent savoir s'ils pouvaient envisager d'emporter avec eux *Le Cavalier Frederik Rihel*. Elle hésita un instant ; son père lui avait raconté comment ce fier habitant de Strasbourg avait fait partie de la garde qui accompagnait Guillaume III à Amsterdam et lui avait passé commande de son portrait à cheval dans une période où l'élite de la cité ne voulait plus entendre parler de lui. À regret, elle accepta de le céder.

Ils désirèrent encore acquérir un paysage sans titre. Entre ciel et terre, une légère brume enveloppait une rivière qui serpentait dans la campagne. Au premier plan, un pont de pierre la chevauchait et un homme inquiet scrutait le ciel orageux. Au loin on apercevait une ruine. Cornélia se résolut sans grande difficulté à cette vente. (Ce n'était pas son paysage préféré.) Alors ils se dirigèrent jusqu'à la demeure de Jan Six afin de conclure leurs transactions. Elle n'eut aucune envie de les accompagner, choisissant d'attendre le retour de Cornélis.

Après cette visite, elle se sentit libre ; elle eut l'impression d'avoir longtemps marché dans une sombre forêt et d'atteindre enfin une clairière ensoleillée…

Cornélis la rejoignit et ils partirent se promener le long de l'Amstel. Sortant de sa maison, la jeune fille vit le grand *J* qui se reflétait sur la fenêtre de l'atelier. Les cloches de l'église sonnèrent et elle pensa à Mamechleen. Si, comme on le disait, la ville s'enfermait dans la peur de la guerre, Rozengracht resterait encore quelque temps un abri bienveillant pour elle.

Tout en longeant le canal, elle hésita puis se décida à confier son appréhension de la mer à son nouvel ami. Elle avait été si malade lors de la précédente traversée. Le jeune homme prétendit qu'il calculerait et choisirait la meilleure période pour voguer à travers l'Atlantique et l'océan Indien. Néanmoins, cinq mois en mer sans une tempête restait impossible. Mais il n'y avait aucune raison qu'elle ressentît le moindre malaise ; il reviendrait avec les plantes médicinales indispensables, celles qu'utilisaient les vieux marins et qui supprimaient le mal de mer, lui-même en avait fait l'expérience. Silencieuse, elle réfléchissait. Curieux, il souhaita connaître ses pensées. Alors elle lui confia que parfois elle s'inventait une vie imaginaire et qu'elle l'orientait selon son caprice.

« En ce moment, j'imagine Batavia : de longues plages de sable ivoire et des bouquets d'arbustes où se cachent les enfants que tu dessines. Çà et là, de grands arbres élégants, palmes au vent. Ils entourent une maison solitaire. Sur son portique, deux totems sculptés : Hendrickje et Rembrandt. Monté sur pilotis, un immense balcon s'ouvre face à la mer. Nous entrons dans une salle où s'agitent des rideaux de verdure. Le soir, lorsque tu auras terminé de dessiner et moi d'écrire ma correspondance, nous contemplerons le coucher du soleil. L'horizon se métamorphosera en mur de feu, puis de larges traits orangés, jaunes et gris signeront les liens entre la mer et le ciel. Alors nous irons, main dans la main, sans jamais nous quitter. Batavia, est-ce cela ?

— Oui, nous irons main dans la main, sans jamais nous quitter. Mais Batavia, c'est aussi la boue chaude, des masures effondrées, des gamins maigres. La foule grouille, les couleurs triomphent, les parfums les plus captivants se répandent, mais aussi des odeurs putrides montent du sol et écœurent. Après la chaleur bienveillante vient la touffeur de la mousson. Une pluie chaude, tenace. Ce sont des maisons où l'humidité règne et ne disparaît guère. Tu transpires, tu as si chaud que tu ne peux plus bouger. Au port il y a des flaques de boue et les pirogues se balancent, couvertes de dessins géométriques. Les bateaux possèdent des figures de proue peintes, kermès ou turquoise, citrines ou émeraude. Les femmes sont vêtues de vert prairie, de pourpre ou de fuchsia. Elles sont aimables et accueillantes. Les pieds dans des mares d'eau, de toutes petites filles aux cheveux nattés et de très jeunes garçons rasés animent le port de leur nudité. Au marché, la foule se presse, les senteurs piquantes des épices et du poivre se répandent, des fruits inconnus et des poulets laqués appellent le regard. Mais il y a des mendiants, des estropiés et quelques lépreux. À la saison sèche, sur une pirogue, nous voguerons d'île en île. Nous dormirons dans des huttes tressées, nous suspendrons notre hamac et le recouvrirons d'une gaze, afin qu'aucun insecte ne puisse nous piquer. Tu viens toujours ?

— Oui, je suis un peu effrayée mais curieuse. Si tu m'offres une vraie maison, je viens.

— Pour toi, je ferai construire un palais entouré d'une rangée de manguiers… Pour toi, je préparerai ton arrivée de mon mieux. Je veux te recevoir comme la fille du grand Rembrandt… »

Jan Six transmit la somme de deux mille florins à Cornélia ; autant allait à Titia. Il avait reçu Cornélis, acceptait d'être le tuteur-témoin de la jeune fille et se proposait d'organiser une fête en l'honneur des jeunes fiancés.

Se rappelant la volonté de Mamechleen, maintenant elle passait souvent voir sa nièce ; Titia consentait à jouer et à se promener avec elle. La jeune fille pensait à Titus, appréciait la compagnie de l'enfant et celle des Van Loo. Pour Cornélis, elle dévalisa le magasin de M. Lavaden, n'oubliant pas de nombreux calames et des cahiers pour son usage personnel.

Déjà elle rêvait de rejoindre son fiancé et réfléchissait aux tableaux qu'elle emmènerait. Elle emporterait avec elle les autoportraits de Rembrandt qui lui restaient, celui où il est en seigneur et celui où il est habillé en peintre. L'accompagneraient aussi *Hendrickje se baignant dans une rivière*, *La Mère du peintre*, *La Sainte Famille*, unique tableau ayant appartenu à Mamechleen, *Titus enfant* et *Titus en moine*. *Isaac et Rebecca*, le paysage dit *La Ruine* et *Siméon avec l'Enfant Jésus au Temple*, le dernier tableau de son père, ainsi que de nombreux dessins et eaux-fortes.

Bientôt on parla de départ. Cornélis avait sa place retenue sur *La Swaluw*, une embarcation étincelante, un trois-mâts aux moulures dorées qui partait en direction des Indes orientales et le mènerait jusqu'à Batavia, port très fréquenté, dominé par deux châteaux cernés de murailles.

La fin du deuil arriva. La date des fiançailles fut fixée ; Cornélia choisit le jour où le bateau achevait les derniers préparatifs et chargeait les ultimes caisses et ballots. Il quittait le port la nuit suivante.

Jan et Margaretha Six préparèrent une somptueuse réception qui célébrait l'union future de Cornélia Rembrandt Van Rijn et de Cornélis Troobst, mais aussi le départ du jeune homme.

Le matin, vêtue d'une robe blanche brodée de rouge, les cheveux nattés de perles, Cornélia marchait le long des canaux. Droite et rayonnante, elle traversait la cité au bras de Cornélis. Il disait qu'aujourd'hui un paysan se fiançait à une princesse. Elle soutenait qu'elle était heureuse à l'idée d'épouser, dans un avenir proche, un peintre. Il répondait que, dès son arrivée, il lutterait avec les pigments et commencerait la peinture. Elle lui promettait d'être son aide lorsqu'elle l'aurait rejoint. Et son modèle ? interrogeait-il. À cette question, elle demeurait évasive.

Ils arrivèrent à la demeure des Six où les attendaient le frère et la mère de Cornélis, les Van Loo et Titia, les Lavaden, Hans Van Hermand et son épouse, Gerbrand Van den Eeckhout, mais aussi des proches ou moins proches ainsi que quelques notables comme Clément Jonghe, un marchand de tableaux.

Cornélis offrit à sa future épouse une bague, un diamant voisinant avec un rubis. Cornélia l'embrassa mais elle vit que sa mère pleurait et voulut aller la consoler. Celle-ci évoqua alors sa fille morte de la peste, la jeune fille parla de Titus. Un courant de sympathie s'établit entre les deux femmes et Cornélia lui promit de lui rendre souvent visite. Cornélis les rejoignit et fut heureux de leur entente. Toute la journée, on fêta le jeune couple.

Puis, à la fin de l'après-midi, les invités quittèrent la demeure des Six. Ceux-ci accompagnèrent les fiancés jusqu'au port le plus lointain. De là, les imposants vaisseaux partaient mâts repliés. Ils voguaient jusqu'à l'île de Texel, passaient le trou de la boue, hissaient toutes les voiles et abordaient la haute mer.

Ils se retrouvèrent sur un quai extrêmement animé malgré la nuit. Marins et mendiants, voyageurs et accompagnateurs se serraient devant le trois-mâts éclairé de flambeaux. Puis tous souhaitèrent à Cornélis une excellente traversée et un prompt retour. Cornélia l'accompagna à bord. Ils empruntèrent l'échelle, marchèrent sur le premier pont, observèrent le gréement neuf, les mâts penchés, les cordages humides. Ils s'approchèrent du garde-fou et, dans la nuit, firent des signes d'adieu à leurs amis. Près du bastingage, Cornélis prit sa fiancée dans ses bras et l'entraîna dans une danse. Elle le suivit d'un pas léger, mais le sens des convenances lui revint. Elle s'arrêta. À ce moment il l'enlaça. Longtemps ils restèrent unis puis elle se dégagea et murmura :

« Je voudrais déjà te voir revenir ! »

De son sac, elle sortit un épais cahier qu'elle tendit à son fiancé.

« Voilà mon journal, Cornélis. Personne ne l'a lu. Il est pour toi, c'est un gage d'amour. »

Il la remercia et elle se sauva. Les cheminées fumaient et l'on commençait à lever l'ancre. Elle sauta sur le sol lorsque des marins dépliaient les petites voiles.

Les Six l'entourèrent. Bouleversée par cette séparation, elle fut saisie par l'image de Mamechleen : elle revit ses yeux sombres et rieurs, son nez fin et pointu, sa silhouette courbée mais énergique. Elle avait vieilli en maîtresse femme et mis loin d'elle tous ses émois. Trop de départs l'avaient empêchée d'avoir peur du sien. Elle avait juste voulu aller au bout du chemin… Tout comme elle, Cornélia devait terminer ce qu'elle avait engagé…

Mais elle ne voulait plus souffrir. Elle possédait une maison, des amis, tant d'œuvres d'art. Elle était jeune, entêtée et Cornélis l'aimait. Elle patienterait jusqu'à ce qu'il revienne, tout en terminant son devoir vis-à-vis de Rembrandt. Après, ils se marieraient et elle accompagnerait son époux vers la lointaine Batavia.

Elle l'aperçut alors serré contre le bastingage. Il lui fit un signe d'adieu, recula et se glissa sous un flambeau.

Elle le vit ouvrir son cahier. Cornélia sourit et se rappela la première phrase :

Au rez-de-chaussée, elle avait abandonné ses souliers dorés…

Cet ouvrage a été composé
par Atlant'Communication
au Bernard (Vendée)

Achevé d'imprimer sur Roto-Page
par l'Imprimerie Floch à Mayenne
en avril 2011
pour le compte des Éditions de l'Archipel
département éditorial
de la S.A.S. Écriture-Communication

Loi n° 49-956 du 16 juillet 1949 sur les publications destinées à la jeunesse.

Imprimé en France
N° d'impression : 79430
Dépôt légal : avril 2011